河北省社会科学基金项目（项目编号：HB20ZW015）

冀西北民族文化融合视野下的元代上京纪行诗研究

刘宏英 著

燕山大学出版社
·秦皇岛·

图书在版编目（CIP）数据

冀西北民族文化融合视野下的元代上京纪行诗研究 / 刘宏英著 . -- 秦皇岛：燕山大学出版社，2024.5.

ISBN 978-7-5761-0692-3

Ⅰ . I207.22

中国国家版本馆 CIP 数据核字第 2024CH3211 号

冀西北民族文化融合视野下的元代上京纪行诗研究
JIXIBEI MINZU WENHUA RONGHE SHIYE XIA DE YUANDAI SHANGJING JIXINGSHI YANJIU

刘宏英　著

出 版 人：陈　玉	
责任编辑：宋梦潇	策划编辑：宋梦潇
责任印制：吴　波	封面设计：刘韦希
出版发行：燕山大学出版社	电　　话：0335-8387555
地　　址：河北省秦皇岛市河北大街西段 438 号	邮政编码：066004
印　　刷：涿州市般润文化传播有限公司	经　　销：全国新华书店

开　　本：710 mm×1000 mm　1/16	印　张：11
版　　次：2024 年 5 月第 1 版	印　次：2024 年 5 月第 1 次印刷
书　　号：ISBN 978-7-5761-0692-3	字　数：173 千字
定　　价：45.00 元	

版权所有　侵权必究

如发生印刷、装订质量问题，读者可与出版社联系调换

联系电话：0335-8387718

序

　　1271年，蒙古入主中原，从此结束了两宋期间长期的分裂局面，建立了由蒙古贵族统治的大一统王朝。元代帝国版图之大远超此前的汉唐。辽阔的疆域，极大地延伸了元代文人的足迹和拓宽了元代文人的视野，也给元代文学带来诸多前所未见的独特面貌，如上京纪行诗、安南纪行诗等各种纪行类诗歌盛极一时，并呈现出浓郁的民族特色和独有的文学面貌。

　　十多年前，刘宏英教授就开始以元代上京纪行诗为研究对象，牢牢坚持自己的研究方向，青灯黄卷，穷尽文献，不断推进思考和研究的深入。她对传世的元代诗歌进行细致爬梳，不仅全面理清了上京纪行诗歌的文本家底，而且也对该类诗歌的分期、发展、特色、组诗、异质特征、文献价值、时代意义以及部分诗集和诗人，进行了全面而深入的研究，先后发表了10余篇具有较高学术价值的相关论文，出版了一部专著，其研究成果《元代上京纪行诗研究》曾荣获第十六届河北省社会科学优秀成果奖。近年来，她又把元代上京纪行诗和张家口地区文化结合起来进行研究，这项研究获得了河北省社科基金课题立项，是一项很有意义也颇有难度的工作。

　　张家口位于河北省西北部，自古以来就是一个多民族交汇聚居地区，而在元代民族交汇融合的特点尤为突出。历史上，蒙古族统治者在征服广阔中原的过程中，也将蒙古民族的文化带到了冀西北的张家口地区。这种文化交融不仅体现在显见的政治制度和社会生活等诸方面，而且也深刻地影响着隐性的人们的思维方式、价值观念和审美情趣。冀西北地区的民族文化融合在中华民族文化大融合的历史过程中颇具代表性和时代性，为中华民族的多元一体发展提供了丰富的文化蕴含和可资探讨的生动案例。元代上京纪行诗正是在这样的历史背景下应运而生的。作为一种产生于特殊时代特殊的文学形式，元代上京纪行诗为我们今天了解元代冀西北地区的民族文化融合提供了真实而珍贵的历史见证。这些诗歌既有对冀西北地区自然风光的描绘，也有对当地民族风情的赞美，它们真实地记录了元代文人在冀西北地区的游历、见闻和感悟，饱含着对民族文化融合历史现实的深切反思。

以冀西北地区民族文化融合为切入角度来管窥元代的上京纪行诗，进而研究该地区民族文化融合的特质和意义，其中诸多带着民族特色的文学活动、两都巡幸等内容，立体地凸显了此类诗歌和这个地区相融相洽的带有本质性、核心性的深层次特点，这无论是对整个元代诗歌研究，还是对冀西北地区文化研究，都具有不容忽视的重要意义。

本书通过对元代上京纪行诗的深入挖掘和分析，揭示了冀西北地区民族文化融合的历史脉络和特点。作者对元代上京纪行诗的创作背景进行梳理，探讨其与当时冀西北地区民族文化融合之间的关系；对这些诗歌作品的内容进行分类解读，以期发现其中蕴含的民族文化融合信息；从文学史角度评价元代上京纪行诗在中国文学史上的地位和意义，及其对我们今天认识和研究冀西北地区民族文化融合现象的价值。书中有关这些内容的讨论，都值得我们期待。

本书研究的基本方法是史诗互证，力求在全面、客观、深入分析元代上京纪行诗的基础上，为冀西北地区民族文化融合研究提供一个新视角和新思路。全书正文后面的附录一、二、三，则以《全元诗》、元人总集和元人别集为基础，全面梳理了元代两都巡幸过程中具体的巡幸时间和随行文人，以及上京纪行诗和上京纪行组诗的留存情况等，很有文献学价值和文学史料价值。我相信，通过对元代上京纪行诗的研究，不仅能对当代人认识冀西北地区历史文化有所助益，也一定能从文学研究角度为推动中华民族多元一体文化的传承和发展添砖加瓦。

宏英教授大作即将出版，嘱我作序。以对她近 30 年的了解，我没有理由推辞。我觉得宏英为人朴实、诚恳，做学术勤奋、执着、踏实。文如其人，她的这部专著也像极了她的为人做事风格，理性、扎实，没有空洞的大话，自始至终坚持有一份材料说一份话。著作体量虽不算大，但唯有这样的研究才可能真正提出问题和解决问题，这样的学术成果也才是我和广大读者所希望看到的。宏英教授正值学术研究盛年，希望她在未来的学术道路上一如既往，不断精进，不断创造出更多新成果，争取作出更多更大的学术贡献！

实话说，截至目前，元代文学研究于我还是一个较为陌生的领域，上面的话只是我阅读宏英教授这部专著的所思所感，不当乃至错误在所难免，敬请方家批评指正。

是为序。

王长华
2024年元月于北京和平里

目　　录

绪论 ·· 1

第一章　两都巡幸与冀西北民族文化融合 ································ 8
　　第一节　元代两都巡幸 ··· 8
　　第二节　冀西北民族文化融合特点 ································ 10

第二章　上京纪行诗所见民族文化融合管窥 ···························· 13
　　第一节　扈从馆阁文人是融合的主力军 ···························· 14
　　第二节　草原都城成为融合的积淀和投影 ······················· 15
　　第三节　民户的生产生活带来的文化融合 ······················· 17
　　第四节　汉制汉俗在家庭层面促进了民族融合 ················ 19
　　第五节　民族文化融合所体现的文化认同 ······················· 22

第三章　上京纪行诗所见文学活动考论 ································ 26
　　第一节　上都崇真宫文学活动考论 ································ 26
　　第二节　翰林国史院文学活动考论 ································ 30
　　第三节　丘处机西行文学活动考论 ································ 39
　　第四节　迺贤寻根文学活动考论 ··································· 45

第四章　上京纪行诗所见上都和冀西北书写 ············· 51
第一节　上京纪行诗驿站吟咏 ····················· 51
第二节　上京纪行诗风物书写 ····················· 57
第三节　上京纪行诗天马集咏 ····················· 85
第四节　上京纪行诗诈马宴刍议 ··················· 93

第五章　上京纪行诗的异质特征及文献价值 ············· 99
第一节　上京纪行诗的异质特征及其成因 ············· 99
第二节　上京纪行诗的研究状况及意义 ··············· 106
第三节　上京纪行诗的文献价值 ····················· 114

第六章　上京纪行诗与冀西北文化产业化 ················ 122
第一节　加大宣传的针对性 ······················· 122
第二节　复原失传的元代驿道 ····················· 124
第三节　组织重走元代皇家国道 ··················· 125

附录 ··· 129
附录一　元代上京纪行编年表 ····················· 129
附录二　元代上京纪行诗人及诗作表 ··············· 138
附录三　元代诗人上京纪行组诗表 ················· 147
附录四　已发表的相关文章和专著摘要 ············· 150

参考文献 ······································· 153

后记 ··· 163

绪　　论

一、研究方向

元代有两个首都，一个是大都（现在的北京），一个是上都（位于内蒙古正蓝旗）。大都是正都，上都是陪都、夏都。元代从世祖忽必烈开始，正式实行两都巡幸制度。在来往两都期间，文人们创作了大量的诗歌，这些诗歌在元人的文献中被称为上京纪行诗。参加两都巡幸、写作上京纪行诗是元代诗人政治和文化生活的重要内容。

（一）研究对象

元代在大都和上都之间实行巡幸制度，特殊的政治制度带给文学最明显的影响就是大量上京纪行诗的出现。本书研究对象就是这些在两都巡幸过程中所产生的上京纪行诗以及由上京纪行诗所展现出来的民族融合等情况。元代上京纪行诗主要包括两部分：一是描述上都城及其周围地区的山川景物、社会生活的作品；一是歌咏从大都到上都沿路途中的地理景观、风土人情的作品。在对这些作品进行文献普查和梳理的基础上，分析研究冀西北地区民族文化融合的情况、独特的文学活动、两京及途中驿站和风物、天马集咏和诈马宴等颇具民族特色的巡幸活动、该类诗作独特的异质特征和文献价值，以及上京纪行诗研究成果对冀西北地区文化产业发展的影响和推动作用等。

本书的研究主要分为三大部分：

1. 元代上京纪行诗，包括上京纪行诗的概况，上京纪行诗的题材和特色，上京纪行诗人的文学活动及上京纪行诗的异质特征、文献价值等。

2. 对上京纪行诗中的民族文化融合的情况进行文献梳理。分析研究上京纪行诗中有关元代民族文化融合的内容，主要包括生产、生活方式（礼俗、服饰、饮食、医疗、居住、通婚等等）和思维方式、语言文字等，进而归结出元代民族文化融合的新特点。

3. 上京纪行诗的时代价值和现实意义。上京纪行诗对两都及其途经的冀西北地区进行了历史的还原和再现，其中民族文化的交流和融合是中华民族发展历史进程中演进轨迹非常鲜明和独特的一个链条，对当代民族文化交流与融合具有重要的启示。对元代政治、经济、文化、民族的记录和风土人情进行研究，可为现代文化产业发展提供借鉴。

（二）研究目标

元代上京纪行诗地域色彩鲜明，在塞外少数民族人们生活场景的书写中，自然而然地留下了民族文化融合的痕迹。通过研究和分析这些内容，可以厘清元代冀西北地区的民族文化融合的轨迹和特点。此外，通过对上京纪行诗的研究，分析探讨农牧交错带的文化特质，进而为冀西北地区经济，尤其是旅游经济发展提供理论依据和文化支撑。

（三）拟突破的重点和难点

本书研究的重点和难点，一是探索元代上京纪行诗及其所展现的独特的、丰富多样的民族文化融合情况，尤其是北方各个民族的文化融合情况；二是实现元代上京纪行诗研究成果向冀西北文化产业的转化和应用。

二、学术史梳理及研究动态

元代是中国历史上由蒙古族执政的封建统一王朝。少数民族贵族主政，给元代的民族文化融合带来了许多新的内容和特点，突出表现在冀西北地区，该地区在元代是皇家国道所在地。因为元代设立了大都和上都两个都城，实行两都巡幸制，即每年春天，皇帝带领"后宫诸闱、宗藩戚畹、宰执从寮、百司庶府"[①]，从大都前往上都，谓之"清暑"。秋天，再从上都返回大都，来回均途经冀西北地区。在来往的过程中，产生了大量的上京纪行诗。根据上

---

① （元）王祎，《上京大宴诗序》，《王忠文公文集》卷六，《北京图书馆古籍珍本丛刊》本，第 98 册，第 103 页。

京纪行诗的记载，可以看出，元代冀西北是民族文化融合地，其中最突出的就是各民族的大群居、大融合，在冀西北，蒙古族、回族、汉族等各民族互帮互助、求同存异、共同发展。民族的群居和融合，也带来了风俗和宗教的碰撞和融合。

本书研究对象是上京纪行诗及其反映出来的冀西北地区的民族文化融合的相关问题。目前，国内外专门研究元代上京纪行诗方面的论著和研究课题很少。这和文学大环境有关。

20世纪80年代以前，元诗是诗歌研究领域中的一个冷门，人们普遍认为元诗无法和宋诗、明清诗比较，更不能和唐诗相提并论。在元代的各体文学中，元诗和元曲也不在一个层面上。在这种理念的指导下，元诗研究成果很少。

20世纪末到21世纪初，元诗研究逐渐引起学者们的关注，越来越多的学人开始改变对元诗的看法。在这样的大环境下，上京纪行诗作为元诗中一个重要的部分，也开始受到前所未有的关注。叶新民的《元上都研究》"元人咏上都诗概述"认为："在元诗中，咏上都诗占有一定的比例。近年来，研究上都历史的论著大量引用咏上都诗作，它的史料价值越来越受到重视。"[①] 21世纪初，杨镰出版了两部和元诗研究有关的专著，一部是《元诗史》（人民文学出版社，2003年8月第1版）。一部是《元代文学编年史》（山西教育出版社，2005年7月第1版）。在《元诗史》中，杨镰把上京纪行诗作为元诗"同题集咏"的一个部分，认为它之所以在元代备受关注，是因为"它的不同于唐宋等朝的异族文化因素"[②]。《元代文学编年史》则介绍、论述了一些有上京纪行诗集子的重要诗人及其上京纪行诗的集子，作者从整个元诗发展的高度，对这些上京诗人及上京纪行诗作进行了评述，其中许多论点都属首次。21世纪初，出现了专门论述上京纪行诗的单篇论文，李军的《论元代的上京纪行诗》（《民族文学研究》2005年第2期）从上京纪行诗的产生、内容及文献价值、审美特征等方面展开论述，充分肯定了上京纪行诗的独特价值。

近年来，上京纪行诗越来越引起学人的关注和重视，相继出现了一些学

[①] 叶新民，《元上都研究》，内蒙古大学出版社，1998年7月第1版，第233页。

[②] 杨镰，《元诗史》，人民文学出版社，2003年8月第1版，第645页。

术成果。刘宏英和吴小婷的《元代上京纪行诗的研究状况及意义》（《河北北方学院学报》2008 年第 4 期）以《元诗选》《元诗选癸集》《元诗选补遗》为底本，共收录了 50 位诗人的上京纪行诗 497 首，并从文献学、元代诗歌发展、人文应用前景等角度论述了上京纪行诗的价值及意义。邱江宁的《元代上京纪行诗论》（《文学评论》2011 年第 2 期）通过对上京纪行诗的繁荣、特征及诗学史意义三方面探讨，指出上京纪行诗是元代诗歌创作中最值得记写的主题。黄二宁的《论元代上京纪行诗在元代的传播》（《内蒙古大学学报》2016 年第 3 期）论述了上京纪行诗的传播主体、传播内容、传播对象、传播方式等传播情况。刘宏英和王婧璇的《元代上京纪行诗的异质特征及其成因》（《河北北方学院学报》2015 年第 5 期）从上京纪行诗所描写的塞外风物、气候、居民生活习惯等方面论述了该类诗歌的异质特征及民族特色。刘嘉伟的《华夷一体与元代纪行诗的繁荣》（《求是学刊》2015 年第 6 期）从元代华夷一体的角度，探析了元代纪行诗繁荣的原因。赵欢的《从上京纪行诗看元代文人心态》（《北京工业职业技术学院学报》2015 年第 1 期）则尝试着考察和分析了元代文人的境遇与心态。

学者们在关注整个上京纪行诗的同时，也开始重视和研究个体诗人的上京纪行诗。王忠阁的《廼贤〈上京纪行〉诗的文学史价值》（《河南社会科学》2008 年第 6 期）把焦点集中在廼贤《上京纪行诗》的题材及文学上的地位与价值。刘宏英的《元代诗人廼贤上京纪行诗中的寻根情结》（《河北北方学院学报》2010 年第 1 期）通过对廼贤上京纪行诗的分析和研究，认为廼贤作为一个华化的少数民族作家，虽然生长在中原地区，但却深深地怀念着塞外，作品中透露出浓浓的北方民族情结。李舜臣的《楚石梵琦"上京纪行诗"初探》（《民族文学研究》2013 年第 6 期）认为楚石梵琦的上京纪行诗不拘格套，力求新奇，具有较高的艺术价值和诗歌史意义。王双梅的《冯子振上京纪行诗创作及其意义》（《辽宁工程技术大学学报》2017 年第 2 期）认为冯子振上京纪行之作展现了文体的丰富性、艺术风貌的独特性，不仅丰富了元代上都文学活动，而且在当时南北文坛都具有影响力。

2014 年，中国台湾学者李嘉瑜的《元代上京纪行诗的空间书写》（台湾里仁书局，2014年第1版）出版，是有关上京纪行诗的第一本专著。该书透过边塞时空的转换、城市记忆的形成等论题，解释了上京纪行诗的独特性与文化意蕴。2016年，刘宏英的《元代上京纪行诗研究》（中国经济出版社，2016年第1版）出版，该书以搜集到的一千多首上京纪行诗为基础，以元代两都巡幸制度为背景，采用史诗互证的方式，着重探讨和论述了元代上京纪行诗的形成、发展、分期、题材以及规模等问题，并重点对袁桷及其纪行诗集《开平四集》、柳贯及其诗集《上京纪行诗》、胡助及其诗集《上京纪行诗》、周伯琦及其纪行诗集《近光集》《扈从集》、杨允孚及其诗集《滦京杂咏》等进行了考论，成为学界比较全面系统的专门研究元代上京纪行诗的学术著作。

上京纪行诗的研究取得了一系列可喜的成果，但把上京纪行诗和元代民族文化融合结合起来去探索和研究，很少有人涉猎，还存在很大研究空间。本书尝试着从上京纪行诗来探析冀西北地区的民族文化融合，分析研究该地区在元代各个民族（尤其是北方的民族）文化交锋和交融的过程、脉络及其文化认同实质。

三、学术价值和应用价值

目前，元代上京纪行诗的研究还很薄弱。本书研究的理论与实际应用价值主要有以下几点。

（一）有利于元代民族文化融合的研究

以上京纪行诗为切入点，透过这类独特的诗歌，可以分析研究元代民族文化融合的情况。元代上京纪行诗描写内容非常丰富，这些内容可以丰富、弥补史书中关于两都巡幸的记载，真正起到以诗证史的作用。同时，上京纪行诗对研究我国古代北方民族的历史、地理、政治、经济、文化、宗教、风俗等，也具有重要的参考价值。

元代的各少数民族都非常活跃，尤其是北方和西北地区的少数民族。根据各民族归附蒙古族的时间先后顺序，元代把人分为蒙古、色目、汉人和南人四种人，这四种人在河北省的西北部地区（主要是张家口地区）都有大量居民。冀西北地区成为一个各种民族和风俗碰撞和融合的地带。因为该地区是草原地带和农耕地带的过渡区，故而在民族融合的过程中，草原文明和农耕文明进行了大交流、大融汇。

上京纪行诗还可以裨补我国的动植物学史。对上京及沿途动物、植物的描写，是上京纪行诗的又一重要内容。其中许多动植物，只生长在北方草原地带，极为珍贵。上京纪行诗中关于古代北方草原地带所特有的动植物的记载，可以充实、弥补动植物学的记载，在动植物学领域同样具有重要的借鉴参考价值。

（二）有利于更深入地把握上京纪行诗的内涵

通过民族文化融合的探析，可以丰富、反观元代上京纪行诗的研究，进而凸显其重要的文献学价值。冀西北地区在元代属于"腹里"，由中书省直辖。该地区连接着西北与华北地区，是游牧与农耕的过渡区域。地缘条件决定了该地区的民族融合现象比比皆是。元代该地区以大都和上都为链条的两端，成为草原民族和农耕民族融合的文化传播融合带。在语言、服装、饮食、姓氏、婚姻、籍贯、风俗习惯、医疗习俗、称谓习俗、价值观念等等各个方面相互影响。通过对上京纪行诗中民族文化融合具体表现和轨迹的分析探索，一方面可以丰富、弥补史书中关于民族文化融合的记载，真正起到以诗证史的作用。另一方面也可以更加深入地挖掘元代上京纪行诗的内涵和特质，并进一步彰显其文献学价值和独特的史学意义。

在我国古代诗歌发展史上，上京纪行诗是元诗特有的现象，也是元诗研究的重要内容。在我国历史上，两都制并非元代所特有。但是在元代，两都巡幸却成为定制。元代两都巡幸在我国历史上时间是最长的，规模最大的，涉及的人数也是最多的。在文坛上，突出特点是大量的诗文作家参与巡幸，流传下来的这些诗人们的大量的上京纪行诗，成为元诗中特有的"景观"。

除了数目多之外，元代上京纪行诗人的面也非常广。在元朝写作上京纪行诗的，除了汉人之外，还有相当数量的蒙古、色目和南人，涉及四个等级的人群，廼贤、萨都剌、马祖常、耶律铸等知名少数民族作家的加盟，使上京纪行诗作品丰富而多彩。另外还有许多作家世代居住在南方，他们的足迹第一次踏上山高峰峻的北方。北方山川之胜，风土之异，使他们心中充满了新奇和诧异，在他们的笔下，上都纪行之作多了几分神秘和诡异。从宗教来看，写过上京纪行诗的，有佛教人士，也有道教人士，如刘秉忠、马臻、薛玄曦、张雨等。更为独特的是，一些外国人士，当时因各种原因参加了两都巡幸，他们也用自己的笔记录下了这一历史的镜头，以及自己作为一个外国人独特的观感，比如安南（今越南）国王陈益稷，安南国王的侄儿陈秀峻，高丽（今韩国）诗人李齐贤，都写过上都纪行诗。写作群体广泛是元代上京纪行诗的特点，也使上京纪行诗别具风味。

（三）具有广阔的人文应用前景

上京纪行诗是研究农牧交错带文化的重要窗口，具有较强的人文应用前景。冀西北地区是典型的农业和牧业的交错带。在京津冀一体化的时代背景下，通过对上京纪行诗的研究，可以分析和掌握农牧交错带独特的文化特质，除了可以为当地的经济发展打造文化背景之外，还可以为京津冀一体化国家战略提供更宽广、更丰富的学术文化支撑。

第一章　两都巡幸与冀西北民族文化融合

第一节　元代两都巡幸

从成吉思汗的孙子——元世祖忽必烈建造上都开始，直到元顺帝后期上都被农民起义军红巾军烧毁为止，元代一直都实行两都巡幸制，即春季的时候，皇帝带领后妃、皇族和文武大臣，浩浩荡荡地前往草原城市上都"清暑"。等到了秋季，又带领他们返回到大都驻冬。每年一次，从未中断过。在我国历史上，两都制或多都制并非元代所特有，但是在元代，两都巡幸时间最长，规模最大，而且成为定制，引起了高度的关注，产生了深远的影响。

两都巡幸的道路，据元人周伯琦说有四条路："大抵两都相望，不满千里，往来者有四道焉：曰驿路，曰东路二，曰西路。东路二者，一由黑谷，一由古北口。"[①]

在从大都到上都的四条道路中，"驿路"是最重要的交通干线，元代一般人去上都大多是走这条路。据《经世大典·站赤》记载，这条路长约800余里[②]。经过的地点主要有：1.大都建德门（现在北京德胜门附近）；2.昌平县；3.新店（也叫辛店）；4.南口、居庸关、北口；5.居庸关过街塔；6.榆林驿；7.统幕店（也作统幕）；8.洪赞；9.枪杆岭（也称为桑乾岭）；10.李老谷.尖帽山；11.龙门站.鹨窝站；12.赤城站；13.云州；14.独石口站；15.偏岭、檐子洼；16.牛群头驿；17.察罕脑儿；18.李陵台驿；19.桓州；20.望都铺（即南坡店）；

[①]《扈从集》前序，文渊阁《四库全书》本，第1214册，第543页。

[②]《经世大典·站赤》，《永乐大典》卷一九四二一，中华书局精装本，第8册，第7237页。

21. 滦河。

元代皇帝每年巡幸上都,大多"东出西还",即由东道辇路赴上都,然后从西道返回大都。东道有两条路,其中黑谷东道俗称"辇路",总长750余里,为皇帝赴上都专用道路。这条路共有18处纳钵①:1.大口;2.黄堠店;3.皂角;4.龙虎台(即新店);5.棒槌店;6.官山;7.车坊;8.黑谷;9.色泽岭;10.程子头;11.颉家营;12.沙岭;13.失八儿秃;14.郑谷店;15.泥河儿;16.双庙儿;17.六十里店;18.南坡店。在辇路上,除了两端与驿路相合部分设有驿站外,官山至沙岭段只有纳钵,因为禁止寻常人行走,所以不需设置驿站。东道另一条路为古北口路,为监察官员和军队专用。

元朝皇帝从上都返回大都走的是西道,西道全长1095里,设有25处纳钵:1.南坡店;2.六十里店;3.双庙儿;4.泥河儿;5.郑谷店;6.盖里泊(又译为界里泊.盖利泊);7.遮里哈刺;8.苦水河儿;9.回回柴;10.忽察秃;11.兴和路(即今张北一带);12.野狐岭;13.得胜口(今张家口万全洗马林附近);14.沙岭(今张家口市经开区沙岭子);15.宣德府(今宣化);16.鸡鸣山;17.丰乐;18.阻车;19.统墓店(今怀来土木);20.怀来县;21.妫河;22.龙虎台;23.皂角;24.黄堠店;25.大口。上面的站赤中,有大部分地区现在属于冀西北的张家口地区。

两都巡幸中,皇帝及其侍臣路途单程所用时间在20—25天之间,时间比较长。而巡幸的随同人员,除了后妃、太子和蒙古诸王外,上至各部大臣,下至各级官衙的官员,都要根据自己的官职,分官扈从。各级官吏扈从皇帝北行,在亲身经历巡幸的整个过程中,他们目睹了巡幸规模之宏大,仪式之隆重,路途之遥远,冀西北地区山川风物之奇特迥异。敏感的诗人们情思涌发,他们挥翰染墨,把所见所闻用诗歌的形式真实地记录了下来。这些诗歌,在元代有个专有名词,叫上京纪行诗。在元代文人的上京纪行诗中,大量的内容涉及冀西北地区的山川风物、地理气候、习俗人情等,这些对研究我国元代时期冀西北地区的历史、地理、文化、民族、宗教、风俗等,都具有重

---

① 纳钵:车驾行幸宿顿之所,即皇帝出行时居住的帐幕。

要的参考价值。通过这些研究成果，可以真实地了解冀西北地区自然资源和文化资源的丰富多彩，因而既具有重要的理论意义，又可以为该地区的经济发展打造文化背景，推动当地文化产业的快速发展。

　　冀西北地区主要指河北省西北部的张家口市。现在的张家口市包括6区10县和3个管理区。该地区位于阴山、燕山和太行山等山脉交汇处，北接蒙古大草原，南通中原，东望京津，西连三晋，是沟通漠南与中原、西域与辽东的交通要道，汇聚了桑干河、洋河、壶流河、永定河、闪电河、妫水河、洪塘河等众多水流。

　　冀西北地区属东亚大陆性气候中温带干旱区，天气多变，气候以干旱、大风、苦寒为主。特殊的地况地貌，使张家口拥有丰富的自然资源和文化资源。尤其是文化资源方面，张家口地域文化与中华文化可谓同源同龄，其地域文化紧紧依傍着中华文化的主根生长发展，底蕴十分深厚。但由于张家口特殊的地理位置等原因，张家口正式对外开放较晚。这不仅放慢了张家口的经济发展脚步，而且延缓了张家口文化产业发展的速度。但近些年来，在党中央和省市领导的关心和支持下，张家口的文化产业突飞猛进，呈现出快速发展的劲头。许多张家口的学者怀着对家乡的无限深情，把研究的目标放在了张家口的文化产业方面，相继推出了一些研究成果，但是，把元代上京纪行诗和冀西北文化产业联系起来进行研究的成果尚属空白。

　　两都巡幸在文学方面的直接成果就是诞生了大量的上京纪行诗，本书把元代上京纪行诗和冀西北民族文化融合及文化产业联系起来进行研究，侧重点是以元代的两都巡幸为窗口，通过元代文人在诗歌中的记载和描写，挖掘和开发冀西北地区民族文化的碰撞融汇融合以及由此带来的文化繁荣，进而推动当前张家口文化产业的快速发展。

第二节　冀西北民族文化融合特点

　　张家口处于我国北方游牧文化和中原农耕文化的过渡地带，是东部环渤海文化和西部内陆文化交流的重要通道。根据上京纪行诗的记载，可以看出，元代冀西北是民族融合地，其中最突出的就是各民族的大群居、大碰撞、大融合，在冀西北，蒙古族、回族、汉族等各民族互帮互助、求同存异、共同发展。民族的群居和融合，也带来了风俗和宗教的碰撞和融合。元代冀西北地区的民族文化融合主要表现在以下几个方面。

（一）政治融合

元朝建立了统一的政权，实行相对宽松的民族政策。蒙古族统治者尊重汉族文化和传统，采取了一系列措施促进不同民族之间的政治融合。例如，设立行省、州县等行政机构，吸纳汉族官员参与政府管理，使得不同民族的代表在政治上得以参与和交流。

（二）经济交流与融合

元代冀西北地区经济繁荣，商业活动频繁。不同民族之间的经济交流和融合成为常态。这一时期的冀西北地区成了东西方贸易的重要节点，各种商品和文化物品在这里交汇。商人、手工艺人、传教士等不同民族的人们在经济活动中相互交流，促进了民族文化的融合。

（三）文化交流与融合

元代冀西北地区出现了多元文化的交融与共生。汉族文化和蒙古族文化在这一时期相互影响并融合。元代的文学、艺术、建筑、雕塑等领域展现了多元文化的特点。例如，元代的文坛上，有大量的少数民族文学家，如萨都剌、耶律楚材、耶律铸、贯云石、丁鹤年、廼贤、马祖常等等，在元代的文学作品中，融入了汉族和蒙古族等少数民族的文化元素，形成了独特的风格。建筑方面，元代冀西北地区的寺庙、城堡等也融合了不同民族的特点。

（四）宗教传播与交融

元代冀西北地区的宗教信仰也发生了一定的变化与融合。蒙古族带来了藏传佛教的教义和传统，与当地的汉族和回族的宗教信仰相互交融。佛教、道教、答失蛮（伊斯兰教）、也里可温（基督教）、聂思脱里教（基督教）等宗教在这一时期的冀西北地区得到广泛传播，不同宗教之间的交流与融合也在一定程度上促进了民族文化的融合。

总的来说，元代冀西北地区的民族文化融合是一个长期的复杂而多元的过程，不同民族之间在政治、经济、文化等各个领域的交流与融合共同塑造了当地的独特文化面貌。

第二章　上京纪行诗所见民族文化融合管窥

元代实行两都巡幸制度,在大都和上都来往的过程中,诞生了大量的诗歌,这些诗歌在元人文献中被称为上京纪行诗。上京纪行诗是元代诗歌中一道亮丽而别致的"景观"。对杨镰《全元诗》(中华书局,2013年第1版)的梳理,共检索到上京纪行诗1995首,包括唱和诗、赠别诗、送行诗、怀古诗、记梦诗、题画诗、序跋诗等,涉及159位诗人,其中有组诗763首,31组为10首以上组诗。从写作对象的角度看,这些诗歌大致可以分为两类:一类为描写大都和上都之间驿道的作品,以地理气候、风俗习惯、人文景观、生产劳动等为重点;另一类为描写上都城的作品,以上都的动植物、居住环境、人文风俗、官员的生活、工作、交往以及皇家祭祀、游猎、娱乐、宴赏等为重点。这些诗歌有着浓浓的民族文化融合的痕迹,主要涉及元代上都城及大都和上都之间的驿道地区,主要位于现在的冀西北地区。

冀西北地区自古以来就是一个多民族游猎放牧、耕田圈地之地。随着元代实行两都巡幸制度,民族文化融合启动了"快进键",南来北往扈驾的台阁官僚自然成为主力军,创作上京纪行诗成为开启民族文化快速交汇交融的新模式。伴随着蒙古南下略地,以蒙古、色目为主体的北方族群开闸泄洪般地散入中原、江南、西南乃至全国各地,在这个过程中,冀西北地区发挥了走廊和通道的作用,也成为民族义化融合的长廊。由于受历史进展、地理环境、气候特征、民俗习惯、生产生活方式等因素影响,蒙古草原游牧文化和中原农耕文化在形成、发展和传承过程中形成了自身内在的特质,适应了各自的地域特征,也培育了不同的民族特点。两都巡幸制度,让不同的文化在碰撞中相互适应,相互融合,并通过上京纪行诗的形式进行了有效的记录。

第一节 扈从馆阁文人是融合的主力军

巡幸队伍中有大量的馆阁文人扈从，他们是民族文化融合的主力军。两都巡幸制度所带来的大量南来北往巡幸人员，尤其是在朝廷及下属各个官衙任职的文人，成为民族文化融合的生力军和主力军。元世祖中统年间开始正式实行两都巡幸制度，一直到元顺帝至正十八年（1358年）上都城被红巾军烧毁，在百年巡幸史中，至少有159位诗人参与了巡幸活动，并用诗歌做了真实生动的记载。郝天挺是元好问的恩师，他的孙子郝经，在元好问眼里"才气非常"。郝经曾来往于大都和上都，他的上京纪行诗《怀来醉歌》，记载了一次途经怀来，在宾馆吃住的经历："胡姬蟠头脸如玉，一撒青金腰线绿。当门举酒唤客尝，俊入双眸耸秋鹘。白云乱卷宾铁文，腊香一喷红染唇。据鞍侧鞬半林鬣，春风满面不肯嗔。系马门前折残柳，玉液和林送官酒。二十五弦装百宝，一派冰泉落纤手。"①怀来招待客人的女子着装独特，俊俏殷勤，热情周到，为客人奉上当地特产的玉液官酒，佐以悦耳的乐曲，使得客人不知不觉就"须臾高歌半酡颜，貂裘泼尽不觉寒。谁道雪花大如席，举鞭已过鸡鸣山"②。这是一次愉快的旅行，山西人郝经用自己的亲身经历，把怀来独特的商业文化以及商业文化中别致的民族因素用诗歌的形式留存了下来。

以蒙古、色目和汉人为主体的各族"行客"在冀西北地区长期季节性地、频繁地接触和交流中，互相学习、交流和借鉴，学术交流与熏染亦更加活跃。在相互对峙、碰撞中又渐趋交融、影响，最终相互融合。浙江东阳人胡助，在朝廷做官近30年，于至顺元年（1330年）夏五月，和翰林诸僚佐一起扈从皇室清暑滦阳，并把来回吟哦之作结为一集，共50首，名为《上京纪行诗》，其中多有山川之胜、风土之异，如《赤城》："山石似丹垩，赤城因得名。土异产灵瑞，永宜奉天明。市廛集商贾，有驿通上京。触热此经过，

---

① （元）郝经，《郝文忠公陵川文集》（卷十），《北京图书馆古籍珍本丛刊》本，第562页。
② （元）郝经，《郝文忠公陵川文集》（卷十），《北京图书馆古籍珍本丛刊》本，第562页。

忽看风雨生。平原走潢潦，河流浩新声。斯须即开霁，灿烂云霞横。"①塞外异域独特的土物景致，令这位江南土生土长的文士耳目一新，身心澄净清透。再如《同吕仲实宿城外早行》："我行得良友，夜宿健德门。晨征带残雨，华星缀云阴。局蹐乘羸马，沿途共笑言。两京隔千里，气候殊寒暄。声利汩清思，山川发雄文。平生所未到，扈毕敢辞烦。愧予雁鹜姿，亦复陪鸾鹓。历历纪瑰伟，一见胜百闻。兹游偿夙愿，庶用归田园。"②记述了他和吕仲实同行上京的经历和感受。

馆阁文人在两都来往期间所作的诗歌，成为上京纪行诗的主体。综观元代的两都巡幸，虞集、黄溍、袁桷、许有壬、马祖常、王恽、胡助、柳贯、周伯琦、张翥、张昱等大量的宫廷文人，因为朝廷的需要而来往于大都和上都，春去秋回，其间创作了大量的上京纪行诗，这些诗歌具体而微地记录了居庸关以北塞外的景观、农业劳动和生产生活。巡幸队伍中的馆阁文人，是北方地区民族文化融合的重要参与者和记录者。

第二节 草原都城成为融合的积淀和投影

上都城是一座富有特色的草原城市，建造于至元三年（1266年），由刘秉忠奉元世祖忽必烈之命建造。它既借鉴了汉族传统的城市布局观念，同时也考虑到了蒙古族游牧生活的特点。上都具备了民族文化融合的环境基础，作为草原都城，它距离中原和大海都很遥远，元代统治阶级在修建上都宫城时，喜欢从中原、江南、海边搬运宝贝作为建材，上都的大安阁，就是河南汴京故宋熙春阁的再现。大安阁是上都宫城中最主要的建筑，是由宋代都城汴京中的熙春阁拆迁而建。据元人王恽《熙春阁遗制记》载，熙春阁"高二百二十尺，广四十六步有奇，从则如之"，"此阁之形势所以有瑰伟特绝之称也"③。如此宏伟雄壮的宫殿，拆下后的木料数以万计，经由水道陆路，动

---

① （元）胡助，《纯白斋类稿》（卷二），《丛书集成初编》本，第14页。
② （元）胡助，《纯白斋类稿》（卷二），《丛书集成初编》本，第13页。
③ 李修生，《全元文》，凤凰出版社，2004年第1版，第6册，第91页。

用了大量的军士和民工才运到上都。

上京纪行诗的诗人们把大安阁视作上都的象征,反复歌咏这座雄伟瑰丽的建筑,涉及24个篇目。例如,胡助《滦阳杂咏》"年年清暑大安阁,巡幸山川太史书"①,柳贯《次韵元日预宴大安阁下》"天元启运三阳正,需宴欣承湛露濡"②,吴当《青宫受宝朝贺日次韵》"大安高阁正当中,龙虎旌旗卫两宫。近日春坊谁辅导,相君班序冠三公"③,许有壬《至顺辛未六月见文宗皇帝于大安阁后廊甲戌夏重来有感而作》"修廊晴旭射红尘,燕坐曾朝虮虱臣。静忆玉音犹在耳,绝怜金地只传神。桥陵弓剑成千刧,滦水旌旗仅四巡。大圣继天春万彚,感恩无柰泪沾巾"④,张嗣德《滦京八景·凤阁朝阳》"开囲行都重朔城,大安高阁焕鸿名。中天旭霁昭黄道,万象春熙拱帝京。瑞露气浮仙掌动,文星光挹泰阶平。朝元羽佩辉蝉冕,长振琳琅侍玉清"⑤,张昱《辇下曲》"祖宗诈马宴滦都,挏酒啍啍载憨车。向晚大安高阁上,红竿雄帚扫珍珠"⑥,周伯琦《是年五月扈从上京宫学纪事绝句》"五色灵芝宝鼎中,珠幢翠盖舞双龙。玉衣高设皆神御,功德巍巍说祖宗(右二首咏大安阁,故宋汴熙春阁也,迁建上京)"⑦。众多的篇目除了描绘大安阁的宏伟壮观和庄严富丽,还交代了大安阁的主要功用,国家的重大典礼、皇帝继位、接待重要的外国使臣等等都在大安阁里进行,大安阁静静地见证着各个民族的交汇和融合。

朝廷重要的文职官署上都翰林国史院,特意从江南太湖运来了一块巨石,作为镇院之宝,胡助《鳌峰》:"中涵太湖润,瑰伟专上京。"⑧这块江南太湖涵润的石头,静静地卧在翰林国史院的三间视草堂前面,掩映在一片葱郁的金莲花海中。搬运沿海地区的巨石到草原,本身就是一种文化融合的举动,

---

① (元) 胡助,《纯白斋类稿》(卷二),《丛书集成初编》本,第127页。
② 杨镰,《全元诗》,中华书局,2013年第1版,第35册,第216页。
③ 杨镰,《全元诗》,中华书局,2013年第1版,第40册,第174页。
④ 杨镰,《全元诗》,中华书局,2013年第1版,第34册,第334-335页。
⑤ 杨镰,《全元诗》,中华书局,2013年第1版,第37册,第369页。
⑥ 杨镰,《全元诗》,中华书局,2013年第1版,第44册,第50页。
⑦ 杨镰,《全元诗》,中华书局,2013年第1版,第40册,第357页。
⑧ (元) 胡助,《纯白斋类稿》(卷二),《丛书集成初编》本,第15页。

这种举动的直接后果就是这块石头逐渐演变为文化融合的实物符号——鳌峰石。该石居于上都翰林国史院的中心位置，在三间视草堂前面，它突兀崔嵬，嵚崟有声，白天看状如昂头之巨鳌，晚上月下又似卧虎。从侧面看像展翅飞翔的凤凰，又像高耸着的驼峰，默默地见证着草原文化和农耕文化的融合，留下了民族文化融合深深的烙印。扈从上都的名公钜卿，均把鳌峰石作为歌咏的对象。上京纪行诗中或吟咏鳌峰石，或和鳌峰石有关的诗歌共49首，涉及虞集、袁桷、马祖常等12位台阁作家。鳌峰石上吟咏唱和，是护驾上京的台阁大儒们的日常必修课。程文《题鳌峰石》："虞公别去李公来"①，虞集、刘敏中、袁桷、黄溍、胡助、马祖常等一大批文人是这里的常客，鳌峰石是他们集体歌咏的重要诗材。色目人马祖常《上都翰林院两壁图（寒江钓雪秋谷耕云）》："上京玉暑清凉境，闲伴鳌峰作弟兄。"② 以鳌峰石为弟兄，相依相伴之情溢于言表。虞集的《别国史院鳌峰石》《戏作试问堂前石五首》《代石答五首》等诗篇则借石头喻人，写尽了人生的沧桑和劲道。刘敏中和郑潜庵的唱和诗《次韵郑潜庵应奉鳌峰石往还十首》、胡助的《鳌峰》、大儒吴澄之孙吴当的《鳌峰石》，都是用这块石头来浇胸中的块垒。在上京纪行诗中，鳌峰石不仅是一块石头，更是一个文化符号，是一个民族文化深度融合后的文化表征。

第三节 民户的生产生活带来的文化融合

文化的传播凭借人与人之间交往、交流和沟通，在塞外少数民族人们生活生产场景的书写中，自然而然地留下了民族文化融合的痕迹。元代民族文化融合具有多样性、复杂性和独特性，主要表现在富有特征性的生活生产细节、粗犷苍凉的风景、具有民族性的名物等方面。浙江临海人陈孚，在仕宦上京的途中，路过冀西北地区的怀来县，吃住在当地的一户人家，亲眼所见、亲身经历了当地的待客习惯，被当地热情待客的风俗习惯所感染，他兴奋地

---

① 杨镰，《全元诗》，中华书局，2013年第1版，第35册，第291页。
② 杨镰，《全元诗》，中华书局，2013年第1版，第29册，第368页。

创作了一首《怀来县》，诗中写道："民家坐土床，嬉笑围老稚。"①一家人围坐在土床边，有说有笑地招待客人，"粝饭侑山葱，劝客颜有喜"②，吃的虽然是糙米饭和山葱，但主人很热情，北方民族的豪爽大方、热情好客尽显无遗，这使得南方来客陈孚由衷地感叹："足迹半天下，爱此俗淳美。"③在酒足饭饱之余，他不禁"醉就软莎眠，梦游葛天氏"。④

冀西北地区是一个缺水区域，上京纪行诗把笔触伸向了这一自然现象。陈孚《洪赞井深有六七十丈者》："大井千尺深，窈然见空洞。野人驱十牛，汲以五石瓮。"⑤严重的缺水使当地百姓"滴水宝如珠，一瓮十室共"⑥。这使从小生活在钱塘江边，从来不知道缺水是什么滋味的陈孚耳目一新、惊奇不已，只好"急呼茗枕来，试作清净供"⑦。冀西北地区赤城百姓的生活，在安徽宣城人贡师泰笔下就像一幅风俗画："山近云连驿，沙虚雪拥村。瓠壶县穀种，土锉爨柴根。冻雀来依幔，晨鸡立傍门。客中甘澹泊，不必问盘飧。"⑧山云相连、沙雪拥村的景象，做饭的"瓠壶""土锉"，依着帷幔的冻雀，立在门旁的晨鸡，这些北方特有的生活情景生动形象地展现在诗人面前。"万壑从东下，群峰向北围。"⑨"牛车纥水去，驴驼负薪归。"⑩这些土物、景致和生活场景极富塞外地域性和民间乡土性。元代后期诗人黄溍《李老谷》载："缘崖一径微，入谷双崦窄。密林日易曛，况乃云雨积。行人望烟火，客舍依山色。家僮为张灯，野老烦避席。未觉风俗殊，秪惊关河隔。严程不可缓，子

---

① （元）陈孚，《陈刚中诗集》，文渊阁《四库全书》本，第1202册，第656页。
② （元）陈孚，《陈刚中诗集》，文渊阁《四库全书》本，第1202册，第656页。
③ （元）陈孚，《陈刚中诗集》，文渊阁《四库全书》本，第1202册，第656页。
④ （元）陈孚，《陈刚中诗集》，文渊阁《四库全书》本，第1202册，第656页。
⑤ （元）陈孚，《陈刚中诗集》，文渊阁《四库全书》本，第1202册，第656页。
⑥ （元）陈孚，《陈刚中诗集》，文渊阁《四库全书》本，第1202册，第656页。
⑦ （元）陈孚，《陈刚中诗集》，文渊阁《四库全书》本，第1202册，第656页。
⑧ 杨镰，《全元诗》，中华书局，2013年第1版，第40册，第270页。
⑨ 杨镰，《全元诗》，中华书局，2013年第1版，第40册，第275页。
⑩ 杨镰，《全元诗》，中华书局，2013年第1版，第40册，第275页。

规勿劝客。"①来自浙江地区的黄溍，在塞外的李老谷，并不感觉有任何违和感。从冀西北地区的民户风俗习惯可以看出，到了元代中后期，该地区的民族文化已经完全深度融合了。

第四节 汉制汉俗在家庭层面促进了民族融合

通婚杂居是民族文化融合的一种最生活化的方式，把民族间的文化融合引进了家庭内部。上京纪行诗诗人许有壬和继室赵鸾的婚姻堪为代表。赵鸾为雍古人赵世延之女。赵世延从小就用汉族的教育模式培养其女，再加上赵鸾"朗惠而厚静，幼时古文歌诗入耳辄能记"②，所以赵鸾"七岁倍诵《周易》，善属对。九岁使颛学女事，则《论语》、《孟子》、小学书皆成诵矣"③。如此贤惠而又聪颖的女儿，令赵世延在择婿上犯了难，一直苦于找不到称心而又能配得上女儿才情的龙门快婿。当初，赵世延参预中书读卷官时，看上了进士廷对"言磊落可行"④的许有壬。后来许有壬原配赵定病逝，"丧偶且期"⑤，赵世延就把女儿嫁给了许有壬。根据许有壬《亡室高阳郡夫人赵氏志（丙申七月一日生）》载，夫人赵定卒于天历二年（1329 年）九月十七日，他为夫人"服齐衰期"⑥。又据陈旅《故鲁郡夫人赵氏墓志铭》记载："及参政为两淮转运使，丧偶且期，值鲁公还金陵别业，因请婚，于是夫人归焉。"⑦赵鸾出嫁应该是许有壬在两淮转运使任上，"齐衰期"将满之时。官员守齐衰期一般是一年左右的时间，据此推测赵鸾适归大约是在天历三年或天历四年。婚后，她按照儒家传统守妇道，尽妇职，"服食约素，遇亲旧，不择贵贱"⑧，尊

---

① 杨镰，《全元诗》，中华书局，2013 年第 1 版，第 28 册，第 243 页。
② 李修生，《全元文》，凤凰出版社，2004 年第 1 版，第 37 册，第 398 页。
③ 李修生，《全元文》，凤凰出版社，2004 年第 1 版，第 37 册，第 398 页。
④ 李修生，《全元文》，凤凰出版社，2004 年第 1 版，第 37 册，第 398 页。
⑤ 李修生，《全元文》，凤凰出版社，2004 年第 1 版，第 37 册，第 398 页。
⑥ 李修生，《全元文》，凤凰出版社，2004 年第 1 版，第 38 册，第 491 页。
⑦ 李修生，《全元文》，凤凰出版社，2004 年第 1 版，第 37 册，第 398 页。
⑧ 李修生，《全元文》，凤凰出版社，2004 年第 1 版，第 37 册，第 398 页。

老爱幼，尤其对许有壬前妻所生的两个孩子，抚育如己出，亲自教孩子读书。在奴婢诬陷前妻儿子燕山偷窃钱财时，她故意置之不理，妥善地化解了家庭矛盾，后来发现孩子并没有偷窃，当丈夫问她"你为什么不早说"时，她说："我担心你脾气暴躁，把孩子吓坏了。"作为色目后裔，赵鸾恪守儒家宣扬的妇女美德，用德行涵化了不同民族间的文化。

改名换姓也是一种民族文化融合的表现。汉族、契丹、女真等民族人士，因战功、主动投降、父荫等原因，经常被赏赐蒙古名字，宣德（今河北宣化）人刘敏，早年入太祖成吉思汗宿卫，赐名玉出干。宪宗四年（1254年），其子刘世亨袭父职，赐名塔儿台。另一子刘世清，入宪宗孛儿只斤·蒙哥宿卫，为必阇赤，赐名散祝台。还有一种情况是主动用蒙古名为别名，应州（今山西大同）人萧君弼，本契丹贵族石抹氏，改名萧君弼，后又改名蒙古岱（一说蒙古德）。之后，蒙古、汉语双名长期并用。他住的村寨定名为萧家寨，他的父亲（爱纳霸突儿）、儿孙辈均有蒙古名，三个儿子从长到幼依次为众家奴、蒙古歹、道养。保留汉族姓氏，改用蒙古名字，也并不少见。大都留守郑制宜，通晓蒙古语，为儿子起名郑钧，同时启用蒙古名郑阿儿思兰，保留了汉姓，只改用了蒙古名字。启用蒙古名字，并且多在上学、考试、任职、调用等场合使用，主要有两个原因：一是元代实行四等人制度，蒙古、色目在科考和入仕等方面具有官方认可的优势，享有特权；二是蒙古族是统治民族，蒙古名字是一种尊荣，故而家族中普遍启用蒙古名字并世代沿袭就成了一种风俗和时尚。

遵从汉俗，自觉丁忧也是一种民族文化融合的民间表现。根据中国封建社会传统的道德礼仪制度，官吏身份之人要为父母长辈居丧守孝，谓之丁忧。元代典章制度中，凡关于中国礼俗之事，必令蒙古、色目人除外，比如丁忧制度，大德元年（1297年），汉人梁曾曾经上书请求实行丁忧之制。《元典章》吏部五《官吏丁忧终制叙仕》条，载大德八年（1304年）诏书，曰："三年之丧，古今通制，今后除应当怯薛人员、征戍军官外，其余官吏父母丧亡，丁忧终制，方许叙仕。"①这说明大德八年开始实行丁忧制度，但"应当怯薛人员、征戍军官"除外。《元史》卷八三《选举志》："大德二年诏，凡值丧，除蒙古、色目人员各从本俗外，管军官并朝廷职不可旷者，不拘此例。"②这说明元代在汉人和南人中沿袭丁忧制度，但蒙古、色目人不受限制。至大四年（1311年）三月十八日，朝廷又下诏书，再次强调官吏丁忧："官吏丁忧，已尝著令，今后并许终制（实二十七个月），以厚风俗。朝廷夺情起复，蒙古、色目、管军官员，不拘此例。"③很明显，作为一种长期使用的固定制度，一般官员都应该遵从，以美教化、厚风俗，但诏令最后却专门做了强调，蒙古、色目人各从本俗，"不拘此例"④。尽管朝廷在诏书中反复强调蒙古、色目官员可以"不拘此例"，但很多蒙古、色目人却依然自觉遵从汉俗，热心汉族礼俗。他们主动改从汉制，自愿为父母丁忧，退官守庐墓，服斩衰。如雍古族人赵世延，元贞元年（1295年），朝廷授予他江南行御史台都事之职，但适逢遭遇母亲去世，丁忧而未赴任。雍古人马祖常任礼部尚书时，祖母去世，他退官守庐墓，服斩衰，为丁祖母忧。唐兀人余阙任浙东道廉访司事时，归庐州为母丁忧。廉希宪至元元年（1264年）为母亲丁忧，率亲族行古丧礼，《元史·廉希宪传》："勺饮不入口者三日，恸则呕血，不能起，寝卧草土，庐于墓傍。宰执以忧制未定，欲极力起之，相与诣庐，闻号痛声，竟不忍言。"⑤如此守孝尽礼，比汉人有过之而无不及。这些少数民族的上京纪行诗诗人，已经通过遵从汉族的制度和习俗在最基础的层面实现了民族文化的深度融合。

---

① 陈高华、张帆、刘晓、党宝海点校，《元典章》，中华书局，2011年第1版，第1册，第392页。
② （明）宋濂，《元史》，中华书局，1976年第1版，第7册，第2068页。
③ 陈高华，张帆，刘晓，党宝海点校，《元典章》，中华书局，2011年第1版，第1册，第392-393页。
④ 李修生，《全元文》，凤凰出版社，2004年第1版，第38册，第41页。
⑤ （明）宋濂，《元史》，中华书局，1976年第1版，第10册，第3090页。

第五节　民族文化融合所体现的文化认同

　　民族文化融合并非一般意义上的民族文化同化或征服，而是中华各民族在文化上的互动与交融、借鉴与吸收、包容与升华，或者可以说是少数民族主动掀起的一场轰轰烈烈的文化认同运动，其背后深藏着中国历史上文化认同与民族融合之间的规律。蒙古和色目人在融合过程中所表现出来的积极性、主动性、彻底性和坚决性，是他们对中华文化高度认同的真实表现。

　　众所周知，元朝是蒙古族贵族建立的封建统一王朝。以蒙古族为代表的北方民族对中原文化的认同早已有之。蒙哥汗时期，蒙古贵族分裂为三个集团，以阿里不哥为代表和首领的"草原游牧贵族集团"，长期生活于漠北地区，坚持以蒙古草原为自己的立脚点和统治中心，依恋和保存着传统的草原游牧贵族的生活习气、思维方式和统治方法。另外一部分蒙古贵族以拔都为代表，在中亚、西亚、东欧各地已经建立了巩固的统治地区，他们形成了"中亚贵族集团"。而以忽必烈为代表和首领的蒙古贵族集团，长期在漠南地区活动，深受汉地文化的影响，他们从生活习惯到思维方式，逐渐与中原汉族日益接近，他们已经把汉地作为其统治的基础和立足点，采用汉族的统治方式，认可接纳汉族的传统文化。以忽必烈为首领的这部分蒙古贵族势力建立了元朝之后，在思想上接受和认同汉文化，在政策上采纳和推广汉文化。这种思潮带动整个元朝的文化必将是以汉文化为主体的多文化融合体，这种文化思潮及相互接受和认同深深地烙刻在两都巡幸诗人及其上京纪行诗中。

　　上都宫城著名的棕毛殿，又名棕殿，其形制为帐幕，帐殿上部分或全部覆以鬃毛，故以此命名。棕毛殿以竹作架，柱子用金龙饰物缠绕，劈竹成瓦，瓦上以金泥通涂，周围用彩绳牵固。此城既有汉族建筑中的园林风光，也含有蒙古包的风格。棕毛殿是元代朝廷举办诈马宴等盛大宴会的地方，在上京纪行诗中，对棕毛殿的赞美比比皆是。安徽宣城人贡师泰在《上都诈马大宴》："棕间别殿拥仙曹，宝盖沉沉御座高。丹凤衔珠装㡠䙎，玉龙蟠瓮注葡萄。百年典礼威仪盛，一代衣冠意气豪。中使传宣卷珠箔，日华偏照郁金袍。"①《上京大宴和樊时中侍御》："宗盟存带砺，世胄出英豪。岁驾严先跸，居人望左纛。平沙班诈马，别殿燕棕毛。"②借棕毛殿中的盛大礼仪活动肯定了元代的宫廷文化。道士马臻多次随从皇室巡幸上都，时年 23 岁的他在《大德辛丑五月十六日滦都棕殿朝见谨赋绝句》（三首）中用亲身经历对棕毛殿中盛大的宫廷宴会做了详细地记载，经典诗句如："黄道无尘帐殿深，集贤引见羽衣人。步虚奏彻天颜喜，万岁声浮玉座春。"③ "殿中锡宴列诸王，羽襵分班近御床。特旨向前观妓乐，满身雨露湿天香。"④"清晓传宣入殿门，箫韶九奏进金樽。教坊齐扮群仙会，知是天师朝至尊。"⑤葛逻禄人迺贤在《失剌斡耳朵观诈马宴奉次贡泰甫授经先生韵》中说："滦河凉似九龙池，清暑年年六月时。孔雀御屏金纂纂，棕榈别殿日熙熙。青藜独喜颁刘向，黄阁重开拜子仪。千载风云新际会，愿将金石播声诗。（时太傅托公再入相）。"⑥江苏常州人王逢《览周左丞伯温壬辰岁拜御史扈从集感旧伤今敬题五十韵》："蹀林醑已举，欱塞福皆徼。棕殿三呼岁，枫墀九奏萧。祝融回酷暑，少昊戒灵飙。"⑦河南许有壬《和谢敬德学士入关至上都杂诗》："翠楼天际蔚峥嵘，粉泽龙冈壮帝京。地势远连棕殿起，檐牙高并铁竿撑。葱葱佳气归环极，穆穆昌期见迓衡。长乐退朝容缓辔，断云收雨半山明。"⑧都对棕毛殿中其乐融融的朝廷大典给予了高度的认可。江西人杨允孚在元顺帝时为尚食供奉官，陪同皇室和巡幸队伍来往于大都和上都之间。他把所见所闻用诗歌的形式记录了下来，共 108 首七言绝句，编撰成《滦京杂咏》，凡山川物产、典章风俗、朝廷礼乐，都有所歌咏，其中关于棕毛殿中文化活动的篇章更是随处可见。

---

① 杨镰，《全元诗》，中华书局，2013 年第 1 版，第 34 册，第 284 页。
② 杨镰，《全元诗》，中华书局，2013 年第 1 版，第 40 册，第 322 页。
③ 杨镰，《全元诗》，中华书局，2013 年第 1 版，第 17 册，第 45 页。
④ 杨镰，《全元诗》，中华书局，2013 年第 1 版，第 17 册，第 45 页。
⑤ 杨镰，《全元诗》，中华书局，2013 年第 1 版，第 17 册，第 45 页。
⑥（元）迺贤，《金台集》卷二，诵芬室刊本，第 5 页。
⑦ 杨镰，《全元诗》，中华书局，2013 年第 1 版，第 59 册，第 246 页。
⑧ 杨镰，《全元诗》，中华书局，2013 年第 1 版，第 34 册，第 358 页。

蒙古族文化是以马文化为代表的畜牧业文化，在生活领域则形成了独特的草原饮食文化，奶、黄油、奶皮、奶酪、奶豆腐、奶油、奶渣、羊肉、牛肉、马肉等，是他们的主要食品，蒙古人还创造出多种多样的炮制、食用、保存这些食品的方法。江西人程文《乳饼》："煮酪以为饼，圆方白更坚。斋宜羞佛供，肃可到宾宴。刀落云英薄，羹翻玉版鲜。老夫便豆乳，得此倍欣然。"①《牛酥》："牛酥真异品，牛乳细烹熬。坚滑黄凝腊，冲融白泻膏。研春茶碗腻。买取江南去，诚堪慰老饕。"②明显地表达出作者对这种炮制出来的乳饼和牛酥的喜爱以及对蒙古饮食文化的高度认同。汉人不仅对蒙古的饮食，而且对北方特有的土物也情有独钟，浙江僧人梵琦《赠江南故人》："地椒真小草，芭榄有奇花。"③对北方的"地椒"和"芭榄"给予了极高的评价。甚至有好多诗人把蒙古美食用组诗的形式加以记述，最有代表性的是官员许有壬，他数次陪同皇帝两都巡幸，逐渐对北方的特色美食产生了浓厚的兴趣。元统甲戌年（1334年）、丁丑（1337年），他两次到上京扈从办公，利用闲暇时间历数当地的土特产，名为"马酒""秋羊""黄羊""黄鼠""粆麨""蘆菔""白菜""沙菌""地椒""韭花"，题为"上京十咏"。这十道美味，道道为中原和南方人士所喜爱。黄鼠为北方特产，俗称大眼贼，因为它遇见人的时候立起身子，两条前腿相拱，好像作揖，故而又名礼鼠、拱鼠，因为蒙古地区出产的黄鼠为上品，所以又称蒙古黄鼠。黄鼠以豆类和谷类为主要食物，腿短而肉肥，味道极为鲜美，作为野味上品成为皇家贡品。许有壬在《黄鼠》中作了详细的描写，诗中说：南方客人初次见到这道御用贡品，望而生畏，想起黄鼠活着的时候见人作揖，就不忍心用刀箭伤害它，一般都是用水灌穴活捉。作者最后感慨："君勿急盘馔，幸自不穿墉。"④沙菌为稀有的名贵食用真菌，肉质肥厚，味道清香。大家都很喜欢这道美味佳肴，拾了很多很多，需要用勒勒车才能拉走。作者最后告诫大家，不要到蒙古包前采摘蘑菇，因

---

① 杨镰，《全元诗》，中华书局，2013年第1版，第35册，第267页。
② 杨镰，《全元诗》，中华书局，2013年第1版，第35册，第267页。
③ 杨镰，《全元诗》，中华书局，2013年第1版，第38册，第306页。
④ 杨镰，《全元诗》，中华书局，2013年第1版，第34册，第295页。

为那是不礼貌的。"莫作垂涎想,家园有莫邪。"①韭花是肉类食物的调味品,气味胜过姜和桂皮的香味,以至于作者甚至想把它结的籽带回家种植:"我欲收其实,归山种涧阿。"②这十首组诗,从一个馆阁文臣的口腹之欲显示了中原人士对北方草原饮食文化的接受和认同。

统而言之,上京纪行诗作为元代最具时代特色和民族风味的一类诗歌,是元代文人对两都巡幸制度的集体大规模描述,在细节上展现了居庸关以北,尤其是上都城和冀西北地区的自然环境、民风特产、生产生活和商业贸易等等,这些诗歌用艺术的形式呈现了各个民族的大融合以及融合过程中文化的相互接受和认同。

---

① 杨镰,《全元诗》,中华书局,2013年第1版,第34册,第296页。
② 杨镰,《全元诗》,中华书局,2013年第1版,第34册,第296页。

第三章　上京纪行诗所见文学活动考论

第一节　上都崇真宫文学活动考论

据《元史·释老》载，元世祖时期，昭睿顺圣皇后病得很重，正一教第三十六代天师张宗演的徒弟张留孙祈祷为皇后治病。不久，皇后梦见有个穿红衣服的长髯者，由引导着朱辇白兽的甲士随从，行在草间。皇后醒来后觉得很怪异，问张留孙。留孙说，甲士导辇兽，是他所佩法箓中的将吏；朱衣长髯之人，是汉代的天一教祖师张天师；行在草间，预示着皇后之病将在春天康复。后拿来张天师画像给皇后看，果真是梦中所见之人。皇后病好之后，非常高兴，即命张留孙为天师①，加号上卿，命尚方铸宝剑以赐，并且在大都和上都这两个都城分别建造崇真宫，作为道士活动的场所。有元一代，由朝廷主办的大型斋醮活动，不是在长春宫举行，就是在崇真宫举行，或同时在两座宫观中举行。可见，崇真宫是元代道士活动的重要场所。

上都崇真宫是上都地区最重要的一座道观，这里有长年常住的道士。这里不仅是道士斋醮活动的场所，而且是文人雅集的文学活动场所。元代实行两都巡幸制，每年大量的文人要扈跸皇室到上都。每年的巡幸时期，崇真宫都会迎来朝廷大量的馆阁文人。扈从到上都的文人，经常来崇真观居住或访友，因而这里的道士们与文人学士过从甚密。元代最高一级文人的代表，如赵世延、王士熙、姚燧、卢挚、刘敏中、高克恭、程钜夫、赵孟頫、元明善、袁桷、张养浩等等，都曾到崇真观和道士们"雅相友善"，诗文酬答，这成为

---

① 虽然张留孙固辞未受，但天师的俗称却传开了。

元代文坛的一道独特景观。

崇真观道士中，玄教第二代掌教吴全节及其弟子薛玄曦都以文学知名。他们喜欢与当时文人学士交游，尤其是吴全节，和元代许多文人都有密切的来往，培养了深厚的感情。

吴全节，字成季，号闲闲，饶州安仁（今江西余江）人。据说其出生时，丹光满室。七月即能言。其父亲梦见神人告之说，高仙托体，尘中不能留也。吴全节四岁就能诵诗。他十三岁到龙虎山学道。元世祖平定江南，他随师傅张留孙入见元世祖。元贞初，制授冲素崇道法师南岳提点。不久加授玄德法师崇真万寿宫提点。大德末，授玄教嗣师。至治二年（1322年），制授特进上卿、玄教大宗师、崇文弘道玄德真人，总摄江淮荆襄等处道教，知集贤院道教事。卒年八十二。

吴全节在元代是一个活跃的道教领袖，他人品高雅，博才多学，能诗善文。在吴全节宗师主事崇真宫时，崇真宫的文学活动进入繁盛时期。文人和道士的文学交流，使儒学和道学在崇真观里相互接受，相互融合，从而彼此认同和接受。这在元代构成了一道独具特色的"文化景观"。

吴全节宗师和当时的许多朝廷馆阁文人关系都非常好。在崇真观里，他们互赠礼物，诗文往还，相互唱和寄赠。吴全节和虞集、袁桷为挚友。他和虞集、袁桷酬唱的诗作最多，也最引人注目。虞集是大都文坛的泰斗级人物，自大德年间出任大都路儒学教授之后，他基本上每年都要扈从朝廷到上都。而每次来上都，他都忘不了来崇真宫。他和吴全节情投意合，感情甚好。吴全节有一种用芍药花自酿的好酒，送给虞集品尝，虞集很喜欢，于是作《谢吴宗师送芍药名酒》诗表示感谢。又一次，吴全节送牡丹花给虞集，虞集当即赋诗《谢吴宗师送牡丹并简伯庸尚书》，曰：

轻风紫陌少尘沙，忽见金盘送好花。云气自随仙掌动，天香不许世人夸。青春有态当窗近，白发多情插帽斜。最爱尚书才思别，解吟蝴蝶出东家。

这首七言律诗包含感情，洋溢着对吴宗师的谢意，对马伯庸（马祖常）的敬意。对仗工稳，意境清深，颇见作者功力。

吴全节和虞集是江西老乡，又是挚友。他很关心虞集，有一天，他做梦

梦见虞集到山里居住,非常奇特,梦醒后,梦中的情形依然清晰,他把这个梦讲给虞集听。虞集当即赋诗一首:

吴宗师梦予得山居,奇胜特甚,梦觉历历分明,忻然相告赋此

夜来梦我山居好,笑我平生岂有之。野服许辞金殿直,俸钱足办草堂资。安知蓬岛非兜率,不是匡庐定武夷。还有胜缘同晚岁,至人无睡已多时。

出于对吴宗师深厚的情谊,虞集常常为吴宗师作诗,致使今天虞集的文集中保存了大量与吴全节有关的诗歌。

除了虞集,吴全节宗师与袁桷的关系也非常密切。袁桷也是元代文坛的大腕级人物,他的《开平四集》记载了延祐、至治年间他扈跸到上都的经历,当中有大量的诗歌记载了他在崇真观所参加的文学活动,尤其是他和道教首领吴全节宗师酬唱赠诗的情况。袁桷有《端午谢吴闲闲惠酒》诗:

客里端阳景物殊,待晨分酿出偏壶。松间尚积千年雪,洞底难寻九节蒲。霏玉论陈医国艾,研朱手写辟兵符。侍臣陛觉蓬莱近,簇簇宫花遍蕊珠。

袁桷等朝廷官员扈从上都,端午节刚刚安顿住下,他的好友闲闲真人吴全节就送来了好酒给他接风洗尘。这使远离家乡的袁桷感觉非常温暖,于是做了上面的诗歌以示谢意。袁桷非常愿意和吴宗师在一起,当宗师来时,他就高兴地做《喜吴宗师至》以示欢迎:

飞鹤驭空来,春浓洞府开。灯光争夜月,磬韵起春雷。玉斗朝云礼,金门就日回。的知仙桂种,玉斧更深培。

当宗师离开时,他也会依依不舍地作诗送行,如《送吴成季五绝》:

墙东杏树花千片,片片随风到马头。只恐花飞不解走,度关时节暮云羞。

北雪初消未见山,驮铃声杂佩珊珊。廉家池馆春风好,独看牡丹惟我闲。

上京新酒玉津津,薄醉深春恼杀人。截取当年钓竿竹,卷筒相寄不嫌频。

诗瓢淅沥风前树,雪在深村月在梅。从此不须生感慨,晚寒更上望乡台。

鳌峰路与仙峰近,取次诗筒日往来。惭愧阿戎松下坐,洞门深锁碧桃开。

从这些诗里可以看出袁、吴二人的感情是非常深厚的。除了虞集和袁桷,元代文坛的许多知名人物都和吴宗师有诗文唱和。

除了吴全节,薛玄曦也是一个能文,而且和文人交往很密切的道士。薛

玄曦，字玄卿，自号上清外史。河东人。十二岁时，离家到龙虎山入道，师事张留孙、吴全节。延祐年间，用荐者召见侍祠，制授大都崇真万寿宫提举，升提点上都崇真万寿宫。泰定元年，奉诏征嗣天师，未行，扈从滦阳。至正五年卒，年五十七。

薛玄曦善于作诗，顾嗣立的《元诗选》收其诗27首，大多数为与文人学士唱和之作，其诗老劲深稳，清拔孤峻，别有特点。元代文人学士也喜欢和玄曦交往，愿意与他诗文酬答。馆阁之臣马祖常《再答薛玄卿并谢墨二首》：

京尘冉冉朝天马，辟谷仙人竹满斋。自写乌丝吟白纻，好风吹我到无怀。

崇真宫里秋风起，海上人来见隐君。留得麝煤三百剂，天边呼伴散玄云。

袁桷《尚尊赐张上卿薛玄卿赋诗次韵》：

龟眸鹤骨炼纯阳，言合灵著行有常。黼坐近瞻尧日月，属车远度汉圭疆。英芄玉佩开仙府，湛露琼卮出尚方。可怪相如多病渴，愿分金掌接恩光。

在这些诗歌里，透露出元代文人与道士交往的密切。他们把崇真观作为活动的场所，雅相友善，诗文唱和，使文人和道士的双向互动形成了潮流。纵观有元一代，文儒与道教交往是一种社会风气，文士和道士通过诗文互动，使儒学和道学在崇真观里相互接受，相互融合，从而彼此认同。因为道士的参与，也因为文士对道士和道教的接受和认同，元代文学特点鲜明，别具风格。

在上都，崇真观是文人和道士诗文活动的重要文化场所。有了道士的崇真宫，有了文人雅集的崇真观，充满了生机。但据袁桷说："至治二年三月甲戌，……舍于崇真宫，有旨，道士免扈从，宫中阒无人声，车驾五月中旬始至，书诏简绝，仅为祝文十三道（已入内制），悲愉感发一寓于诗，而同院亦寡倡和，率意为题，得一百篇。"① 可见，英宗时期，免除道士扈从，崇真宫没有了喜文的道士，冷清而孤寂。文人作诗也失去了以前的热情，诗作中透着冷寂，如袁桷的《崇真宫阒无一人经宗师丹房惟蒲苗杨柳感旧有作》：

双斛青蒲苗，中庭绿杨枝。门锁碧窗寂，徘徊心不怡。辛勤四十载，逢辰构崇基。寒日淡无华，朔风助之悲。想此鸾鹤侣，长啸悟成亏。往昔玉局翁，

---

① （元）袁桷，《清容居士集》卷十六，《四部丛刊》本。

言罢白云随。怀贤感凤昔，悼念成涕洟。夜梦忽邂逅，掀髯歌紫芝。

《闲闲真人未至》：

崇真观里独徘徊，门锁蛛丝燕子猜。玄度来迟愁欲绝，为凭白鹤寄书催。

青蒲苗，绿杨枝，依然一年一度的发芽生长，但道观主人出入、迎客的门却上了锁，门锁蛛丝，四周一片寂静。自己独自徘徊在这孤寂的院子里，想到曾经住在这里的道士朋友们，"悼念成涕洟"，愁思欲绝。昔日的朋友，只有在梦中邂逅相遇了。

到了元末，崇真宫更加呈现出衰败之相。据《析津志》载"至顺二年（1331年）七月十九日，奉旨以天师宫（即崇真观）为翰林国史院，盖为三朝御容在内，岁时以家国礼致祭。而翰林院除修纂、应奉外，至于修理一事又付之有司。今公宇日废，孰肯为己任言于弼谐者乎？"①可见，崇真宫已经非道士专用了，它的日渐破败也在昭示着一个朝代的辉煌已经成为过去。

第二节　翰林国史院文学活动考论

翰林国史院，在元代文人笔下也称为玉堂、玉署。翰林院在唐代形成，宋代定型。到了元代，元世祖忽必烈于中统二年辛酉（1261年5月），立翰林院。至元元年（1264年9月1日），又设立翰林国史院，将前代属于翰林院系统内的国史院正式与翰林院合并，称翰林兼国史院。元朝翰林国史院设承旨、学士、侍读学士、侍讲学士、直学士等官员，还设待制、修撰、应奉、翰林文字、编修、检阅、典籍、经历、都事等中级官员，设掾史、译史、通事、知印、蒙古书写、书写、接手书写、典吏、典书等办事员。院官中，地位最高者为翰林学士承旨，以下依次为翰林学士、翰林侍读学士、翰林侍讲学士和翰林直学士。属官包括翰林待制、翰林修撰、应奉翰林文字、翰林国史院编修官，等等。最初，几乎所有的国家文化事业都由翰林国史院主管："蒙古新字及亦思替非（按：指波斯文字）并教习于本院，翰林国史、集贤两

---

① （元）熊梦祥，《析津志辑佚》，北京古籍出版社，1983年版，第33页。

院合为一，仍兼起居注、领会同馆、知秘书监，而国子学以待制兼司业，兴文署以待制兼令，编修官兼丞，俱来隶焉。"[1]不久，从中独立出去了蒙古翰林院、集贤院等一批机构，翰林国史院的主要职掌只剩下"纂修国史、典制诰、备顾问"[2]三项，终元之世不改[3]。

元代翰林国史院是上层文人雅士聚集之地。在这里，集中了全元几乎所有的诗文大家：赵孟頫、程钜夫、虞集、欧阳玄、马祖常、黄溍、揭傒斯、吴澄、袁桷、邓文原、范梈、柳贯、陈旅、贡师泰、张起岩、李好文、王沂、虞集、宋褧、余阙、张翥、危素等等。众多诗词魁首在翰苑供职期间，留下了大量华采篇章，其中有大量诗篇描写了翰林国史院及他们供职翰林国史院的情思意兴，在翰林国史院里，馆阁文臣们翰墨往复，更相酬唱，成为元代文坛的佳话。

在翰林国史院中，一幅画，一首诗，甚至花开花谢，官员来来往往，都会成为翰苑文人的赋咏内容。官吏程端甫在迎娶元好问长女时，元好问把一诗遗墨送赠他。程端甫的父亲程御使（应为金遗老程震，字威卿，东胜人）在临终时，把家藏的一诗遗墨也留给了程端甫。元好问和程震均为金末有名望的遗老，尤其元好问，即使在元代，也是地位显赫的文坛巨擘。后来，这两幅诗的遗墨就保存在程端甫之子程子充少监家里，成为家藏珍品。这两首诗，在翰苑，是文人们题咏的对象，几乎所有的翰院馆臣都曾做过题咏，元人陆文圭的题诗为：

教子惟欲诏，嫁女惟欲官。床屏触头乃翁怒，文书衔袖媒姥谩。痴人一笑可绝倒，古训相传良独难。大夫有愧程监察，上谷敢望元遗山。易箦微言尚典刑，出门别语重丁宁。子无橐装与宝剑，女无绣褥与金屏。各赠骊珠五十六，藏在肺腑为深铭。梓乔俯仰俱莫及，冰玉清润尤相形。水衡使者直而温，遗山宅相监察孙。裋身务学承先志，范世传家示格言。正大去今八十年，流风遗俗

---

[1]（元）黄溍，《金华黄先生文集》，《四部丛刊初编》本。
[2]（明）宋濂等，《元史》，中华书局，1976年4月第1版，1997年7月第6次印刷，第165页。
[3] 关于元代翰林国史院的演变，张帆的《元代翰林国史院与汉族儒士》、王一鹏的《翰林院演变初探》、萨兆沩的《元翰林国史院述要》有详细介绍。

犹有存。谁能题诗墓柏下，使两仙翁起九原。①

元代因为实行两都巡幸制，故而除了在大都设立翰林国史院外，在上都也设立了分院。每年两都巡幸期间，翰林诸僚佐除了少数留守大都外，其余人员全部陪同皇帝，到上都供职。除了工作外，翰林馆臣们也喜欢集体鉴画题诗，挥翰品文。在上都翰林院里，有两幅非常有名的壁图，一副为寒江钓雪，另一幅为秋谷耕云。这两幅画均为著名画家赵孟頫所绘，两幅图随即成为翰苑馆臣题咏的对象，他们为画题诗、作序、咏赞。袁桷、马祖常、萨都剌等都曾为此画题诗。袁桷《次韵玉堂画壁》为"秋谷耕云"题诗曰：

至人悟穷达，敛迹寓垄亩。良苗贵深扶，撷土戒蒿莠。霭霭新阳浮，高下接紫宙。跨犊东南行，问事一俯首。新雨泻沟塍，交流媚川后。辍耕非素心，帝命资左右。相彼前山云，倏迷复还岫。卷舒乐盘涧，署壁写其旧。清秋映空谷，风雨百神守。凤昔经济姿，志不在杯酒。要使风俗淳，斯民乐仁寿。②

再次韵：

粤商有阿衡，肥遁乐畎亩。深耕力其勤，嘉谷宁有莠。时来起丘园，勋业冠宇宙。持此金石心，亹勉佐元首。维敬在一德，维训守先后。高风邈难追，白云在前岫。堂堂匡济功，匪以凤昔旧。譬彼执御人，先道谨为右。精忠百壬避，正色九关守。我昔梦见之，再拜酬卮酒。容谷秋思深，图之奉千寿。③

为寒江钓雪题诗曰：

明月入水底，摩荡空江雪。昂昂垂纶翁，在雪不在月。悟彼玄化理，不寐坐明发。我舟非无桨，我车讵无軏。迂儒守绳枢，世胄贯华阀。愿以千尺竿，裁为济川筏。④

再次韵：

维昔师尚父，垂老须眉雪。突兀江海姿，韬精忘岁月。坐石投其竿，秘钥时一发。载车与之归，在德不在軏。念昔经济人，事定始功阀。寒江眇风涛，

---

① （元）陆文圭，《墙东类稿》，文渊阁《四库全书》本，第1194册，第754—755页。
② （元）袁桷，《清容居士集》卷十五，《四部丛刊初编》本。
③ （元）袁桷，《清容居士集》卷十五，《四部丛刊初编》本。
④ （元）袁桷，《清容居士集》卷十五，《四部丛刊初编》本。

乘桴可知筏。①

马祖常也作《上都翰林院两壁图（寒江钓雪秋谷耕云）》，曰：

欲卖韩家旧石淙，钓鱼竿底是寒江。淮南十月蒹葭岸，曾见冰花到小窗。②

突兀秋云不可耕，槎牙老树半枯荣。上京玉署清凉镜，闲伴鳌峰作弟兄。③

这些朝廷重臣对两幅画题诗作序，其实质是表达一种儒家的至忠至孝。"秋谷耕云者，相国李韩公也；秋江钓月者，处士黄清夫也。韩公为天子之宰，有大勋劳忠于君者也；清夫山林之士，以耕钓养母为悦孝于亲者也。昔者见知于相国，长揖而去，不以功名富贵介心。相国既赠以诗，且欲友之，而不可得，其志节之高，可见矣。然则相国之于处士，其贵贱虽不同，而忠孝之道一也。"④翰林僚佐把这种表达忠孝的画作为"院画"绘在翰林院，并品评题诗来大肆宣扬，这正是文化界为配合元廷所歌颂的大元太平盛世所鸣奏的赞歌。

"趋跄旅群彦，官烛分余光。琴册森在侧，谈笑来清觞。列坐无所为，陈诗咏黄唐。"⑤在上都翰林分院，儒士们在一起谈笑清觞，赋诗作画，填词唱曲，团聚，送别，都要作诗抒情，甚至花开花谢，也要集体赋咏。金莲、紫菊、合欢花开，都有诗赋和。玉堂的合欢花初开，郑潜昭率领同院的大臣来赏花、集体赋诗，其中袁桷《玉堂合欢花初开郑潜昭率同院赋诗次韵》曰：

一树高花冠玉堂，知时舒卷欲云翔。马骓不动游缨笔，雉尾初开翠扇张。旧渴未须餐玉屑，嘉名端合纪青裳。云窗雾冷文书静，留取余清散远香。（崔豹，古今注青裳，一名合欢，今但名合欢，而青裳之名不著。）⑥

在上都翰林国史院里，馆臣题咏最多的是鳌峰和视草堂。视草堂是翰林

---

① （元）袁桷，《清容居士集》卷十五，《四部丛刊初编》本。
② （元）马祖常，《石田先生文集》，《元人文集珍本丛刊》本，第6册，第572页。
③ （元）马祖常，《石田先生文集》，《元人文集珍本丛刊》本，第6册，第573页。
④ （元）胡助，《纯白斋类稿》卷十九，《丛书集成初编》本，第176页。
⑤ （元）黄溍，《文献集》卷一，文渊阁《四库全书》本，第1209册，第232页。
⑥ （元）袁桷，《清容居士集》卷十一，《四部丛刊初编》本。

国史院中文人办公的地方。"玉堂视草屋三间,尽日鳌峰相对闲。"①"比至上都,官署寓于视草堂之西偏,文翰闲暇,吟哦亦不废。"②在视草堂,翰苑文臣们奉命撰修辽、金、宋史和元典章实录,选拔推荐人才,兴国学,开科考取士。"扈从多余暇,优游视草堂。特书兼左右,染翰侍明光"③。"上京两月得从容,视草堂前华影重。黄阁宣麻书数纸,大官尚酝日千钟。题名已愧联群玉,善颂惟知儗华封。王事期程行有日,从今夜夜梦鳌峰"④。视草堂是翰苑文人的主要办公地点,整日在这里活动,群臣们对视草堂有了深厚的感情。在上京纪行诗中,集体赋咏视草堂的诗篇也很多,袁桷《视草堂四咏》可为代表,诗如下:

视草堂前月,凄清十倍秋。银河斜处响,玉斧暗中修。隐约娑罗见,微茫顾兔流。霓裳端可补,顾入广寒游。

视草堂前雪,飞花具四时。老疑潘鬓重,舞觉沈腰羸。妙合丝纶巧,功调鼎鼐奇。虚皇瞻咫尺,顾赋玉京诗。

视草堂前雨,飞空万象新。随龙下膏泽,涤颖布阳春。霡霂能生物,沾濡不受尘。巫山空有赋,难作楚王臣。

视草堂前日,传宣趣制词。薰裁初刻上,朝罢八砖移。乌御行黄道,龙光映玉墀。熏风生殿阁,小立独多时。⑤

视草堂连同堂前之月,之雪,之雨,之日,在诗人的笔下,都变得那么亲切而富有诗意。

在上京翰苑一起共事的有汉人儒士,也有蒙古族儒士,还有其他少数民族儒士,他们经常在一起赋诗作画,填词唱曲,敞襟怀,诉衷情,缔结了超越民族界限的友谊。"想见玉堂多盛集,宿醒睡起日三竿。"⑥。诗中可以看出,

---

① (元)胡助,《纯白斋类稿》卷十四,《丛书集成初编》本,第127页。
② (元)胡助,《纯白斋类稿》卷二十,《丛书集成初编》本,第188页。
③ (元)周伯琦,《近光集》卷一,文渊阁《四库全书》本,第1214册,第510页。
④ (元)周伯琦,《近光集》卷一,文渊阁《四库全书》本,第1214册,第511页。
⑤ (元)袁桷,《清容居士集》卷十六,《四部丛刊初编》本。
⑥ (元)胡助,《纯白斋类稿》卷十一,《丛书集成初编》本,第98页。

每年上都清暑时，玉署想必是非常热闹的。但是，当官员们从上京返回大都后，或者逢遇同事朋友们生老病死，视草堂就会变得特别的孤独凄凉。袁桷曾与潘昂霄学士同在翰林集贤供职，朝夕相处，论宏词源委，后俱罢去。新政肇更，两人皆得以复入翰林。后来袁桷复到上都供职，而潘昂霄返回大都，不到一月潘昂霄下世，袁桷再过视草堂，想到自己和潘昂霄一同在这里共事，谈文论道，后来二人又都经历了罢职、复职，现在和潘昂霄却阴阳相隔，睹物思人，袁桷颇有感触，作《潘景梁学士同在集贤朝夕与余论宏词源委后俱罢去新政肇更皆得复入旧岁同会上都景梁还都不一月下世仆忝入翰林过视草堂有感》诗如下：

鳌坡清切平生志，粉省乌台谢不能。夜剔兰灯书叶乱，冻呵铁砚墨花凝。蚁穿九曲谁传授，蜩化枯枝果变腾。欲说玄机吾岂敢，碧天云黯唤难应。⑦

平素热闹而人气很旺的翰林院视草堂，一旦人去屋空而恢复平静，更容易使人感觉孤寂。

虞集《八月八日有感题视草堂壁》：

载笔趋芸阁，探囊索缊袍。坐销秋日净，心折夜风高。识字头先白，谋生计转劳。文园多病渴，常想赐蒲萄。⑧

虞集在大德年间北上，由汉族士侯董氏家族推举步入朝廷，逐步成为文坛的魁首。作为皇帝身边的近臣，多年来，他来往于两都之间，给皇帝讲解经文，出谋划策，在文学方面，他荐举人才，擢拔新秀，作为馆阁文臣，他和同事诗歌唱和，和睦相处，关系融洽。在朝廷蹀躞了大半生，人生百年，弹指一挥间。如今，两鬓斑白，在冷清的视草堂，面壁回顾自己的人生，心中无限沧桑。

到了元后期，视草堂年久失修，逐渐倒塌毁坏。再加上许多重臣已经人老多病，故而玉堂人气明显不如以前。袁桷《视草堂岁久倾圮述怀二首》：

视草堂前草木青，微臣三入鬓星星。坏墙雨透蜗生角，旧灶泥深菌露钉。深恐雨钟催晓箭，独听寒殿响风铃。堂堂诸老冰澌尽，病叟应归种茯苓。

---

⑦（元）袁桷，《清容居士集》卷十六，《四部丛刊初编》本。
⑧（元）虞集，《道园学古录》卷二，《四部丛刊初编》本。

昔时寿俊佩蹁跹，人物于今似眇然。倚马谁怜才独步，屠龙端信技无全。颁冰伏日金盌重，赐果熏风绮席鲜。可是虚皇疏顾问，玉堂旧事少人传。①

昔日"寿俊佩蹁跹"的视草堂，"人物于今似眇然"，如今雨透墙坏，蜗生墙角，旧灶泥深，菌露钉生，就像一个历经沧桑的老游宦，俨然一副晚暮景象。玉堂，这个元代最高一级文人办公生活的场所，也许在预示着元朝的末日已经为时不远了。

视草堂前的石阶旁有石峰，名曰鳌峰。"翰苑视草堂前阶有石，号鳌峰，郑潜庵应奉有诗次其韵。"②"鳌峰者，国史院庭中石名也。伯宁御史为仆言，自其先公时，与诸老名胜赋诗者，盖数百篇……"③鳌峰石位于上都翰林国史庭院中，其独特的形状及在翰苑中特殊的地理位置，吸引了翰苑馆臣的目光，成为大家闲暇之余集体赋咏的对象。元代的诗文中，有大量的鳌峰石的记载和赞咏。描写鳌峰石的诗篇主要有胡助的《鳌峰》、马祖常的《鳌峰歌》、虞集的《视草堂前石一拳》、虞集的《别鳌峰》、虞集的《别国史院鳌峰石》、袁桷的《鳌峰石》、袁桷的《玉署鳌峰歌（答伯庸）》、刘敏中的《次韵郑潜庵应奉龟峰石往还十首》、吴当的《鳌峰石》。下面是几首比较有代表性的诗篇：

乾坤气磅礴，山石钟奇形。鳌峰才数尺，濯秀何亭亭。势欲负厚地，发若霄汉凌。一峰更旁耸，玲珑穴虚明。青肤萦白障，微扣宣金声。中涵太湖润，瑰伟专上京。想当初凿时，山鬼泣以惊。置之玉堂前，几阅瀛洲登。年来对阁老，岷峨眼中青。雨渍生古色，月寒见霜棱。摩挲助文思，一挥九制成。谅勿忧豪夺，长兹诧佳名。④

视草堂前石一拳，何人移置自何年。久怜翠色连重地，故拔孤根近九天。俯仰百年承雨露，等闲千尺接云烟。故家御史遗书在，为录鳌峰旧赋篇。⑤

---

① （元）袁桷，《清容居士集》卷十六，《四部丛刊初编》本。
② （元）刘敏中，《中庵先生刘文简公文集》卷二十三，《北京图书馆古籍珍本丛刊》本，第92册，第500页。
③ （元）虞集，《道园学古录》卷三，《四部丛刊初编》本。
④ （元）胡助，《纯白斋类稿》，《丛书集成初编》本，第15页。
⑤ （元）虞集，《道园学古录》卷三，《四部丛刊初编》本。

后一首诗的序云:"鳌峰者,国史院庭中石名也。伯宁御史为仆言,自其先公时,与诸老名胜赋诗者,盖数百篇,今玉堂无本,而御史家具有之,且曰峰,所托差低,盖稍崇其址,乃八月五日既克如命,因赋此以报且请录示旧诗,补故事以传云。"①

刦风吹沫孕玲珑,度海鞭霆驾六龙。声合八音惊俗耳,重均九鼎动天容。空庭露冷珠玑绽,阿阁云开锦绣封。匝匝金莲随地拥,似催夜直佩璁瑢。(石下皆金莲花)②

关于鳌峰,郑潜庵应奉曾经用鳌峰为韵赋诗,和者云集。刘敏中的和诗为《次韵郑潜庵应奉鳌峰石往还》:

兹峰亦何为,独立才一擘。昂藏华岳顶,硨砾太行脊。辨理天垂文,扪润地通脉。我醉依汝吟,如得万丈壁。缅怀荆山璞,终作瓦砾掷。玉堂岂不住,一粲为汝泽。

龙门控独石,隐若臂连擘。群山绕长蛇,欲动胁与脊。奇特兹龟冠,艮骨攫坤脉。追琢璆琳姿,照耀科斗壁。君词高可愕,我笔惭屡掷。文采正似君,相对资丽泽。③

馆阁文臣们以鳌峰为韵,互相唱和,活跃了翰林院的文化氛围。在上京翰苑的文臣们,背井离乡孤身一人独居上京,生活清闲孤独,每天出入院庭,举头俯视,最常看到的就是这块鳌峰石。鳌峰石寄托了久经宦海浮沉的文职官吏们太多的感情。虞集曾以鳌峰石为题,自问自答,描写了自己作为一个"南人",为仕途北上大都、上都,在元廷官场上坎坎坷坷的经历。诗如下:

戏作试问堂前石五首

试问堂前石,来今几十年。衰颜空雨雪,幽致自风烟。微醉寒堪倚,孤吟静更眠。旧湖春水长,谁系钓鱼船。

为问堂前石,何年别大湖。春风神不王,夜月影长孤。不中明堂柱,空遗

---

① (元)虞集,《道园学古录》卷三,《四部丛刊初编》本。
② (元)袁桷,《清容居士集》卷十六,《四部丛刊初编》本。
③ (元)刘敏中,《中庵先生刘文简公文集》卷二十三,《北京图书馆古籍珍本丛刊》本,第92册,第500页。

艮岳图。颇思嘉种木，岁挽与相扶。

为问堂前石，何无藤蔓缠。金莲疑可致，紫菊若为妍。旧梦遗波浪，闲情阅岁年。只缘相识久，亲为濯清泉。

碣石久沧海，女娲曾补天。乾坤遗蕞尔，雾雨护苍然。淬剑龙随化，弯弓虎自全。昔贤多赋此，谁赋最流传。

为问堂前石，屡逢堂上人。远来嗟最久，独立与谁邻。运载劳车马，摩挲识凤麟。銮车书吉日，追琢到嶙峋。

代石答五首

幸自邻顽鄙，毋烦问岁年。当寒金作砺，向暖玉生烟。眉黛无归意，毛群有叱眠。凉州三百斛，亦未酹觥船。

昔观一柱观，还度几重湖。雪尽身还瘦，云生势不孤。研穿邺台瓦，赋就草堂图。芝阁玄云在，危踪敢藉扶。

牛角何堪砺，蜗涎谩自缠。沈冥辟邪古，羞涩望夫妍。神物须清鉴，灵根属小年。金舆曾共侍，千载忆甘泉。

转徙宁论地，存留亦信天。露盘危欲折，劫火不同然。锥下残经断，岐阳数鼓全。向无文字托，寂寞竟谁传。

去岁留诗别，嗟哉白发人。冠依子夏制，居切左丘邻。执钥充振鹭，修辞缀获麟。终须愁坎壈，勿用诮嶙峋。①

本组诗以石喻人，寄托了一个南人远离故土坎坷的仕途人生。

总之，在翰林国史院里，汉人儒士、蒙古族儒士和其他少数民族儒士相互往来，经常在一起作画鉴画，题诗和诗，填词唱曲，交流感情，敞诉情怀。这些馆阁文臣的文化活动，在促进各民族文士之间的团结和友谊方面，发挥着重要的作用。

---

① （元）虞集，《道园学古录》卷二，《四部丛刊初编》本。

第三节　丘处机西行文学活动考论

丘处机（1148—1227），字通密，号长春子，登州栖霞（今山东栖霞）人。19 岁师从道教真人王重阳，开始做一些文书性质的工作。他博闻强记，悟性极高，很快学会了作诗，并用诗作为传播教法的重要手段。《全元诗》存其诗 425 首。32 岁时，丘处机成为全真教龙门派的创始人，声誉日隆。元太祖成吉思汗十五年（1220 年），他应召率赵道坚、尹志平、夏志诚、王志明、张志素、宋道安、孙志坚、宋德方、于志可、鞠志圆、李志常、张志远、綦志清、杨志静、郑志修、孟志稳、何志清、潘德冲等十八位弟子西行，历时数载往见大汗。在西域大雪山（今阿富汗兴都库什山），以敬天爱民、节欲保身为言，得到成吉思汗的嘉纳。太祖十九年（1224 年）东还，奉旨居住在太极宫（今北京白云观西侧）。加封长春演道主教真人。

在谒见成吉思汗的西行过程中，丘处机师徒途经现在的张家口地区，或住在宣德州（今张家口宣化区）的朝元观，或栖居在德兴府（今张家口涿鹿县）的龙阳观。师徒开展了大量的文学活动，作诗唱和，用诗歌创作这种独特的方式来传授道法。

一．丘处机师徒西行途中的文学活动

奉旨觐见途中，丘真人师徒在太祖十六年（1221 年）五月抵达张家口地区，起初住在德兴府的龙阳观。可能他们认为该地区是弘扬道法的极佳区域，所以并没有把龙阳观作为短暂的顿宿地，而是打算在这里越冬。居住龙阳观期间，师徒设坛打醮，传符授戒。据《全真第五代宗师长春演道主教真人内传》记载，中元日，龙阳观传法中，因为午后天气特别热，学徒苦不堪言，突然，状如圆盖的片云出现在天空中，久久不散。再观井中之水，忽然溢出，用之不竭。[①]众人都认为是善缘天助也，丘真人当即以诗歌《醮后题诗》[②]醮告。

[①] 陈垣编纂，陈智超，曾庆瑛校补，《道家金石略》，文物出版社，1988 年版，第 635 页。
[②] 杨镰主编，《全元诗》，中华书局，2013 年第 1 版，第 1 册，第 48—49 页。

在龙阳观期间，燕京城的诸多道友，也同来陪伴。丘处机带着众人同游，期间连连吟诗赋文、相互唱和。一次，众人来到禅房山时，发现它的南面是连绵起伏的山峦，此处的山丘非常有特点，里面有很多大大小小的洞府，住着许多学道修真之人，《游禅房山出入峡门》《平地有涌泉清冷可爱往来其间有诗》①等诗篇便应运而生。"蓬莱未到神仙境，洞府先观道士家"②可以看出丘真人对西域会晤是有期待的，师徒对宣德州一带的道观和道士有着一种天然的亲切。"弱水纵过三十万，腾身倾刻到仙家"③借用弱水三千的典故，赞美这里道观的神圣和美好。

同年八月，应宣德州元帅移剌公的邀请，师徒一行搬迁到朝元观居住。丘真人随即创作了两首绝句——《八月初应宣德元帅移剌公请遂居朝元观中秋夜有贺圣朝二曲复作二绝》。④移剌，即契丹耶律的异译。移剌公，即耶律秃花，耶律阿海之弟。从木华黎攻中原，镇守宣德州。《元史》卷一百四十九有传。在朝元观期间，还有一件奇特的事情。为了给丘真人师徒提供一个更加良好的生活环境，元帅移剌公命人创构殿堂，安置众神像，把道观改造得焕然一新。十月间，开始为祖师堂设计绘制壁画。但画史认为，十月期间，宣化地区天气已经开始寒冷了，不适合做这项工作，因而想推迟工期。但是，丘真人坚决不同意，坚持要按期完成这项工作。每年十月份，塞外的宣化，天气迅速转冷，而且风沙也大。但奇怪的是，当年当月，天气却温暖如春，绝无风沙，壁画得以圆满绘就。真人也很高兴，吟诗一首以庆贺——《十月间方绘祖师堂壁是月果天气温和如春绝无风沙由是画史得毕其功有诗》⑤，"旅雁翅垂南去急，行人心倦北征穷。"⑥借南来北往飞翔中的大雁，表明此行一路复杂的心迹。"我来十月霜犹薄，人讶千山水尚通。""不是小春和气暖，天

---

① 杨镰主编，《全元诗》，中华书局，2013年第1版，第1册，第48页。
② 杨镰主编，《全元诗》，中华书局，2013年第1版，第1册，第48页。
③ 杨镰主编，《全元诗》，中华书局，2013年第1版，第1册，第48页。
④ 杨镰主编，《全元诗》，中华书局，2013年第1版，第1册，第49页。
⑤ 杨镰主编，《全元诗》，中华书局，2013年第1版，第1册，第49页。
⑥ 杨镰主编，《全元诗》，中华书局，2013年第1版，第1册，第49页。

教成就画堂功。"对这种奇异的天气想象做了宗教的理解和阐释。该月，差使阿里鲜奉斡辰大王之命，来请丘处机一行徙居龙阳观。考虑到天气已经寒冷，前方路途遥远，道众所需物品都没有准备，所以在和成吉思汗特使刘仲禄商议并征得同意后，师徒决定迁到龙阳观越冬。在朝元观传道授法的日子里，丘处机和道众建立了深厚的感情。离别之际，道友们洒泪挥别，丘真人作了一首情真意切的七绝——《十八日南往龙阳道友送别多泣下以诗示众》①。十一月十四日，师徒赴龙岩寺斋，在殿西的走廊，丘真人又作了一首七律《十一月十有四日赴龙岩寺斋以诗题殿西庑》②。在张家口地区，西行师徒不断吟诗作歌，使该地区成为西行路上除燕京之外的又一文学活动中心区域。另外，在半年多的时间里，丘处机一直没有隔断与燕京道友们的诗文联系。他写了不少赠答诗，寄给燕京的士大夫及道友。如《寄燕京七大夫》③等。十二月，他分别写了一首五律和一首七绝《十二月以诗寄燕京道友二首》④，一首七律《复寄燕京道友》⑤，遥寄给北京的道友。在《十二月以诗寄燕京道友二首》⑥中，他开篇就道出了此行的不易："此行真不易，此别话应长。"⑦接着开始和朋友讲述一路的艰辛和困厄。最后表达自己对朋友的思念，希望朋友们"京都若有饯行诗，早寄龙阳出塞时"⑧。

二、丘处机师徒返途中的文学活动

丘处机师徒一路西行，在兴都库什山见到了成吉思汗，并完成了历史性的会晤。之后，师徒踏上了归途。在丘处机一行返途的这段时间里，成吉思汗连连发圣旨，要求途经各地要免除出家人的差拨税赋，要优待他心目中的

---

① 杨镰主编，《全元诗》，中华书局，2013 年第 1 版，第 1 册，第 49 页。
② 杨镰主编，《全元诗》，中华书局，2013 年第 1 版，第 1 册，第 49 页。
③ 杨镰主编，《全元诗》，中华书局，2013 年第 1 版，第 1 册，第 48 页。
④ 杨镰主编，《全元诗》，中华书局，2013 年第 1 版，第 1 册，第 50 页。
⑤ 杨镰主编，《全元诗》，中华书局，2013 年第 1 版，第 1 册，第 50 页。
⑥ 杨镰主编，《全元诗》，中华书局，2013 年第 1 版，第 1 册，第 50 页。
⑦ 杨镰主编，《全元诗》，中华书局，2013 年第 1 版，第 1 册，第 50 页。
⑧ 杨镰主编，《全元诗》，中华书局，2013 年第 1 版，第 1 册，第 50 页。

"老神仙"一行。并于太祖十八年十一月十五日发了一道诏令："成吉思汗皇帝圣旨：丘神仙你春月行程别来，至夏日路上炎热，艰难来，沿路好底铺马得骑来么？路里饮食广多不少来么？你到宣德州等处，官员好觑你来么？下头百姓得来么？你身起心里好么？我这里常思量着神仙你，我不曾忘了你，你休忘了我者。癸未年十一月十五日。"①表达了对丘神仙的持续关注和牵念。当中特意问到宣德州的待遇是否好？可见大汗非常关注丘真人在张家口地区的待遇问题。实际上，归途中丘真人一行仍然是宣德州元帅移剌公的座上宾，享受着无与伦比的贵宾级待遇，迎宾活动开始于最高主帅带领着官员、文士、百姓、僧人和道众的郊迎。

在宣德州，他们仍然住在朝元观，依然受到了道友们最高级别的敬奉。真人吟五律一首《至宣德入居州之朝元观道友进奉遂书四十字》②，抒发了时光易逝的怅惘和世事无常的感慨。从八月到十二月，丘真人一行归途在张家口地区滞留了不到半年，主要活动依然是打醮弘法。宣德州的朝元观，德兴府的龙阳观，蔚州（今张家口蔚县）三馆等，都是足迹常到之处。丘处机依然用文学活动来布道传情，但和前期西去时期所作诗歌有很大不同，内容多写张家口地区兵革前后的巨大变化，生灵涂炭之后的村庄的萧条，如《于龙阳住冬旦夕常往龙冈闲步下视德兴以兵革之后村落萧条作诗以写其意二首》：

昔年林木参天合，今日村坊遍地开。无限苍生临白刃，几多华屋变青灰。

豪杰痛吟千万首，古今能有几多人。研穷物外闲中趣，得脱轮回粢下尘。③

丘真人继续主持大醮，收徒授法，并布置安排道教事务。据元人李晋《龙阳观玉真清妙真人本行记》记载，十五岁的玉真清妙真人李守坚（本名斡勒守坚），曾在此期间"参受道法，载以师礼事焉"，"神仙委以燕北教化，之云之朔"。④

在丘处机的十八个随行弟子当中，尹志平是一路作诗并留存下来较多诗

---

① 李修生主编，《全元文》，凤凰出版社，2004年第1版，第1册，第8页。
② 杨镰主编，《全元诗》，中华书局，2013年第1版，第1册，第57页。
③ 杨镰主编，《全元诗》，中华书局，2013年第1版，第1册，第57页。
④ 李修生主编，《全元文》，凤凰出版社，2004年第1版，第9册，第18页。

作的一位。这位高徒和师父一样，把创作诗歌、诗文酬唱作为传授道法的重要手段，在张家口地区创作了一系列颇有史料价值的纪行诗。

尹志平（1169—1251），字太和，号清和子，东莱（山东掖县，已撤销区划）人，今存诗集《葆光集》二卷。《全元诗》收录其诗歌 256 首。其中记录龙阳观及周边活动的诗歌数量可观，比较有代表性的如《龙阳观新成后园可五亩有老松一株周迴种瓜日耘其苗因憩于老松之下呈同道》《龙阳观后有老松一株冯君赞其孤秀长久不更变耳》《瀔阳东至缙山可二百里所产之物他处未可及也》《重午日与德兴府道众游白贴山灵境寺》[①]。其诗歌以七绝和七律为多。

在来回途经张家口地区的一年多的时间里，丘处机师徒通过创作、唱和、赠答等方式，创作了数十首诗歌，多为五言诗和七言诗，或五律、五绝，或七律、七绝。这些文学作品和文学活动，增进了感情，传播了道法，培植了大量的道教信徒，扩大了全真教在张家口地区的影响。

三、丘处机师徒文学创作的价值和意义

丘处机师徒的文学创作具有不可替代的价值和意义，从文献学角度来看，丘处机师徒的文学创作，具有"以诗补史、诗史互证"的史料价值。长春真人西游，其历时之长、经历地域之广、涉及的人数之多、社会影响之广，实为罕见。其西游过程，李志常的《长春真人西游记》有较为详细的记载。而真人师徒在整个过程中所创作的纪行诗歌，可以进一步弥补充实这些史料。比如对朝元观和龙阳观的描写。两观现已不存，但依据这些诗歌记载，可以部分地再现道观在元代的宫观布局、殿堂建构、洞天别苑及其香火的繁盛。如尹志平《龙阳观新成后园可五亩有老松一株周迴种瓜日耘其苗因憩于老松之下呈同道》《龙阳观后有老松一株冯君赞其孤秀长久不更变耳》[②]。丘处机《游禅房山出入峡门》："入峡清游分外嘉，群峰列岫戟查牙。蓬莱未到神仙境，洞府先观道士家。松塔倒悬秋雨露，石楼斜照晚云霞。却思旧日终南地，梦断西山不见涯。"[③]再如尹

---

① 杨镰主编，《全元诗》，中华书局，2013 年第 1 版，第 1 册，第 70—71 页。
② 杨镰主编，《全元诗》，中华书局，2013 年第 1 版，第 1 册，第 70—71 页。
③ 杨镰主编，《全元诗》，中华书局，2013 年第 1 版，第 1 册，第 48 页。

志平的《灢阳东至缙山可二百里所产之物他处未可及也》："怀来玉液德兴花，未让中原景物嘉。更有闲人真受用，一川麻麦是生涯。"①记录了幽燕塞外颇具地域特点的物产。该诗一开头就提到怀来的"玉液"，关于这种"玉液"，元代的史料和元人的文集中有不少记载，如王恽的《秋涧先生大全集》卷八十记载："是夜宿怀来县，南距北口五十三里，县东南里许有酿泉，井水作淡鹅黄色，其曰玉液，即此出也，官为置务岁供御醪焉。"②怀来的水质特殊，极其适合酿酒，故而被美誉为"玉液"。又《畿辅通志》卷五十四载："团焦亭，在怀来县狼山井上。元巡游驻跸，以地高难汲。至正初，出官帑，穿井二百尺，得泉甘冽。覆以团焦亭，为费巨万。元范文记。今井湮亭废。"③丘真人师徒用纪行诗再一次艺术地留下了怀来"玉液"的史料。

从宗教发展史来看，丘处机师徒的纪行诗也具有不可替代的重要参考价值。张家口地区自古以来就是一个多民族聚居的地区，各种宗教兼容并存。在辽金元时期，因为该地区成为元王朝从蒙古草原南下中原的一个主要通道，活跃在北方草原地带的各种宗教，不可避免地成为该地区过往的常客，因而给该地区的宗教活动带来了较大的影响。而金元时期，道教在北方地区大为兴盛，统治者重视，老百姓也较为欢迎，这是丘处机西行时期宗教发展的社会大环境，作为掌教门人的丘处机，及时抓住了时机，注意用文学创作来弘扬教义，扩大受众范围，促进教团的生存与发展。如《醮后题诗》：

太上弘慈救万灵，众生荐福藉群经。三田保护精神气，万象钦崇日月星。自揣肉身潜有漏，难逃科教入无形。且遵北斗斋义法（南斗、北斗皆谕斋醮），渐陟南宫火炼庭。④

再如《十八日南往龙阳道友送别多泣下以诗示众》：
生前暂别犹然可，死后常离更不堪。天下是非心不定，轮回生死苦难甘。⑤

---

① 杨镰主编，《全元诗》，中华书局，2013年第1版，第1册，第71页。
②（元）王恽，《秋涧先生大全集》（卷八十），《元人文集珍本丛刊》本，第2册，第368页。
③（清）李鸿章等，《畿辅通志》（卷五十四），文渊阁《四库全书》本，第505册，第263页。
④ 杨镰主编，《全元诗》，中华书局，2013年第1版，第1册，第48—49页。
⑤ 杨镰主编，《全元诗》，中华书局，2013年第1版，第1册，第49页。

丘真人师徒在张家口地区的活动时间虽然不长,但无论是从地域范围,还是从受众人群,都产生了不小的影响。

总之,丘处机把张家口地区作为推动全真教发展的又一个新中心,积极与蒙古权贵及各族实权人物交往,与当地道众互动。他通过文学活动来传播教义,弘扬道法,培植道教信徒,为全真教在当地的鼎盛奠定了坚实的基础。元之后,在相当长的时间里,宣化、涿鹿、蔚县一带兴起了崇道扶教的热潮,这与丘处机在西行中的文学活动不无关系。

第四节　廼贤寻根文学活动考论

元代诗坛的一个突出特点就是少数民族诗人众多,而且成绩斐然。在众多的少数民族诗人中,葛逻禄诗人廼贤是一个非常富有特点的诗人,他在元代后期曾到草原都城——上都观光巡游,其间所作的上京纪行诗,感情独特,寓意深厚,寄托了他作为一个少数民族诗人独特的寻根情绪。

廼贤(1309—1368 年),是元代后期著名的少数民族诗人,字易之,号河朔外史、紫云山人,葛逻禄氏。元代许多少数民族人士喜欢起汉姓名字,廼贤的汉姓是马,故又被称为马易之。廼贤的先祖为西域葛逻禄人,在蒙古建国之初,成吉思汗多次用兵西北,葛逻禄部族首领顺降蒙古,并与蒙古贵族结为姻亲。其后,蒙古军南下征金伐宋时,西北各族都派军队跟随出征。元朝统一中国后,来自西北各族的官兵,就散处于中原各地定居了下来。在这样的民族大交流中,廼贤的先人在南阳(今属河南)定居了下来。廼贤在南阳度过了懵懂的童年,后来,廼贤又随父兄迁居庆元路鄞县(今浙江宁波鄞州区),此后,他一直定居在江南鄞县。

廼贤的一生,时常奔波在江南与大都之间。纵观其一生,在青年、中年和老年三个不同的人生时期,他先后三次从江南前往大都。其中,第二次来大都的时间最长,有 10 年左右的时间,经历也最丰富。在大都的 10 年,廼贤曾于至顺年间从大都北上元代的第二都城上都,并作了一组上京纪行诗,记录了此次的上京之行。

迺贤第二次北上大都，有两个很重要的原因，一是为了仕进，二是为了寻根。关于仕进问题，迺贤同时代的人众口一词地说他不喜仕禄，不求仕进，"吾闻易之不喜禄仕，惟以诗文自娱，其来京师，特以广其闻见以助其诗也"[1]（李好文《金台集序》）。"葛逻禄氏迺贤易之，雅志高洁，不屑为科举利禄之文"[2]（黄溍《金台集题词》）。但观其行踪及诗作，迺贤还是希望通过仕进来实现自己的宏图大志的。他有一首上京纪行诗，名为《崇真宫夜望司天台》，最后两句为"我将揽河汉，乘槎共裴回"[3]，很鲜明地表达了自己上天揽月的雄心壮志。另外，迺贤此次来到大都，寓居在金台坊，这一方面是因为他的半师半友的好友危素住在这里，另一方面，他住在金台也大有深意。战国燕昭王曾筑黄金台广纳贤才，迺贤也希望在金台这个地方，能被当朝君王赏识擢拔，以便从此平步青云，施展自己的抱负。他在《京城杂言六首》第六首中明白地说："千金筑高台，远致天下士。郭生去千载，闻者尚兴起。我亦慷慨人，投笔弃田里。平生十万言，抱之献天子。"[4]（迺贤《京城杂言六首》）此诗借燕昭王和郭隗筑黄金台的典故，明确地表明了自己的愿望：希望当朝君王能像燕昭王那样广纳贤才，希望自己能够发挥个人才能，实现个人理想。迺贤虽然不是那种热衷功名利禄，不择手段一心向上爬的人，但他已经切身体会到：在这样的时代，知识分子如果不进入仕途，就很难有施展抱负和显示才能的机会。可是，在现实中，"九关虎豹严"[5]（迺贤《京城杂言六首》），他的美好愿望却一次次的落空，最后只能是"抚卷发长喟"[6]（迺贤《京城杂言六首》）。在这方面，还是同时代人杨彝看得比较透，他说："虽然，易之年未五十，平生故人多列官于朝，而当急贤之时，其能久于穷乎？"[7]（杨彝《金

---

[1]（元）迺贤，《金台集》，诵芬室丛刊本。
[2]（元）迺贤，《金台集》，诵芬室丛刊本。
[3]（元）迺贤，《金台集》，诵芬室丛刊本。
[4]（元）迺贤，《金台集》，诵芬室丛刊本。
[5]（元）迺贤，《金台集》，诵芬室丛刊本。
[6]（元）迺贤，《金台集》，诵芬室丛刊本。
[7]（元）迺贤，《金台集》，诵芬室丛刊本。

台集序》）现实是残酷的，但廼贤却一直没有放弃希望，这次北赴京师，原因之一就是他希望在京城寻找到个人发展的机遇。毕竟，朝廷所在的京城，汇聚了全国最多的资源，拥有最多的个人发展机会。除了寻找发展机会之外，廼贤此行还有一个很重要的目的，那就是寻根，也可以说，这是一次寻根之旅。作为定居中原的第三代葛逻禄人，廼贤一直生活在中原地带，主要是江南一带。可以说，他是一个汉化很深的西域色目人。但是，他总有一种感觉：他的根不在江南。尽管江南气候舒适，风景宜人，文化发达，但生活在这里的色目人廼贤，却总是有一种无根的感觉。那么，自己的根在哪里呢？

廼贤的祖先随蒙古人南下后，最初定居在南阳路汝州郏县（今属河南）。廼贤就是在南阳出生。于是廼贤便以南阳作为自己的籍贯，他的上京纪行诗《发大都》开头两句明确地说自己是南阳人："南阳有布衣，杖策游帝乡。"①（廼贤《发大都》）南阳是自己的故乡，但是，这个故乡只留在了记忆中。为了复原记忆中的故乡，寻找自己留在南阳的根，廼贤此次大都之行，决定行程的第一个目标就是先"回家看看"。关于行程的具体路线，王祎在《河朔访古记序》中说："绝淮入颍，经陈蔡，以抵南阳，由南阳浮临汝而西至于洛阳，由洛阳过龙门，还许昌，而至于大梁，历郑、卫、赵、魏、中山之郊而北达于幽燕。"②（王祎《河朔访古记序》）他一路行，一路探访古迹，"于是大河南北，古今帝王之都邑，足迹几遍，凡河山、城郭、宫室、塔庙、陵墓、残碣、断碑、故基遗迹，所至必低徊访问，或按诸图牒，或讯诸父老，考其盛衰兴废之故，而见之于纪载，至于抚时触物，悲喜感慨之意，则一皆形之于咏歌"③（王祎《河朔访古记序》）。他此行访古的内容裒录成了笔记《河朔访古记》。除了完成笔记《河朔访古记》，他还一路走，一路作诗，用诗的形式记录自己的所见所闻所感，这些诗收录在他的诗集《金台集》中。

南阳是父祖入中原的第一个立足点，廼贤把他视为故乡，并于前往大都时，借道到南阳访古探乡寻根。但作为入居中原的西域葛逻禄人，廼贤的真

---

① （元）廼贤，《金台集》，诵芬室丛刊本。
② （明）王祎，《王忠文公文集》，《北京图书馆古籍珍本丛刊》本。
③ （明）王祎，《王忠文公文集》，《北京图书馆古籍珍本丛刊》本。

正的根并不在中原，而是在数千里之外的西北地区。于是，他第二次来到大都，在大都逗留了三年之后，又踏上了北行"寻根"的历程。

迺贤于顺帝时期前往上都，表面是观光，但从他留下的上京纪行诗来挖掘他的内心，却发现了一种独特的情结，那就是，定居于中原的北方民族的后裔，对本民族"根"的探求，这是一种"寻根"情结，这种情结透过他的上都之行以及所作的上京纪行诗，可以清晰地显露出来。

至正九年（1349年），迺贤与友人从大都出发，赶往上都参加观礼活动。此次从大都出发，过居庸，涉滦河，一路上跋山涉水，在元代的第二都城上都又生活了半年左右的时间，这次经历是他一生中非常有意义的一段时光。江南先进文化的陶冶成就了迺贤的文学素养和诗人气质，而大都、上都的旅游生涯则开阔了他的胸襟，广博了他的见识，触发了他的创作激情，为他提供了取之不尽的创作素材。他把由大都到上都，再返回大都沿途的所见所感所思，用三十一首诗记录了下来，总题为《上京纪行》，放在他的诗集《金台集》卷二的开篇。迺贤的《上京纪行》组诗，第一首为《发大都》：

南阳有布衣，杖策游帝乡。忧时气激烈，抚事歌慨慷。天高多霜露，岁晏单衣裳。执手谢亲友，驱马出塞疆。云低长城下，木落古道傍。凭高眺飞鸿，离离尽南翔。顾我远游子，沈思郁中肠。更涉桑干河，照影空彷徨。①

首篇即奠定了本组诗的总的格调，即"忧时气激烈，抚事歌慨慷"。面对长空霜露、千里归鸿，诗人驱马奔向"云低""木落"的塞外，内心的孤独彷徨之感不是一语所能道尽。接着他开始吟颂沿途所见的历史、文化古迹，主要有刘蕡祠、龙虎台、居庸关、榆林、枪杆岭、李老谷、赤城、龙门、独石、檐子洼、李陵台等。

此次上都之行，固然是到上都观礼，但在迺贤的内心深处，还有一个不为人所知的情结，那就是寻根。上都虽然不是迺贤祖先的居住地，但是，到了这里，距离祖籍就越来越近了。

至正九年（1359年），和朋友们去上京观礼，是迺贤生活中的一件大事

---

① （元）迺贤，《金台集》，诵芬室丛刊本。

情。迺贤有一首上京纪行诗为《次上都崇真宫呈同游诸君子》，当中有"琳宫多良彦，休驾得栖泊"①。诗中提到的崇真观，虽然是一个道教场所，但是，这里在元代一直是文人聚会雅集的重要场所。虞集、袁桷、马祖常、揭傒斯、许有壬等等文坛大家都曾在这里作文题诗。迺贤和友人们在这里以联诗酬答为乐。他在上京纪行诗中，多次写到他在崇真观和文友的活动，如《次上都崇真宫呈同游诸君子》：

鸡鸣涉滦水，惨淡望沙漠。穹庐在中野，草际大星落。风高马惊嘶，露下黑貂薄。晨霞发海峤，旭日照城郭。嵯峨五色云，下覆丹凤阁。琳宫多良彦，休驾得栖泊。清尊置美酒，展席共欢酌。弹琴发幽怀，击筑咏新作。生时属承平，幸此帝乡乐。愿言崇令德，相期保天爵。②

饮酒、联欢、弹琴、击筑、抒怀、咏诗，这就是他们初来时的主要生活，在这里，迺贤和道士们的关系也很好，他生病了，张元杰宗师给他送药，令他非常感动，他写诗表达自己的感激：

卧病临高馆，丹芝幸见分。铜瓶朝挹水，石鼎夜生云。坐久镫华落，秋清木叶闻。明朝得强健，长礼紫虚君。③

迺贤来上京亦为寻根。但是，他发现，事实不是自己所想象的那样，来到远离江南的北方，虽然到了家门口，但是，他却再也无法融入这里的生活了。最令他刻骨铭心的是思乡，思念家里的亲友，当然，所思的这个"乡"是江南。他在《雨夜同天台道士郑蒙泉话旧并怀刘子彝》中云：

屦雪台州老郑处，相逢滦水话当年。草堂听雨秋将半，石鼎联诗夜不眠。遥忆东湖来梦里，起看北斗落窗前。刘郎独爱长生诀，日日天坛待鹤还。④

同台州郑蒙泉在滦阳相逢，二人同来自江南，他乡逢故友，故而有说不完的话，他们整夜未眠，聊家乡的那些事，家乡的那些人，思乡之情溢于言表。在离开上京时，迺贤作了《还京道中》，云：

---

① （元）迺贤，《金台集》，诵芬室丛刊本。
② （元）迺贤，《金台集》，诵芬室丛刊本。
③ （元）迺贤，《金台集》，诵芬室丛刊本。
④ （元）迺贤，《金台集》，诵芬室丛刊本。

客游倦缁尘，梦寐想山水。停骖眺远岑，悠然心自喜。晨霞发暝林，夕溜洄清沚。出峡凉风驰，入谷寒云起。霜清卉木疏，日落峰峦紫。迢递越河关，参差望宫雉。家僮指归路，居人念游子。久嗟行路难，深乖摄生理。终期返南山，高揖谢城市。①

诗开头两句，作者就明确说明自己一直"客游"，现在已经很疲惫了，"梦寐想山水"，暗含着连做梦都在想念着家乡。"悠然心自喜"，说明了自己对即将结束客游生活的欣喜。"出峡凉风驰"，一个"驰"字，写尽了思乡之情。本来，此次从江南北上，作为西域葛逻禄人的后裔，廼贤试图北上实现自己的寻根之梦，但在寻根的过程中，他却发现自己飘了起来，无所适从了。在江南，他渴望到遥远的大漠之地，看看自己祖先所生活的地方，看看自己真正的家乡。可没想到，越往北走，越靠近"家乡"，他却发现自己离"家乡"越远。家乡，是江南呢？还是南阳呢？甚或还是远在遥远的大漠呢？也许都是。廼贤困惑了。在江南，他向往南阳，向往大漠，可到了大漠之地，他却刻骨铭心地思念着江南。这次北上大都，进而北上滦阳的寻根之旅，使得已经汉化了的西域色目文人廼贤无所适从了。

总而言之，廼贤在元末至顺年间的大都及上都之行，是他作为已经汉化了的少数民族诗人的一次寻根之旅。他的上京纪行诗，或慷慨激越，或沉郁悲凉，或清新隽永，或活泼流丽。仔细研读他的上京纪行诗，会发现诗歌中渗透着他独特的寻根情结。

---

① （元）廼贤，《金台集》，诵芬室丛刊本。

第四章　上京纪行诗所见上都和冀西北书写

第一节　上京纪行诗驿站吟咏

　　元代上京纪行诗来源于当时的两都巡幸制，元朝统治者为了适应少数民族统治的需要建立了上都和大都两个都城，大都为首都，上都为夏都。两都巡幸制确立之后，每年阴历三、四月间，皇帝便带领诸王、嫔妃、公主、驸马和文武百官，前往上都处理日常政务、避暑度夏，谓之"清暑"，九、十月间再返回大都。往返于两都的巡幸已成为元朝政治生活中的大事，由此也为文坛带来了巨大影响。因巡幸期间，皇帝在上都居住达半年之久，路途单程也要 20 天左右，随驾人员，分官扈从各司其职。而其中文职官员，有相当一部分是诗文家。在扈从北行过程中，他们以新异的心态目睹了巡幸中宏大的规模仪式，浏览了沿途奇异的山川风物、民俗风情。独特的异域风貌激发了诗人无限情思，于是挥翰染墨倾泻心泉，创造了大量的途中纪行诗和上都风情诗，这种文人的扈从观光、巡游和朝觐直接导致了上京纪行诗的产生、发展和繁荣。

　　元人上京纪行诗中吟咏最多的是来往于两都之间驿路上各个驿站的风物景致。当时途经张家口地区的驿站主要有怀来驿、雕窝（也作雕窠）驿、龙门驿、赤城驿，在此留有许多诗人的歌赋佳句，从中可透视张家口的秀美山川、古风遗韵。本节主要对描写张家口各驿站的上京纪行诗做些分析，以了解张家口深厚的历史文化因素，并从其中探寻张垣地域名称的文化渊源。

　　在上京途中经过张家口东北部的"龙门驿"时，诗人们留下了很多作品。当时去往上京之路，有两个地方称作"龙门"。一个位于辇路上，即龙门所，是赤城县龙门所镇镇治。另一个是驿路上的龙门驿，今名龙关，是赤城县龙关镇镇治。

龙门驿所在龙门镇，于至元二十八年（1291年）升成望云县，隶属于云州。此地为何称为龙门，据文献《明统一志》卷五记载："龙门山……两山对峙，高数百尺，望之若门。塞外诸水出其下，故又名龙门峡。"① 龙门两岸山势陡峭，高耸入云，山下水流湍急，给过往行人留下了深刻的印象。元上京纪行诗中，歌咏龙门独特景色的诗篇就有许多。如马祖常的《龙门》一诗："万壑奔流一峡开，君王岁岁御龙来。人间尘土常相隔，天上星辰到此回。草木四时承午日，风云半夜来春雷。自惭曾奏长门赋，跋马彷徨念暴鳃。"② 诗中描绘，眼前的"龙门"可谓上天赐予当地的一道天门，那千万条激流冲开山体，在峡谷中奔腾流淌。犹如神斧凿开的天堑。天上帝王年年要驾驭神龙来此巡视，银河中的星辰也要从这里往返穿梭。这是多么壮观雄奇的自然景观。周伯琦也写了一首《龙门》诗："两山屹立地望尊，天作上京之南门。雷雨低垂银汉近，蛟龙出没碧涛翻。曾厓云合泉声冷，阴壑冰森昼影昏。自是职方形势大，祝融太白播篱藩。"③ 此诗前两句概括了龙门雄伟的气势，两山高高耸立，陡峭的岩壁，如同上天所设的上京途中的山门。中间四句将龙门的雷雨、水流、乌云形容得无比绝妙，写出了赤城地区特殊的物候特征。一旦暴雨来临乌云密布就像天上银河直泻下来，山壑间的惊涛骇浪好似蛟龙在峡谷中出没翻腾。这里形象地用"银汉"比喻雷雨来势的急和猛，用"蛟龙"比喻波涛汹涌的洪水。乌云密布暗合泉水之声令人不寒而栗，两山沟壑之中高耸的峭壁悬崖即使是白昼也显得阴森而昏暗。龙门山高水险，气候变幻无常，真是一幅自然界鬼斧神工的大手笔。元人胡助曾在自己的《龙门》诗中这样形容："龙门两岸倚霄汉，禹凿神功壮九围。"④ 由此，不难想象当时龙门独特的地理风貌，这些诗歌也为龙门的地域名称注入了丰富的文化元素，龙门既有地理位置的得天独厚，又有诗人们的倾心讴歌，可见龙门的名称历史

---

① 文渊阁《四库全书》，第472册，第7201页。
② （元）马祖常，《石田先生文集》卷三，《元人文集珍本丛刊》本，第6册，第564页。
③ （元）周伯琦，《近光集》卷一，文渊阁《四库全书》本，第1214册，第509页。
④ （元）胡助，《纯白斋类稿》卷八，《丛书集成初稿》本，第72页。

悠久来历不凡。

在与龙门驿大致平行于一条线上，还有一个"雕窝驿"（也作雕窠），雕窝在西，龙门在东，两驿站其间相距约四十五里。元人北行，大多经由龙门驿，从上都南返则一般走雕窝。雕窝今名雕鹗，是赤城县的一个乡镇。在雕窝西约一里处，有雕窝岩。据当地人说，雕窝岩上有个雕窝，曾住着一大一小两只雕鹰。后来两只雕鹰飞走了，分别落在两个地方，大的落脚地称大雕窝，小的落脚地叫小雕窝。所以现在有两个雕窝，元代的驿站雕窝是今天的大雕鹗。龙门和雕窝在元代都是比较繁忙的驿站，《永乐大典》记载："中书平章政事合伯、参政耿仁、参议秃烈羊阿等奏：臣等与兀良哈觖阿合马等议，木八剌沙所言达达四站等事。榆林站元金一千二百七十户。洪赞、雕窝、独石等三站，每站止金八百户。今自西川、拓跋、河西等处来使皆由此三站，若比榆林站户之上，又增八十户，每站一千三百五十户。三站总计五千四百户，方为得宜。"①从这段文献来看，雕窝每年不仅要供应随从皇帝两都巡幸的客人，还要满足从西川、拓跋、河西的来使，工作量很大。无怪乎这些官吏要上奏皇帝，增加这里的站户。

另外值得探寻的还有"赤城驿"，现在仍然叫赤城，是张家口赤城县的县城。赤城驿是驿道中段的一个较大的驿站。赤城驿的东边，是绵延起伏的山峦，山脉中由于富含铁和丹砂，故呈红色，也叫赤城山。每当清晨太阳冉冉升起，霞辉山峦交相辉映，城邑随之被浸染得又亮又红，故而名曰霞城，又叫赤城。赤城的这一壮丽景色被途经这里的文人们津津乐道，为此流传着不少名诗佳句，如胡助在《赤城》一诗曾这样解释山城之名："山石似丹垩，赤城因得名。"②大山之中山石呈现丹红颜色，"赤"成为这座山城的主要标志。黄溍的《赤城》诗如此描述："鸡鸣秣吾马，晚饭山中行。何以慰旅怀，赤城有嘉名。滩长石齿齿，树细风泠泠。时见岩壁间，粲若丹砂明。温泉发其阳，搞诃勤百灵。前峰指金阁，真境标殊庭。白道人迹稀，青崖云气生。信美无

---

① 《永乐大典》（卷19417），中华书局精装本，第8册，第7201页。
② （元）胡助，《纯白斋类稿》卷二，《丛书集成初稿》本，第15页。

少留，缅焉起深情。"①诗中描写作者鸡鸣便起身颠簸在上京途中，行走山中天色渐晚，人马疲惫不堪，可聊感欣慰的是来到了富有嘉名的赤城，疲劳消解，心情豁然，忽被眼前的一片北国异域风情所惊异。诗歌第五至八句形象地描摹了赤城的山川风貌：陡峭的岩壁、嶙峋的石滩、细树丛林、飒飒凉风；最感奇特的是崖壁间闪烁着红色晶亮的光彩，如同丹砂般粲然明亮，红色的山脉甚是少见。诗歌九至十二句展现了两处风景胜地：一道罕见的温泉，热气蒸腾，周围树丛百灵欢呼雀跃。这真是一个优美的自然胜境，让人流连忘返。这里所说的"温泉"，也是赤城独特而罕见的一道奇观，诗人们不仅称颂而且享受着这独特的自然之景。"温泉发其阳，撷诃勤百灵。"②温泉，当地人称作汤泉。据《畿辅通志》卷二十四记载："汤泉河，在赤城县西，源出西山，东流至城西南。合水泉河又东，合东河。其水泉河，源出赤城县西北二堡子，南流而入汤泉。"③关于温泉的由来，当地还有一个美丽的传说：古时，天上有 12 个太阳炙烤大地，一个叫二郎的小伙子力大无穷，担起 12 座大山追撵太阳。追上一个就用大山压住，当剩最后一个太阳时，勇敢的二郎累死了，于是天上就剩下如今这一个太阳了。而那 11 个太阳其中一个就压在赤城，底下的泉水被太阳烤热，就成了现在的温泉。温泉已有 2000 余年的历史，北魏郦道元的《水经注》中就有"渔阳之"北有汤泉。由此可见赤城温泉历史悠久。所以，温泉成为赤城的又一胜地。温泉所处位置海拔 942 米，全年最高气温 20℃，最低气温零下 12℃，昼夜温差 12℃。暖泉出水温度 68℃。真可谓取暖不用煤，纳凉不用扇，峦青岭翠，绿树蓊郁，天然空调，享用不尽。元代那些上京扈从的官吏们，到了赤城，宁愿绕道，也要到温泉沐浴，甚至对朝廷的禁令都无所顾忌，可见温泉之水对达官贵人强烈的吸引力。据《永乐大典》记载，来往使臣和僧人，为了"添要分例"，也为了到温泉洗澡娱乐，往往驰骋驿站"住几日不起"，还强行骑好马，吃首思，真是"好生骚

---

① （元）黄溍，《文献集》卷一，文渊阁《四库全书》本，第 1209 册，第 231 页。
② （元）黄溍，《文献集》卷一，文渊阁《四库全书》本，第 1209 册，第 231 页。
③ 《畿辅通志》卷二十四，文渊阁《四库全书》本，第 504 册，第 526 页。

扰"①。这个天然汤泉目前依然是赤城的胜景，并为当地人民谋来福利，出水充足的天然温泉分为总泉、眼泉、胃泉、平泉、气管炎泉、冷泉6个泉，由于出落地区水温高低和所含化学物质各不相同，所以分为治疗皮肤病、胃病、眼病、呼吸道及风寒性疾病的不同的疗养区域。用温泉水洗浴，成为当地人民的极大享受。如今这里已成为度假的福地，旅游的天堂。随着京津冀协同发展战略的实施，赤城县政府加大引资开发力度，并对基础设施、环境美化等诸方面进行高起点、高标准建设，赤城温泉度假村以全新的面貌和更优质的服务迎接着八方来客。

诗中的"前峰指金阁，真境标殊庭"是另一处名胜之地。所谓"金阁"，指的是著名道教圣地金阁山。这里是元代道教大师洞明真人祁志诚修炼之地，祁志诚，字信甫，山西阳翟人。1250年，祁志诚来到云州定居。从此金阁山就成了祁志诚修炼居住的地方。所以诗云："白道人迹稀，青崖云气生。"在清泉茂树，云雾缭绕的山峦之中矗立的仙人隐所更使此地成了一处人间仙境。

从赤城驿北行三十里处是云州驿，现在仍然称为云州，是赤城县的一个镇。云州驿在元代属于上都路，云州城方圆三里多，有两个城门。到了这里，北方草原民族的居住标志毡帐便进入人们视野，并成为行人选择投宿的目标。上京纪行诗也形象地记录了这种景观。"毡房联涧曲，土屋覆山椒。"②（袁桷《云州》）"夜雪青毡帐，秋烟白土房。"③（陈孚《云州》）山坡曲涧毡房相连，土屋四周山椒遍野，甚而夜间白雪覆盖，犹如朦胧秋烟笼罩土屋，好一派塞北风光。诗中已显现出云州独特的气候特征，这里冬天地冻天寒，滴水成冰；即使夏季也是凉爽如秋，甚至有时还会雪花飘舞，飞絮漫天，所以王士熙在《竹枝词》诗中有形象的描绘："山前马陈烂如云，九夏如秋不是春。昨夜玄冥剪飞雪，云州山里尽堆银。"④云州四面环山，白天虽然阳光灿烂，可夜间也会飞雪弥空，不像盛夏更似寒秋，高耸的山峰积雪难以融化，犹如堆满了

---

① 《永乐大典》（卷19417），中华书局精装本，第8册，第7201页。
② （元）袁桷，《清容居士集》卷十五，《四部丛刊初编》本。
③ （元）陈孚，《陈刚中诗集》卷三，文渊阁《四库全书》本，第1202册，第657页。
④ （元）王士熙，《元诗选》（二集），中华书局，2002年第1版。

灿灿白银。云州虽气候异常，但每到两都巡幸期间，还是一派车水马龙的景象，"云州州在万山间，万骑年年来往喧。"⑤因为过了云州，离最终目的地便越来越近了。

上京纪行诗中值得关注的还有一个名叫"独石口"的驿站。此地如今是赤城县独石口镇的镇治。其地名由来，元人刘敏中在《独石》诗中曾做了注解："去望云东北七十里，而近有驿曰独石，驿之东不里许，道旁有石，如石而孤，盖驿以是名也。"⑥可见，独石驿是因此石而得名。据考察，距独石口城约一里的地方，在空旷的平地上，矗立着孤零零的一块巨石，石头足有几间屋子之大，更奇特的是，在石缝中，竟郁郁葱葱地长了许多植物，包括数株粗大的树木。孤石上留有人们凿刻的台阶，顺阶而上可达石顶。石顶上有一处殿宇，中间立一石碑。历经数百年风雨消磨，石上残留着岁月斑痕，但依然巍峨耸立。与其说是石头，倒更像一座山丘。那么这块硕大的孤石从何而来？这引发了途经这里的文人们丰富的联想："坚顽未必中韫玉，夜疑伏虎空飞镞。安得炼之补天漏，徒使千秋擎佛屋。"⑦诗人在猜想，坚硬的顽石中会不会蕴藏着珍稀的玉料？或许是上苍为擒拿神虎而射下的箭石？还是用作补天的神石呢？"岿巍块若周王鼓，鬼礧踞如李广虎。或脱娲皇补天手，或惊神禹疏凿斧。"⑧这位诗人更是做了夸张的解释，这硕大山石或许是周王用过的大鼓，更像李广所射之虎盘踞在此；它倘或真是当年经女娲之手补天遗落下来的神石，巍然屹立，绽放异彩；如若手操神斧有开凿之功的大禹观之必定也会惊叹它的神奇！"磅礴太素初，星陨遗其形。"⑨（袁桷《独石》）想象推测，夸饰称奇。面对如此奇石，诱使元人浮想联翩，诗兴大发。每年扈从巡幸人马都从这里经过，他们用诗歌寻觅着独石的来历，他们用心灵吟咏独石

---

⑤（元）周伯琦，《近光集》卷一，文渊阁《四库全书》本，第1214册，第530页。

⑥（元）刘敏中，《中庵先生刘文简公文集》卷十八，《北京图书馆古籍珍本丛刊》本，第435页。

⑦（元）胡助，《纯白斋类稿》卷八，《丛书集成初稿》本，第41页。

⑧（元）刘敏中，《中庵先生刘文简公文集》卷十八，《北京图书馆古籍珍本丛刊》本，第435页。

⑨（元）袁桷，《清容居士集》卷十五，《四部丛刊初编》本。

的文化，他们用自己的领悟演绎着石的神话。六七百年后，古人揣测的独石至今依旧矗立在这片热土上，等待人们最终对它作出的科学注解。

祖国各地的山水风物、人文景观，具有永远挖掘不尽的美，是文学素材的重要来源，更是古代文人热衷表现的对象。上京纪行诗的作者们以扈从诗人或客子的身份来到广袤的西北异域，诗人敏锐的眼光和外来者好奇的心态，使他们对这里迥异的自然风物、历史文化，甚至对这里人民的日常习俗和精神状态产生了浓郁的兴趣。这就为他们创作出大量作品提供了物质与心理保证，同时也使他们的作品有了相应的认知价值。其作品既有自然地理条件影响下的不同地域物候风貌，又具有浓郁的地方风土人情，成为地域文化的最重要组成部分。并且，这种地域文化不仅最为本色，也最能集中而突出地表现出地方的文化特征，具有极高的史料和文化价值。

元上京纪行诗保留了古代张家口地域历史文化的第一手具体而形象的历史文化史料，其中既涉及基于地域特点的文化历史，也涉及作品背后所蕴含的文化内涵，并对张家口的经济、文化发展有着重要而积极的意义。它可使我们更全面、立体地了解张家口地区独特而优美的自然景观、丰富的物产及独具特色的域名文化渊源，同时也为张家口的经济文化、旅游发展积淀了深厚的文化底蕴，为张家口的经济文化发展前景提供文化支撑和理论指导。所以元代上京纪行诗是我们可利用的最好的文化资源。

第二节　上京纪行诗风物书写

元代把人分为四等：蒙古人、色目人、汉人和南人。除了蒙古人，对于其他三个阶层的人来说，冀西北地区就是秘域绝境，尤其是那些世代生活在南方的文臣们，"白沟以北即天涯"，冀西北地区更是天涯中的天涯，因而这里的各种风物，都引起了来自四面八方的人士们的高度关注，成为诗人们笔下集体歌咏的对象。

幽燕塞外，物产丰富，其动植之物，像金莲、紫菊、地椒、白翎雀、阿蓝等，都是居庸关以南所未尝有的，颇具地域特点。植物类主要有：金莲、紫菊、芍药、地椒、野韭、长十八、蒲苴、蔷薇、蒺藜、苁蓉、荞麦、胡榛、蕨菜、野茴香、茼蒿、回回葱、沙葱、山葱、解葱、黄连芽、壮菜、戏马菜、白菜、苜蓿、蔓菁、芦菔、莜麦、沙菌、榆树、柳树等等。动物类主要有：海东青、白翎雀、天鹅、白雀、老鹰、乌鸦、黄羊、黄鼠、青鼠、貂鼠、高陀鼠、白银鼠、火鼠、白狼、子规、鹧鸪、青兕、麇鹿、野兔、白貉、獐子、野狐、野猪、獐麂、角端、角鸡、章鸡、石鸡、野鸡、安达海、白鱼等等。这些动植物，绝大多数都是只有居庸关以北才有的珍贵物品，如金莲、紫菊、海东青、白翎雀。其中有不少动植物是非常罕见的，如银鼠，据《析津志》介绍："和林朔北者为精，产山石罅中。初生赤毛青，经雪则白。愈经年深而雪者愈奇，辽东鬼骨多之。有野人于海上山薮中捕设以易中国之物，彼此俱不相见，此风俗也。此鼠大小长短不等，腹下微黄。贡赋者，以供御帷幄、帐幔、衣、被之。每岁程工于南城貂鼠局，诸鼠惟银鼠为上，尾后尖上黑。"[①]而有些动植物又特别奇特，如安达海，"即野骆驼也。似驴而差小也。项下垂璎毛，朔北野马川甚广。其性深喜妇便溺，见则忘躯而吸饮之，盖其地艰于水故也。因其喜饮水，故以诱其来而陷井填获焉。即自禁中有之"[②]。还有些物产，天生就是居人喜好的食物，如回回葱，"荨麻林最多（荨麻林即今张家口洗马林），其状如扁蒜，层叠若水精葱，甚雅，味如葱等。淹藏生食俱佳"[③]。蕨菜，"甘则味愈佳"[④]。

  冀西北地区丰富而奇特的物产，为诗人的咏物诗提供了绝好的素材。在扈从元廷两都巡幸的文人中，有许多是汉人，还有不少是南方人。只有在元代，他们的足迹才能踏上这片神秘的异域，才能欣赏这些琼花琪树、神鸟异

[①]（元）熊梦祥，《析津志辑佚·物产》，北京古籍出版社，1983年第1版，2001年2月第2次印刷，第233页。

[②]（元）熊梦祥，《析津志辑佚·物产》，北京古籍出版社，1983年第1版，2001年2月第2次印刷，第232—233页。

[③]（元）熊梦祥，《析津志辑佚·物产》，北京古籍出版社，1983年第1版，2001年2月第2次印刷，第232—233页。

[④]（元）熊梦祥，《析津志辑佚·物产》，北京古籍出版社，1983年第1版，2001年2月第2次印刷，第226页。

兽，他们感谢时代给他们提供了一个这样的平台，也喜欢集体歌咏这些神奇的物产，正如元末诗人危素所言："当封疆阻越，非将与使弗至其地，至亦不暇求其物产而玩之矣。我国家受命自天，乃即龙冈之阳、滦水之澨以建都邑，且将百年，车驾岁一巡幸，于是四方万国，罔不奔走听命。虽曲艺之长，亦求自见于世，而咸集辇下，……谓九州所产，昔之人择其可观者，莫不托诸豪素，而是名家矣。顾幸生于混一之时，而获见走飞草木之异品，遂写而传之。"① 诗人集体性地写咏物诗，集体性描写冀西北的各种风物，是元代上京纪行诗的一个重要特点。终于能够踏上幽燕塞外的元代诗人，倾注了他们极大的热情，欣赏着、描写着、赞美着这块热土上的物产。

一、上京纪行诗中的植物

（一）金莲花

冀西北地区，名花异草很多。在众多的花卉中，最多、最美、最具地域特色的是金莲花。金莲花是一种野花，它茎秆有一尺多高，花朵山杏般大小，呈金黄色，因状若莲花，故称金莲。《广群芳谱》曰："出山西五台山，塞外尤多。花色金黄，七瓣两层，花心亦黄色，碎蕊平正有尖，小长狭，黄瓣环绕其心。一茎数朵，若莲而小。六月盛开，一望遍地，金色烂然。至秋，花干而不落，结子如粟米而黑。其叶绿色，瘦尖而长，或五尖，或七尖。"② 这段资料对金莲花做了比较详细的描述，包括它的产地、颜色、花形、开花期等等。金莲系多年草本植物，冬天经北方草原的严寒，春夏又受草原上阳光雨露的滋润，集天地之灵气，采日精月华，馥郁多姿。它性寒，味甘略苦，具有祛热清火、降血解毒、芳香健胃之功效。

这种只在北方草原地带生长的野花，在元代，无论是皇室，还是普通官吏，都对它很重视。据《析津志》载："车驾白四月内幸上都，太史奏某日立秋，乃摘红叶。涓日张燕，侍臣进红叶。秋日，三宫、太子、诸王共庆此会，上亦簪秋叶于帽。张乐大燕，名压节序。若紫菊开及金莲开，皆设燕。盖宫中

---

① 《赠潘子华序》，《危太朴集》卷八，《元人文集珍本丛刊》本，第 7 册，第 451 页。
② 《钦定热河志》卷九十四《物产三》，文渊阁《四库全书》本，第 496 册，第 465 页。

内外宫府饮宴，必有名目，不妄为张燕也。"①这一方面说明宫廷宴赏之多，另一方面也说明宫廷对金莲和紫菊的器重。在皇宫中得到偏爱的金莲，也引起了元代文人墨客的极大兴趣，"潘侯妙笔留神都，金莲紫菊谁家无。"②"蛟龙变化深莫测，金莲满川净如拭。"③元人扈从上京，无论是在沿途的冀西北地区，还是在夏都的上京，他们随时随地都能看到金黄色的金莲花。生活在金莲花的海洋中，元人对金莲花产生了特殊的感情，这种特殊的感情，有着深层次的历史文化背景。元人的这种金莲花情结，来源于金莲川及金莲川幕府。

金莲川，位于滦河上游，原名曷里浒东川，是一片广阔的草原。"金莲川在重山之北，地积阴冷，五谷不殖，郡县难建，盖自古极遍荒弃之壤也。气候殊异，中夏降霜，一日之间寒暑交至。"④非常适合避暑。金代实行四时捺钵制度，金世宗就经常在夏季时到金莲川避暑游猎，秋季返回中都（今北京）。金莲川中长满金莲花，金莲花花色金黄，七个花瓣环绕花心，似莲花而比莲花小。六月盛开，遍地金黄，远望像一片金色的海洋。金世宗大定八年（1168），到这里游玩的金世宗，以"莲者连也，取其金枝玉叶相连之义"，将曷里浒东川雅称为金莲川。1206年，在斡难河源的忽里台大会上，统一了漠北蒙古高原各部的乞颜部首领铁木真被推举为蒙古大汗，号成吉思汗，建立了大蒙古国。1211年，成吉思汗率军进攻金朝，首先占领了滦河上游的桓州及以西的昌州和抚州。在随后与金朝的战争期间，成吉思汗经常到这一地区避暑。1251年，蒙哥即汗位，命令其弟忽必烈总领漠南汉地军国庶事。忽必烈承命后由漠北南下，驻帐于金莲川。金莲川北靠群山，南临滦河（又称闪电河），水草丰美，气候宜人。"龙冈蟠其阴，滦江经其阳。四山拱卫，佳气葱郁"⑤，又因为此地"北控沙漠，南

---

① 《析津志辑佚·风俗》，北京古籍出版社，1983年第1版，2001年2月第2次印刷，第204页。
② （元）吴当，《潘子华画上京花鸟》，《学言稿》卷三，文渊阁《四库全书》本，第1217册，第279页。
③ （元）周伯琦，《赋得滦河送苏伯修参政赴任湖广》，《近光集》卷二，文渊阁《四库全书》本，第1214册，第520页。
④ 《金史》卷九十六《梁襄传》，中华书局，1975年版，第2133页。
⑤ （元）王恽，《秋涧先生大全集》卷八十，《元人文集珍本丛刊》本，第2册，第369页。

屏燕蓟，山川雄固，回环千里"①，是沟通漠北与中原、西域与辽东的交通要道，所以忽必烈在金莲川驻帐后，开始把这里作为根据地，征召天下名士，建立了元史上有名的"金莲川幕府"。从此，金莲川就成为忽必烈运筹帷幄、号令天下的地方，也成为元世祖忽必烈发迹起事的"龙飞"之地。

忽必烈的金莲川幕府中，主要幕府人士有汉人儒士，也有佛教僧人和西域人，但汉人居多，比较重要的有刘秉忠、窦默、姚枢等人。这些通过各种途径聚集在忽必烈周围的人，既有满腹经纶的学者，如赵复、许衡、杨惟中等，也有精通治道的谋士，如刘秉忠、窦默、姚枢等。有的人是名望很高的宗教人士，如吐蕃佛教萨斯迦派教主八思巴，有的人是战功卓著的勇士，如畏兀儿人廉希宪、阿里海牙等。金莲川幕府，俨然是一个文武兼备的政治集团。忽必烈听从幕府人物的建议，对中原地区（当时的邢州、河南、关中等地）采用历代王朝沿袭下来的政治经济制度进行管理，即所谓"汉法"，取得了较好的效果。②

忽必烈能统一天下，建立大一统的元代，从一定程度上来看，离不开金莲川幕府。故而元世祖忽必烈在完成全国的统一后，没有忘记金莲川，也没有忘记金莲川幕府。他兴建了两都，确立了两都巡幸制度。每年都要带领文武大臣到上京驻扎，每年都要扈跸金莲川。以后元代的皇帝都沿袭了这一做法。"蛟龙变化深莫测，金莲满川净如拭。銮舆岁岁两度临，雨露同流草蕃殖。"③自开自落的金莲花，和滦河水、龙冈山一样，静静地护卫着都城上京，迎接着每年光临的巡幸队伍，"年年迎送翠华行，看照耀、恩光满路"④。

在元代士人心目中，金莲花是两都巡幸过程中最常见、最普通，但却最具特色、最有影响力的野花，所以元人喜爱它，吟诗作赋歌颂它。

---

① 《读史方舆纪要》卷十八，中华书局，1955 年 7 月第 1 版，第 1 册，第 802 页。
② 陈高华，《元上都》，吉林教育出版社，1988 年版，第 21 页。
③ （元）周伯琦，《赋得滦河送苏伯修参政赴任湖广》，《近光集》卷二，文渊阁《四库全书》本，第 1214 册，第 520 页。
④ （元）刘敏中，《上都金莲》，《中庵先生刘文简公文集》，《北京图书馆古籍珍本丛刊》本，第 92 册，第 520 页。

(2) 紫菊

紫菊，元人文章中也称墨菊。

元人杨允孚《滦京杂咏·紫菊花开香满衣》自注曰："紫菊花，惟滦京有之，名公多见题品。"① 元人伍良臣的《上京》自注曰："紫菊花，大如盂，色深紫，娇润可爱，俱产上都。"② 在上都及周边地区，最常见、最具有草原风情的野花，除了金莲，就是紫菊。紫菊是滦京和冀西北地区的特产，文献中这样记载："马兰头，本草名，马兰，……北人见其花呼为紫菊，以其花似菊而紫也。苗高一二尺，茎亦紫色。叶似薄荷，叶边皆锯齿，又似地爪儿。叶微大，味辛，性平，无毒。"③ 又记"紫菊，……菊花如紫茸，丛茁，细碎，微有菊香，或云即泽兰也。以其与菊同时，又常及重九，故附于菊"。④ 由文献记载可知，紫菊花颜色为紫色，故名。其杆茎一二尺，也为紫色。紫菊花有香气，有良好的消炎解毒功能，能治疗各种炎症，被誉为中草药中的抗菌素。

"晚节孤高也自奇，此情惟有墨卿知。"⑤ 在元代文士心目中，紫菊花也像黄菊一样，是花中之"高洁者"。但和其他朝代不同的是，在元代两都巡幸的文士心中，除了象征高洁孤傲，更重要的是，紫菊还寄托了他们思乡的情愫。《析津志辑佚》中有这样两段资料："八月，滦京太师涓日吉，于中秋前后洒马奶子。此节宫廷胜赏，有国制。是时紫菊金莲盛开，则内家行在，具有思归之意。"⑥ 又"然入八月，则琼楼玉宇，高处不胜寒矣。多人南归之心，早已合矣。至是时，上位、宫中诸太宰，皆簪紫菊、金莲于帽，又一年矣。而其下百辟、执事、驾前乐工、伎女，思归尤为浩切矣。上都有老画师潘子华，

---

① （元）杨允孚，《滦京杂咏》，《丛书集成初编》本，第 8 页。
② （元）伍良臣，《上京》诗注，《永乐大典》卷七七〇二，中华书局精装本，第 4 册，第 3579 页。
③ （明）朱橚，《救荒本草》卷一，文渊阁《四库全书》本，第 730 册，第 638 页。
④ （宋）范成大，《范村菊谱》，文渊阁《四库全书》本，第 845 册，第 40 页。
⑤ （元）胡奎，《题墨菊》，《斗南老人集》卷五，文渊阁《四库全书》本，第 1233 册，第 542 页。
⑥《析津志辑佚·风俗》，北京古籍出版社，1983 年第 1 版，2001 年 2 月第 2 次印刷，第 205 页。

年逾七十,画紫菊、金莲、野草、闲花,官员往往构之。"① 九月,寒冷的上京及冀西北地区诸花开始陆陆续续地凋谢,甚至最常见的金莲,也"顿稀",唯有千姿百态的紫菊花傲霜竞放,深受人们喜爱,大家对紫菊情有独钟,更多的是紫菊寄托了他们的思乡之情。一年一度的两都巡幸,扈从文人离开大都途经冀西北地区来到上都,他们远离了妻子、儿女,远离了亲人,远离了朋友和家乡,孤身陪同皇室来上都工作和生活,孤独、思念亲人是大家的一种普遍的感情。终于,天凉了,紫菊花开了,过了重阳节,他们就可以回家了。面对着娇艳的紫菊,归心似箭的他们怎么能不激动呢?思念着亲人和朋友,想给他们带些富有地方特色的礼物,于是,大家纷纷到老画师潘子华那里购买紫菊图,送给远在大都或家乡的亲人朋友们。潘子华是钱塘人,善画花鸟,自成一家。他的父亲因为善于绘画写真,三次被召入上京宫廷,子华也随父亲来到上京。皇帝看到潘子华的画后,极为欣赏,并赐酒嘉奖他。自此,潘画师在上京名声大噪,好多高官文士都纷纷向他索取作品,以此炫耀。每年秋天,潘画师的紫菊图是最受欢迎的,大家都把他的紫菊图作为上京特产,或索取,或购买,以便作为礼物送给思念着的家乡亲人。

以下是元代文士的一些言及紫菊的诗篇,从中,我们也可以领略到他们借菊思家之情感。"上京七月燕雏飞,紫菊花开露入衣。雨霁关河秋意满,南都应望翠华归。"② "野瞳有情开紫菊,禁园无数列黄榆。轮蹄迫塞通衢隘,明日扬鞭出坦途。"③

紫菊和金莲,在上京即冀西北地区是入画师笔下花鸟图最多的两种野花,尤其是紫菊,曾有许多画师把它作为绘画的素材。最有名的除了老画工潘子华之外,还有著名文人赵孟𫖯。赵孟𫖯(1254—1233),字子昂,号松雪道人,湖州(今属浙江)人。赵孟𫖯是元代画坛的一代宗师,山水,竹石,人

---

① 《析津志辑佚·岁纪》,北京古籍出版社,1983 年第 1 版,2001 年 2 月第 2 次印刷,第 221—222 页。
② (元)马祖常,《闲题·上京七月燕雏飞》,《石田先生文集》卷四,《元人文集珍本丛刊》本,第 6 册,第 581 页。
③ (元)宋褧,《喜归大都》,《燕石集》卷七,《北京图书馆古籍珍本丛刊》本,第 92 册,第 171 页。

物,花鸟,他无所不能。"子昂作画,初不经意,对客取纸墨,游戏点染,欲树即树,欲石即石。"①他在当时画坛地位最高,对后代绘画有很大影响。赵子昂有一幅《滦京紫菊花图》,在当时非常有名,好多文人墨客都曾为这幅画题跋,如虞集题诗为《子昂墨菊》,潘迪题诗为《题赵松雪墨菊》,虞集的《子昂墨菊》曰:

落木疏篱事事幽,流传摹刻使人愁。满城风雨归来晚,真见吴兴一段秋。②

从虞集的题画诗里,我们可以领略到赵子昂画得惟妙惟肖。可惜,这幅画现在已经亡佚,后人已无法欣赏了。

元代题墨菊图的诗很多,比如《题阎仲彬墨菊》(陈镒)、《赤盏为肃慎贵族于今为清门希曾其字者读书为诗善鼓琴且工墨菊有新意为予作四幅留其二征诗为赋此云》(张以宁)、《题徐雪州墨菊》(贝琼)。从这些题画诗可知,除了潘子华和赵孟頫曾作紫菊图外,还有很多人喜爱画紫菊,描画紫菊在当时已经形成一种风气。

(3) 芍药

芍药是中国的传统名花,也是中国栽培历史最悠久的花卉之一。每年冬春之交,过了寒食节和清明节,芍药花便争先恐后地相继发芽、开花。芍药花丛生,花瓣似牡丹而狭长,茎杆高一二尺。芍药品种很多,但最常见、最多的是红芍药和白芍药。四五月间,芍药大量开花,微风拂来,芳香袭人。在百花中,人们喜欢把芍药和牡丹相提并论,认为百花中牡丹为第一,芍药为第二,牡丹为花王,芍药为花相。芍药本来产自南方,以扬州为天下冠绝,但在元代,芍药被大量地移植到北方滦河及周边地区。由于该地区特殊的气候和地理位置,芍药长势甚至超过南方,"内园芍药弥望,亭亭直上数尺许,花大如斗,扬州芍药称第一,终不及上京也"③,这是杨允孚《滦京杂咏》中的自注,他还为芍药赋诗,诗文如下:

东风亦肯到天涯,燕子飞来相国家。若较内园红芍药,洛阳输却牡丹花。

---

① (元) 戴表元,《题画》,《剡源戴先生文集》卷十八,《四部丛刊初编》本。
② (元) 虞集,《道园遗稿》卷五,《北京图书馆古籍珍本丛刊》本,第94册,第66页。
③ (元) 杨允孚,《滦京杂咏》,《丛书集成初编》本,第9页。

时雨初肥芍药苗，脆甘味压酒肠消。扬州帘卷东风里，曾惜名花第一娇。①

冀西北地区的芍药可以食用，据《松漠纪闻》卷二记载："女真多白芍药花，皆野生，绝无红者，好事之家采其芽为菜，以面煎之。凡待宾，斋素则用，其味脆美，可以久留，无生姜。至燕，方有之，每两价至千二百，金人珍甚，不肯妄设，遇大宾至，缕切数丝，置楪中，以为异品，不以杂之饮食中也。"②经过女真"好事之家"的改造，在辽金时期，芍药成了珍贵的待客佳肴，能吃到这种"异品"的客人，想来规格是很高的。在元代，芍药依然被人食用，有下面的元人诗句为证："红蓝染裙似榴花，盘蔬饤饾芍药芽。太官汤羊厌肥腻，玉瓯初进江南茶。"③"囊中粟卷苁蓉叶，盘甲蔬堆芍药芽。"④"塞垣蔬茹黑谷茶，芸桑叶子芍药芽。"⑤元人的这些诗句说明，在元代，芍药食用已经是很普遍的现象了。杨允孚的《滦京杂咏》自注曰："草地芍药，初生软美，居人多采食之。"⑥冀西北地区草地上的芍药又甜又脆，吃了可以消食解酒，清脑怡神，所以居民都喜欢采着吃。

除了食用，芍药还可以入药。更为奇特的是，在元代，一位叫邢遵道的药医研制开发了一种叫作"琼芽"的芍药茶。这种"琼芽"由初生的芍药幼芽制成，清香爽口，养血通气。至治年间，宫廷得知后，这道特殊的茶便作为御品供宫廷食用。关于邢遵道的这种"琼芽"芍药茶，官吏黄溍、王沂和陈旅都在自己的文中做过描述，黄溍赋诗如下：

溧阳邢君，隐于药市，制芍药芽，代茗饮，号曰琼芽，先朝尝以进御云。

君家药笼有新储，苦口时供茗饮须。一味醍醐充佐使，从今合唤酪为奴。

---

① （元）杨允孚，《滦京杂咏》，《丛书集成初编》本，第9页。
② （宋）洪皓，《松漠纪闻》卷二，文渊阁《四库全书》本，第407册，第706页。
③ （元）马祖常，《和王左司竹枝词》，《石田先生文集》卷五，《元人文集珍本丛刊》本，第6册，第587页。
④ （元）陈孚，《夜宿滦河嘴儿》，《陈刚中诗集》卷三，文渊阁《四库全书》本，第1202册，第658页。
⑤ （元）宋本，《上京杂咏》，《永乐大典》卷七七〇二，中华书局精装本，第4册，第3578页。
⑥ （元）杨允孚，《滦京杂咏》，《丛书集成初编》本，第9页。

芳苗簇簇遍山阿，珠蕾金芽未足多。千载茶经有遗恨，吴侬元不过滦河。
春风北苑斗时新，万里函封效贡珍。美尔托根天尺五，不劳飞骑走红尘。①

王沂也有《芍药茶》，全诗如下：

瀛洲忆昔较群材，一饮云腴睡眼开，陆羽似闻茶具在，谪仙空载酒船回。
滦水琼芽取次春，仙翁落杵玉为尘，一杯解得相如渴，点笔凌云赋大人。
扬州四月春如海，彩笔曾题第一花，夜直承明清似水，铜瓶催火试新芽。②

王沂为诗做注曰："余往年试上京乡贡士于集贤署，邢君遵道携茶，号滦水琼芽。今俯仰七年，而遵道捐馆久矣。其子克世其业，携茶过寓舍，为赋小诗三首，山阳闻笛之感同一慨然也。""滦水琼芽"成了一代又一代人珍爱的饮品，而茶的发明者却永逝矣。由茶思人，作者感慨无限。

此外，陈旅专门做有一首《琼芽赋》，详细地介绍了这道茶的研制过程，文如下：

栾阳之野多芍药，人掇其芽以为蔬茹。雄武邢遵道始治之以代茗饮，清腴甘芳，能辅气导血，非茗饮所能及也。至治中，有旨命如法以进，天子饮而嘉之，于是乎有"琼芽"之名。夫芍药之为物，以花艳取重于流俗。至用为药饵、为烹濡之滋，皆不足以尽芍药之妙。自著《本草》以来，至今世始得因遵道以所蕴者见知天子，何其遇之晚也！余惟物之不遇于世者多矣，固有一无所遇而竟已者，而不欲以他伎自炫，至晚始一遇者，亦可悲也。余年四十又一，始为国子助教。天历二年夏扈从至上京，因过邢生，饮琼芽，而生征余赋。其辞曰：

医神皋之浽逸兮，余尝策马而孤征。朱光熽阴雨复旸兮，琼芽怒抽，寝满乎郊垌。彼妇子之踵踵兮，持顷筐以取盈。盖淹之以为菹兮，复芼之以为羹。友野茹以杂进兮，至涵辱于腐腥。既不得吐曾华以当春兮，又不为雅剂以上下乎参苓。懿邢生之嗜奇兮，颇与世而相违。户腰艾其总总兮，则纫兰而佩之。闵灵苗之纯美兮，曾不得邑其所施。乃登广原，涉芳滢，披翳卉，撷珍栽。盛以文竹之筥，屑以绿石之硙，瀹之以槛泉，燥之以夫遂。广延绀霜逊其色，丹丘宝露愧其液。诸柘色且甘，斯垺也；留夷轩于芬，斯夺也。乃若溽溜既收，

---

① （元）黄溍，《文献集》卷二，文渊阁《四库全书》本，第1209册，第277页。
② （元）王沂，《伊滨集》卷十一，文渊阁《四库全书》本，第1208册，第476页。

凉吹初作。鸾旗罢猎，张宴广漠。舞鱼龙于钧天，厌牛羊于珠泽。亟命进乎琼芽，俾得联于玉食。当是时也，金沙紫笋，龙安骑火，乳窟仙掌，蒙顶麦颗，皆于邑以无色，甘退列于下佐。夫何一幽人兮，擎孤芳以徘徊。抚年岁之既晏兮，恐繁霜其崔嵬。念宠荣之所在兮，竞膏车以先驰。或以近而易与兮，或以远而不见推。或握瑜以来毁兮，群荐而非环。以媚世者之诚可耻兮，则宁抱吾素而委蛇。①

普通的老百姓，也纷纷仿效"滦水琼芽"，用芍药的幼芽自制"芍药茶"。袁桷有诗如下："山后天寒不识花，家家高晒芍药芽。南客初来未谙俗，下马入门犹索茶。"②从诗中可以看出，在塞北，家家户户采芍药芽，制成茶饮用，南方新来的人不知芍药芽的这一功用，所以才会"下马入门犹索茶"。

元代将人分为蒙古、色目、汉人和南人四等，其中南人指南宋旧境居民，包括江浙、江西、湖广三省及河南行省南部，与广义之江南相当。南人在元朝四个法定族群中身份最为低下。在上京的南人心目中，芍药还有着与众不同的精神含义。欲了解这种文化含义，需要先说明南人在元代的状况。忽必烈灭南宋后，为了加强统治，使元代长治久安，在文化上采取了一系列的措施，其中一个很重要的措施就是委派程钜夫到江南访贤。程钜夫（1249—1318），初名文海，字钜夫，号雪楼先生，建昌人（今属江西）。为了避元武宗（名字为孛儿只斤海山）讳，故以字行。至元十九年（1282），程钜夫受元廷指派，到江南访贤，荐用名士二十余人，包括赵孟頫、余恁、万一鹗、张伯淳、曾晞颜、孔洙、曾冲子、凌时中、包铸等。元朝的访贤，鼓励了江南士人北上出仕，但是，元代整体的政治环境对南人是不利的。首先元廷对南人十分猜忌，还不是很信任。另外，北人（包括蒙古、色目及华北之汉人）对南人也很歧视，多方排挤。当年选用程钜夫到江南访贤，就有台臣提出"钜夫南人，且年少"③表示反对，当时元世祖忽必烈大怒，说："汝未用南

---

① （元）陈旅，《琼芽赋》，《全元文》第37册，第219—220页。
② 《次韵继学途中竹枝词》第六首，袁桷《清容居士集》卷十五，《四部丛刊初编》本。
③ 《元史》卷一七二《程钜夫传》，中华书局，1976年第1版，1997年7月第6次印刷，第13册，第4016页。

人，何以知南人不可用！自今省部台院，必参用南人。"① 可见，宫廷里大臣对南人还是存在着很深的偏见。虽然世祖极力地任用南人，但也无法改变群臣歧视南人的政治环境。在这种环境中，北上供职的南人就受到许多无形的限制。受到排挤的南人，潜意识里总是有种局外人的感觉。在上都，看到本来是南方的芍药，他们感到亲切、熟悉，所以江南士人观赏酬吟芍药的特别多，他们喜欢把芍药入诗入画。赵孟頫有一幅著名的画，画的就是"罗司徒家双头牡丹并蒂芍药"，程钜夫曾为此画题诗，名为《题赵子昂画罗司徒家双头牡丹并蒂芍药》。南人的诗，在赞美芍药的同时，也总是隐隐约约地透着一种非本族的感觉，下面是虞集的一首诗：

白芍药

金鼎和芳柔，滦京已麦秋。当阶千本玉，看不到扬州。②

那芳香的白芍药，从春天发芽到秋天麦收，在滦京及冀西北地区已经生长了两三个季节，可它们还在恋着扬州，这不正是以虞集为代表的南人们的心声吗？来往于两都，在宫廷中身居高位，可是，他们在潜意识中一直没有把自己当作这里真正的主人。

（4）地椒

"千蹄天马跃，一寸地椒香"③，"菌出沙中美，椒升地上香"④，"六月椒香驼贡乳，九秋雷隐菌收钉"⑤。许多元人的诗中，都记载了一种叫地椒的植物，这种植物特别香。那么，地椒到底是一种什么样的东西？主要生长在哪里呢？

"开平昔在绝塞之外，其动植之物，若金莲、紫菊、地椒、白翎爵、阿蓝

---

① 《元史》卷一七二《程钜夫传》，中华书局，1976 年第 1 版，1997 年 7 月第 6 次印刷，第 13 册，第 4016 页。
② 《道园遗稿》卷四，《北京图书馆古籍珍本丛刊》本，第 94 册，第 56 页。
③ （元）陈孚，《云州》，《陈刚中诗集》卷三，文渊阁《四库全书》本，第 1202 册，第 657 页。
④ （元）周伯琦，《上京杂诗十首·卑湿如吴楚》，《扈从集》，文渊阁《四库全书》本，第 1214 册，第 510 页。
⑤ （元）马祖常，《上京翰苑书怀·沙草山低叫白翎》，《石田先生文集》卷三，《元人文集珍本丛刊》本，第 6 册，第 555 页。

之属，皆居庸以南所未尝有"①，"地椒，朔北、上京、西京等处皆有之"②，资料说明，地椒是居庸以北的一种植物。

地椒大多生长在荒野中阴湿处，它覆地蔓生，茎叶很细，呈条状，花作小朵，色紫白，结子很多，宿根丛生。地椒气味辛香，具有消炎止痛的功效，可以治疗疔疮肿毒。地椒的籽实还可以做粮食和衣柜的防蛀用品，茎叶可以用来编制草具，又好闻又防虫。但是，地椒最主要的功用是它可以作为草原兽类的食料。在草原地带，不管是马、牛、羊，还是鼠、兔，都特别喜欢吃地椒，而且常吃地椒的动物，肉肥味美，堪为佳品。杨允孚的《滦京杂咏》中有一诗为：

紫菊花开香满衣，地椒生处乳羊肥。毡房纳石茶添火，有女褰裳拾粪归。③

作者自注："地椒草，牛羊食之，其肉香肥。"元代的"国族"是蒙古族，蒙古族是一个草原民族，马、牛、羊和草原是生存的根本。地椒、野韭之类是动物爱吃的植物，自然受到关注。上京的元代文人因而对地椒描写也比较多，胡助《云州》："牧羊沙草软，秣马地椒香。"④柳贯《漫题斋壁》："牧马新来秣地椒，街头捌酒玉倾瓢。"⑤王士熙《竹枝词·山上去采芍药花》："山上去采芍药花，山前来寻地椒芽。"⑥王逢《览周左丞伯温壬辰岁拜御史扈从集感旧伤今敬题五十韵》："珍味高陀鼠，丹馨散地椒。"⑦凡是地椒茂盛的地方，马牛羊就又肥又壮，所以元人很喜欢地椒的实用。许有壬的《上京十咏》咏了上京及其周边地区的十种特产，其中一首《地椒》诗如下：

冻雨催花紫，轻风散埜香。刺沙尖叶细，敷地乱条长。楚客收成裹，奚童撷满筐。行厨供草具，调鼎尔非良。⑧

---

① （元）危素，《赠潘子华序》，《危太朴集》卷八，《元人文集珍本丛刊》本，第7册，第451页。
② 《析津志辑佚·物产》，北京古籍出版社，1983年第1版，2001年2月第2次印刷，第226页。
③ （元）杨允孚，《滦京杂咏》，《丛书集成初编》本，第8页。
④ （元）胡助，《纯白斋类稿》卷七，《丛书集成初编》本，第64页。
⑤ （元）柳贯，《柳待制文集》卷五，《四部丛刊初编》本。
⑥ （清）张豫章，《御选元诗》卷五，文渊阁《四库全书》本，第1439册，第531页。
⑦ （元）王逢，《梧溪集》卷四，《北京图书馆古籍珍本丛刊》本，第95册，第509页。
⑧ （元）许有壬，《至正集》卷十三，《元人文集珍本丛刊》本，第7册，第84页。

这首专门觞咏地椒的诗，描写了地椒的形状、长势、香气等等。地椒是动物的主要食料，百姓则喜欢用它来编制器具，而非食用。人们喜欢吃的，是地椒所喂养出来的禽兽。"饱食翻疑得诗瘦，不如顿顿地椒羊"①，能顿顿吃到地椒喂养出来的牛羊，元人认为是一种口福，南方人士周伯琦甚至夸张地说："忘归江汉客，直欲比家乡。"②

（5）野韭

野韭又名山韭，似家韭但是比家韭硬、长。野韭在形状和特性上都和家韭非常相似，但是它的根是白色的，韭叶如灯芯苗，因为山中比较多，所以又名山韭。《救荒本草》卷八《菜部》："野韭，生荒野中。形状如韭苗，叶极细弱，叶圆比紫韭，又细小，叶中撺葶。开小粉紫花，似韭花状，苗叶味辛，救饥采苗叶煤熟，油盐调食，生腌食亦可。"③幽燕塞外，冰天雪地，在缺乏粮食的时候，野韭往往被采来食用。野韭生命力非常旺盛，容易种植，容易成活，对生长时间和环境不很苛求，故而塞北地区随处可见，并不稀罕。周伯琦《扈从集》前序曰："驿路至此相合而北，皆刍牧之地，无树木，遍生地椒、野茴香、葱、韭，芳气袭人。"④这种在草原地带遍地生长的野韭，其实更适合动物食用。因为野韭味辛，所以元代的人们更喜欢用它做调味品，尤其是煮羊肉时，放些野韭花，香味四溢，令人垂涎，以下是许有壬的一首诗：

西风吹野韭，花发满沙陀。气较荤蔬媚，功于肉食多。浓香跨姜桂，余味及瓜茄。我欲收其实，归山种涧阿。⑤

《韭花》是许有壬《上京十咏》组诗中的第一首，作者主要突出了韭花在肉食中的调味作用。元代皇室是蒙古族，蒙古族饮食以羊肉和马乳、羊乳为主，汉族士子随从皇室到上京，在饮食上也会受到蒙古族饮食习惯的影响，

---

① （元）张雨，《揭学士过武康山中十日薛外史江东未至二首》第2首，《句曲外史集》补遗卷上，文渊阁《四库全书》本，第1216册，第404页。

② （元）周伯琦，《上京杂诗》其一，《近光集》卷一，文渊阁《四库全书》本，第1214册，第510页。

③ 《救荒本草》卷八，文渊阁《四库全书》本，第730册，第853页。

④ 《扈从集》，文渊阁《四库全书》本，第1214册，第542页。

⑤ 《至正集》卷十三，《元人文集珍本丛刊》本，第7册，第84页。

但汉人，包括早已习惯了汉族生活的一些少数民族人士，多多少少还是有些吃不习惯。"马乳新挏玉满瓶，沙羊黄鼠割来腥。"①到了上京，既然在饮食上必须入乡随俗，那么大家总是希望在烹调时加些容易去除动物腥味的调料，使烹调出来的动物肉更加鲜美。野韭花正满足了大家的这种要求，用它做肉食调料，浓香超过了姜桂等其他常用调味品，所以许有壬会说："我欲收其实，归山种涧阿。"②

除了可以调味，野韭还具有药用价值，见于以下两则文献资料，一是《证类本草》卷六，曰："山韭亦如韭，生山间，主毛发。"③二是《本草纲目》卷二十六，曰："山韭，宜肾，主大小便数。"④

2. 上京纪行诗中的动物

（1）白翎雀

白翎雀，青黄色，翎白。《口北三厅志》卷五《风俗物产》条记其形状曰："形似鹌鹑，长身短足，善学百鸟之音，性驯可畜。"⑤又卷十四《艺文》载："白翎雀，塞上鸟，如鹎鸰而小，翅有白翎，因名白翎雀。雌雄相呼声可听，京师园冶闱阁中多畜之。"⑥关于白翎雀的产地，元人诗文中有不少说明。王逢《梧溪集》卷三《奉陪神保大王宴朱将军第闻弹白翎雀引》序言中言："白翎雀，燕漠间鸟也。"⑦又杨允孚《滦京杂咏·鸳鸯坡上是行宫》自注曰："白翎，草地所产。"⑧白翎雀与鸿雁等候鸟不同，它是北方塞上的一种留鸟，《格致镜原》卷七十八曰："朔漠之地无他禽，惟鸿雁与白翎雀。鸿雁畏

---

① （元）廼贤，《塞上曲》，《金台集》卷二，《诵芬室丛刊》本。
② （元）许有壬《韭花》，《至正集》卷十三，《元人文集珍本丛刊》本，第 7 册，第 84 页。
③ （宋）唐慎微，《证类本草》卷六，文渊阁《四库全书》本，第 740 册，第 284 页。
④ （明）李时珍，《本草纲目》卷二十六，文渊阁《四库全书》本，第 773 册，第 513 页。
⑤ （清）黄可润，《口北三厅志》卷五，清乾隆二十三年刻本。
⑥ （清）黄可润，《口北三厅志》卷十四，清乾隆二十三年刻本。
⑦ （元）王逢，《奉陪神保大王宴朱将军第闻弹白翎雀引》，《梧溪集》卷三，文渊阁《四库全书》本，第 1218 册，第 650 页。
⑧ （元）杨允孚，《滦京杂咏》，《丛书集成初编》本，第 3 页。

寒，秋南春北。白翎雀虽严冬沍寒，亦不易处。"①傅乐淑做按语曰："汉人以松竹梅为岁寒三友，蒙古人以白翎雀为其岁寒之友。"②白翎雀虽严冬沍寒也不易处的留鸟特性，为元人所称道。《元史》卷一《太祖本纪》中载：

> 帝欲为长子朮赤求婚于汪罕女抄儿伯姬，汪罕之孙秃撒合亦欲尚帝女火阿真伯姬，俱不谐。自是颇有违言。初，帝与汪罕合军攻乃蛮，约明日战。扎木合言于汪罕曰："我与君是白翎雀，他人是鸿雁耳。白翎雀寒暑常在北方，鸿雁遇寒则南飞就暖耳。"意谓帝心不可保也。汪罕闻之疑，遂移部众于别所。③

扎木合用白翎雀自喻，说明自己心坚而他人心不可保。确实，北方八月即飞雪，草枯雪深，生活维艰。然而白翎雀在烈风、飞沙、深雪这样恶劣的环境中，依然双飞双宿，雌雄和鸣相逐，至死不离故土的精神，实在令人敬佩。

元人很喜欢白翎雀，也喜欢歌咏它，廼贤《塞上曲·乌桓城下雨初晴》："最爱多情白翎雀，一双飞近马边鸣。"④此外，专门以白翎雀作为主要歌咏对象的诗篇也很多，如《白翎雀》（萨都剌）、《白翎雀歌》（虞集）、《题李安中白翎雀》（揭傒斯）。

白翎雀生于乌桓之地，雌雄合鸣，世祖时期，被制成教坊大曲传唱。陶宗仪《南村辍耕录》载："白翎雀者，国朝教坊大曲也。始甚雍容和缓，终则急躁繁促，殊无有余不尽之意。……后见陈云峤先生云：白翎雀生于乌桓朔漠之地，雌雄和鸣，自得其乐，世皇因命伶人硕德闾制曲以名之。曲成，上曰：'何其未有怨怒哀嫠之音乎？'时谱已传矣，故至今卒莫能改。"⑤"陈云峤者，泗州陈平章之孙也。倜傥不羁，人称为陈颠"⑥，据他说《白翎雀》制成后，元世祖认为缺少"怨怒哀嫠之音"，但根据现存元人留下来的诗文资料，《白翎雀》乐是极哀怨的，下面是元人张宪《白翎雀》诗，曰：

---

① （清）陈元龙，《格致镜原》卷七十八，文渊阁《四库全书》本，第1032册，第469页。
② 傅乐淑，《元宫词百章笺注》，书目文献出版社，1995年版，第57—58页。
③ 《元史》卷一，中华书局，1976年第1版，1997年7月第6次印刷，第1册，第9页。
④ （元）廼贤，《金台集》卷二，《诵芬室丛刊》本。
⑤ （元）陶宗仪，《南村辍耕录》，中华书局，1959年第1版，1980年3月第2次印刷，第248页。
⑥ （明）彭大翼，《山堂肆考》卷一百四十三《泗州寺僧》，文渊阁《四库全书》本，第976册，第741页。

真人一统开正朔，马上鞯鞍手亲作。教坊国手硕德闾，传得开基太平乐。檀槽颔犳凤凰齶，十四银环挂冰索。摩诃不作兜勒声，听奏筵前白翎雀。霜曈曈，风瑴瑴，白草黄云日色薄。玲珑碎玉九天来，乱散冰花洒毡幕。玉翎争胜起盘礴，左旋右折入寥廓。崒嵂孤高绕羊角，啾唧百鸟纷参错。须臾力倦忽下跃，万点寒星坠丛薄。霍然一声震龙拨，一十四弦音一抹。鴐鹅飞起暮云平，鹥鸟东来海天阔。黄羊之尾文豹胎，玉液淋漓万寿杯。九龙殿高紫帐暖，踏歌声里欢如雷。白翎雀，乐极哀。节妇死，忠臣摧。八十一年生草莱，鼎湖龙去何时回。①

这里表现出琵琶、筝等丝竹细弦演奏时的情状，檀槽颔犳、环挂冰索、玲珑碎玉、乱散冰花、玉翎争胜、左旋右折、崒嵂孤高、百鸟纷错、力倦下跃、万点寒星、弦音一抹、鴐鹅飞起、鹥鸟东来等描绘，把弦音乐声状貌以及所模拟的多种物象跃然于听座之前。乐调开始比较舒缓，后来变得急促紧张，是《南村辍耕录》中记载的"始甚雍容和缓，终则急躁繁促，殊无有余不尽之意"的最好注脚。根据"霍然一声震龙拨，一十四弦音一抹""白翎雀，乐极哀。节妇死，忠臣摧"等诗句，可约略知道"白翎雀"是由琴和琵琶合奏的，曲调极其哀婉。至于世祖为什么要命人把此曲谱制成哀婉之音，据杨维桢《白翎鹊辞》引言，有一故事："世皇畋于柳林，闻妇人哭甚哀，明日，白翎鹊飞集斡（按：下遗一"耳"字）朵上，其声类哭妇，上感之，因令侍臣制《白翎雀辞》。"②

至于《白翎雀》曲之作者，根据元人资料，目前有两种说法，大多数认为是元代伶人硕德闾，如上面所引的《南村辍耕录》资料。另外元人张昱尚有一说，认为是河西伶人火倪赤，这种说法见于张昱的《白翎雀歌》，全诗如下：

乌桓城下白翎雀，雄鸣雌随求饮啄。有时扶起天上飞，告诉生来毛羽弱。西河伶人火倪赤，能以丝声代禽臆。象牙指拨十三弦，宛转繁音哀且急。女真处子舞进觞，团衫革带分两傍。玉纤罗袖柘枝体，要与雀声相颉颃。朝弹暮弹白翎雀，贵人听之以为乐。变化春光指顾间，万蕊千花动弦索。只今萧条河水

---

① （元）张宪，《玉笥集》卷三，文渊阁《四库全书》本，第 1217 册，第 405—406 页。
②《元诗选（初集·辛集）》，中华书局，1987 年第 1 版，2002 年 11 月第 3 次印刷，第 1990 页。

边，宫庭毁尽沙依然。伤哉不闻白翎雀，但见落日生寒烟。①

《白翎雀》是元朝有名的教坊大曲，元代王公贵族在宴饮时，时常用这种曲子助兴。据王逢《梧溪集》卷三《奉陪神保大王宴朱将军第闻弹白翎雀引》引言："白翎雀，燕漠间鸟也。初世皇命伶官石德间制《白翎雀》曲，及进曰：'何其未有孤嫠怨悲之音？'石德间未之改而已传焉。戊戌冬，淮藩朱将军宴大王于私第，逢忝座末，时夜，雹霰交下，众宾相次执盏，起为王寿。逢亦起，王命左右鼓是曲，且语制曲之始，俾歌咏之。逢谓缵事本实，左氏所先，故铺陈兴龙大略，而不暇他及也。"②在座的客人对这种曲子都很感兴趣，听得非常专心，可见这是一种很受欢迎的教坊名曲。

（2）海东青

海东青，元人文献中也称为海东青。它是"鹘之至俊者"，是辽东飞禽中最凶猛的一种名禽。海东青身躯短小，非常俊健，飞得极高，善于擒捉鹅鹜，尤其善于捕捉天鹅。它产于女真，是女真族一种珍贵的飞禽，其中爪子白色的海东青更为稀少珍贵。关于海东青，《析津志》中有一段珍贵的史料：

海东青，辽东海外隔数海而至，常以八月十五渡海而来者甚众。古人云：疾如鹞子过新罗是也。努而干田地，是其渡海之第一程也。至则人收之，已不能飞动也。盖其来饥渴困乏，羽翮不胜其任也。自此然后始及东国。有制，犯远流者至此地而能获海东青者，即动公文传驲而归，其罪赎矣。尝谀昔宝赤云，海东青之外一翅，七日或八九日始得至努儿干，其气力不资或饥而眼乱者多溺死。凡能逮此地者，无不健奋。故其于羽猎之时，独能破驾鹅之长阵，绝雁鹜之孤塞，奔众马之木鱼，流九霄之毛血。云间献奏，臂上功勋，此则海东青之功也。论其贵重，常以玉山为之立。欲其爪冷，庶几无病，冬月则以金绣拟香墩与之立，夜则少令其睡。其替毛观其粪条，揣其肥瘠，进食而加减之。二替者则又有其说也。按食之际加药食次第焉。其首笼帽，多奇巧金绣，以小红缨、马尾为束紧之制。爪脚上有金环束之，系以软红皮系

---

① （元）张昱，《白翎雀歌》，《张光弼诗集》卷二，《四部丛刊续编》本。
② （元）王逢，《奉陪神保大王宴朱将军第闻弹白翎雀引》，《梧溪集》卷三，文渊阁《四库全书》本，第1218册，第650页。

之，弗以红条，皆革也。若欲纵放，则解而纵之。横飞而直上，可薄云霄。昔宝赤者，国言养鹰之蒙古名，亦一怯薛请受而出身之捷径也。夫事鹰鹞之谨细养护过于子之养父母也。于是松云子为之歌曰：饥饱有则，调摄有时，有添心补心泻心之法，有布轴毛轴药轴之施。飞则击鼓敲鱼以助其力，收其俯摹解渴以慰其饥。一出二出为止，一替二替三替为奇。海东青则立乎饥玉山，鸦鹘则立乎绣皮，撇条验其肥瘠，补翅助其奋飞。海东青亦有数种，玉嘴玉爪为稀。黄鹰仍有几般，黄眼黑眼为异。养喂之效，备见于斯，松云是说可采。乃亦想其庶几援翅者，以其翅别取翅接而补之。①

这段资料比较详细地介绍了海东青的产地、功用、名贵特征、饲养等。海东青来自女真，叶子奇的《草木子》卷四："海东青，鹘之至俊者也。出于女真，在辽国已极重之，因是起变而契丹以亡。其物善擒天鹅，飞放时，旋风羊角而上，直入么际。能得头鹅者，元朝官里赏钞五十锭。"②资料中提到的因为索要海东青而契丹灭亡，《东都事略》和《契丹国志》都有相关记载，可以进行补充说明。《东都事略》载："女真有俊禽，曰海东青，次曰玉爪骏，俊异绝伦，一飞千里，非鹰鹘雕鹗之比。延禧纵驰失道，荒于畋猎，喜此二禽善捕天鹅，命女真国人过海，诣深山穷谷，搜取以献，国人厌苦，遂叛。"③《契丹国志》载："女真服属大辽二百余年，世袭节度使兄弟相传，周而复始。至天祚朝，赏刑僭滥，禽色俱荒。女真东北与五国为邻，五国之东接大海，出名鹰，自海东来者，谓之海东青。小而俊健，能擒鹅鹜，爪白者尤异。辽人酷爱，岁岁求之女真。女真至五国战斗而后得之，女真不胜其扰。及天祚嗣位，责贡尤苛，又天使所至，百般需索于部落，稍不奉命，则召酋长加杖，甚者诛之。诸部怨叛，潜结阿固达，至是，举兵谋叛。"④在辽金时期，海东青是女真和契丹酷爱的一种猛禽。到了元代，元人依然非常崇拜、珍视它，把它

---

① （元）熊梦祥，《析津志辑佚》，北京古籍出版社，1983年第1版，2001年2月第2次印刷，第234—235页。
② （元）叶子奇，《草木子》，中华书局，1959年5月第1版，1983年4月第2次印刷，第85页。
③ （清）厉鹗，《辽史拾遗》卷十一，文渊阁《四库全书》本，第289册，第901页。
④ （清）厉鹗，《辽史拾遗》卷十一，文渊阁《四库全书》本，第289册，第901页。

看成是不易得的"神物"。元廷也用它来论功行赏,袁易的《白海东青》序言曰:"尚方有赐江浙省臣白海东青者,杭州人士美以歌诗,征余同赋。"①可见,得到赏赐的海东青,也是受赏者的一种美誉。辽金元三代之所以都特别偏爱海东青,是因为它稀有,不易得。另外,北方的这些民族都是狩猎民族,海东青在狩猎时具有重要的作用,它可以帮助捕猎者获得天鹅等飞鸟。天鹅是元代宫廷中御厨八珍之一,极为元代皇帝所珍视,所以在元代,赏赐大臣海东青,是一种极大的恩赐。海东青是如何捕获天鹅的呢?徐昌祚《燕山丛录》曰:"辽时每季春必来弋猎,打鼓惊天鹅飞起,纵海东青擒之,得一头鹅,左右皆呼万岁。海东青大仅如鹊,既纵,直上青冥,几不可见。俟天鹅至半空,欻自上而下以爪攫其首,天鹅惊鸣,相持殒地。"②又据明人李日华撰《六研斋笔记》卷四载:"海东青俯视天鹅直下,爪其眼,洒血而坠。"③海东青捕获天鹅的快捷利落,深受元人推崇。所以出猎时喜欢带着海东青随行。宋本《上京杂诗》中有一诗:"鹰房脱奏驾鹅过,清晓銮车出禁廷。三百海东青千骑马,一时随扈向凉陉。"④这是写元廷到凉陉出猎,诗人等大臣扈从时所见的情景。浩浩荡荡的队伍中,有"三百海东青"随行,当然,三百极言其多,并非实数。海东青的任务就是帮助捕获天上的天鹅。捕获到的天鹅,有时还有意想不到的收获。厉鹗《辽史拾遗》卷十一:"又有天鹅,能食蚌,则珠藏其嗉。又有俊鹘,号海东青者,能击天鹅,人既以俊鹘而得天鹅,则于其嗉得珠焉。"⑤天鹅喜欢食蚌,而蚌中常有珍珠,所以得到天鹅,有时可以在天鹅的嗉子中和腹中意外地得到珍珠。元人方回以这个为本事,作了《北珠怨》,诗如下:

北方有奇蚌,产珠红晶荧。天鹅腹中物,万仞翔冥冥。此贪孰能致,俊鹰海东青。钩戟为爪喙,利刀以为翎。采之肃慎氏,扶桑隔沧溟。无厌耶律家,

---

① (元)袁易《御选元诗》卷四十四,文渊阁《四库全书》本,第1441册,第30页。
② 《钦定日下旧闻考》卷一百十,北京古籍出版社,1981年版,第6册,第1837页。
③ (明)李日华《六研斋笔记》卷四,文渊阁《四库全书》本,第867册,第551页。
④ 《永乐大典》,中华书局精装本,第4册,第7702卷,第3579页。
⑤ (清)厉鹗《辽史拾遗》卷十一,文渊阁《四库全书》本,第289册,第902页。

苛取不暂停。中夏得此珠，艳饰生芳馨。辽人贸此珠，易宝衔（字缺）靬。东夷此为恨，耻罍嗟罄瓶。渡兵鸭绿水，犁扫黄龙庭。夹山一以灭，河朔无锁扃。幽燕及淮江，赤地战血腥。徒以一珠故，百亿殃生灵。两国失宗社，万乘栖囚图。旅獒戒异物，圣人存为经。徒以一珠故，天地生虫蜽。此事有本原，獾郎柄熙宁。力行商君法，诡勒燕然铭。延致众奸鬼，坏败先朝廷。焉得致渠魁，辕裂具五刑。钟山有遗瘗，漾之江中泠。我作北珠怨，哀歌谁忍听。①

元廷重视海东青，特设专人喂养海东青，这在元人的文献中不乏记载，陶宗仪的《南村辍耕录》卷一《昔宝赤》条："昔宝赤，鹰房之执役者，每岁以所养海东青获头鹅者，赏黄金一锭。头鹅，天鹅也。以首得之，又重过三十余斤，且以进御膳，故曰头。"②杨瑀的《山居新语》卷二："皇朝昔宝赤（即养鹰人也），每岁以初按海东青获头鹅者（即天鹅也），赏黄金一定。"③在打猎时，如果丢失了海东青，也要受到处罚。元人苏天爵的《元朝名臣事略》卷八《内翰窦文正公》载："会猎者失一海东青鹘，上盛怒。一侍臣从旁曰：'是人去岁失一鹘，今又失一鹘，宜加罪。'"④可见，丢失了海东青，皇帝会大怒，有些侍臣也会拿此说事。当然，由于窦默劝诫皇上要施行宽民政策，所以丢失了海东青的猎人才被免一罚。从此事中，进一步说明元廷对海东青的重视。此外，在元初文献中，经常会看到海东青圆牌。圆牌是元代由朝廷铸作和颁发的一种"通行证"，海东青牌是上面铸有海东青的圆牌。在"通行证"上铸海东青，说明元廷对海东青的重视，也说明在一定程度上，元廷已经把海东青官方化了。

海东青是一种凶猛的飞禽，但它和任何动物一样，都有自身的弱点，都有天敌。白珽《续演雅十诗》的第一首诗为：

---

① （元）方回，《桐江续集》卷九，文渊阁《四库全书》本，第1193册，第323页。
② （元）陶宗仪，《南村辍耕录》卷一，中华书局，1959年第1版，1980年3月第2次印刷，第19页。
③ （元）杨瑀，《山居新语》卷二，中华书局，2006年，第216页。
④ （元）苏天爵，《元朝名臣事略》卷八，中华书局，1996年，第153页。

海东青羽中虎，燕燕能制之。小隙乘大舟，关尹不吾欺。①

作者自注曰："海东青，俊禽也，而群燕缘扑之即坠。物受于所制者，无小大也。"

元代，海东青也被谱制成了曲子，供人填词演唱。杨允孚《滦京杂咏》中有一诗为："为爱琵琶调有情，月高未放酒杯停。新腔翻得凉州曲，弹出天鹅避海东青。"作者自注曰："海东青挐天鹅，新声也。"②

（3）天鹅

天鹅，元人文献中也称为鴐鹅。

天鹅颈瘦身重肥，夜宿官荡群成围。芦根哜哜水蒲滑，翅足蹩曳难轻飞。参差旋地数百尺，宛转培风借双翮。翻身入云高帖天，下陋蓬蒿去无迹。五坊手擎海东青，侧眼光透瑶台层。解条脱帽穷碧落，以掌疾掴东西倾。离披交旋百寻衺，苍鹰助击随势远。初如风轮舞长竿，末若银球下平坂。蓬头喘息来献官，天颜一笑催传餐。不如家鸡栅中生死守，免使羽林春秋水边走。③

这是元人袁桷的一首诗，名为《天鹅曲》。此诗描写了天鹅的体态、生活环境等，详细地描写了猎人放纵海东青捕获天鹅的过程，"蓬头喘息来献官，天颜一笑催传餐"，被捕获到的天鹅很快就献给了官府，最后成为皇家餐桌上的一道美味，所以作者颇有感触地说，天鹅虽然位尊名贵，但结局无非成为别人桌上的一道美味，不如家鸡在栅栏中生生死死。当然，作者是借诗抒怀，但通过此诗，我们可以了解天鹅及天鹅在元代的处境。

据《析津志》说，天鹅："大者三五十斤，小者廿余斤，俗称金冠玉体乾皂靴是也。"④ 真可谓是"天鹅颈瘦身重肥"。在张昱的《辇下曲》中，有这样两句诗："鴐鹅风起白毶毶，秋夏根随驾往回。"⑤ 可以说明天鹅是一种候鸟。从"夜宿官荡群成围"可以获悉天鹅喜欢群居。因为天鹅群居的特性，所以猎

---

① 《元诗选（二集·甲集）》，中华书局，1987 年第 1 版，2002 年 11 月第 3 次印刷，第 56 页。
② （元）杨允孚《滦京杂咏》，《丛书集成初编》本，第 8 页。
③ （元）袁桷《天鹅曲》，《清容居士集》卷十六，《四部丛刊初编》本。
④ 《析津志辑佚·物产》，北京古籍出版社，1983 年第 1 版，2001 年 2 月第 2 次印刷，第 236 页。
⑤ （元）张昱《张光弼诗集》卷三，《四部丛刊续编》本。

人擒捕时，或者扑打天鹅栖居的芦苇荡，或者使劲击鼓，等天鹅受了惊，纷纷从水荡中飞起，猎人便放纵海东青来捕捉天鹅，上面所引袁桷的《天鹅曲》，就描写了这个过程。此外，脱脱主编的《辽史》第四十卷中也详细记载了这个过程："辽每季春，弋猎于延芳淀，居民成邑，就城故涞阴镇，后改为县。在县东南九十里延芳淀，方数百里，春时鹅鹜所聚，夏秋多菱芡。国主春猎，卫士皆衣墨绿，各持连锤、鹰食、刺鹅锥，列水次，相去五七步。上风击鼓，惊鹅稍离水面，国主亲放海东青鹘擒之，鹅坠，恐鹘力不胜，在列者以佩锥刺鹅，急取其脑饲鹘，得头鹅者，例赏银绢。"① 关于捕鹅过程，《析津志》中也有相关资料介绍："每岁，大兴县管南柳林中飞放之所。彼中县官每岁差役乡民，广于湖中多种茨菰，以诱之来游食。其湖面甚宽，所种延蔓，天鹅来千万为群。俟大驾飞放海东青、鸦鹘，所获甚厚。乃大张筵会以为庆也，必数宿而返。"② 天鹅最大的天敌是海东青，辽金元都喜欢利用海东青来捕获天鹅。上面资料可以看出，捕获天鹅的场面是很壮观的，捕获到天鹅，尤其是稀少而珍贵的头鹅，往往会得到重赏，《草木子》卷一："能得头鹅者，元朝官里赏钞五十锭。"③ 可能因为朔方之地禽类甚少，故蒙古人以天鹅为珍贵动物。元人喜欢擒捉天鹅，主要是把它作为禽类食物中之珍馐。元帝室也以天鹅为御食之一，在元代，有御品八珍，分别为醍醐、麈沆、野驼蹄、鹿唇、驼乳糜、天鹅炙、紫玉浆、玄玉浆。其中天鹅炙，即以天鹅为原料制作。

除了食用，有时从捕获到的天鹅嗉子或腹腔里，还可以意外地收获到珍珠，因为天鹅吃河蚌，河蚌蕴珠，所以宝珠就随着河蚌到了天鹅腹中。

天鹅还是元朝的一种祭品。《析津志》："太庙荐新。春行享礼，曰祀。四孟以大祭，雅乐先进，国朝乐后进，如在朝礼。每月一荐新；以家国礼。喝盏乐，作粉羹馒头、割肉散饭、荐时果、韭疏、天鹅、鹚鹅。"④ 又《元史》卷

---

①《辽史》卷四十，中华书局，1974年版，第496页。
②《析津志辑佚·物产》，北京古籍出版社，1983年第1版，2001年2月第2次印刷，第236页。
③《草木子》卷四，中华书局，1959年5月第1版，1983年4月第2次印刷，第85页。
④《析津志辑佚·岁纪》，北京古籍出版社，1983年第1版，2001年2月第2次印刷，第213页。

七十四《祭祀志》：太庙常馔有"雁、天鹅，仲春用之。"①天鹅既为尚食及太庙常馔之一，故民间捕鸳鹅有禁。《元史》卷二十八《英宗本纪》："（按：至治二年）辛未，禁捕天鹅，违者籍其家。"②又《元史》卷二十二《武宗本纪》："（按：至大元年）禁江西、湖广、汴梁私捕鸳鹅。"③可见，元廷曾三令五申地禁止捕猎天鹅，从这里也可以看出，元代捕猎天鹅的风气很盛。昔宝赤是元代养鹰和海东青的人，而昔宝赤所捕之鸳鹅，须驿致京师，供宫廷使用。可见，元廷禁止民间捕鹅，其实质还是为了保障宫廷使用，为了满足统治者的贪婪需要。

《海东青捉天鹅》还是一首器乐曲，反映了我国北方少数民族的狩猎生活。它的曲调流畅，内容丰富，结构复杂，具有很高的艺术性。

（4）黄羊

"天苍苍，野茫茫，风吹草低见牛羊"，这是最具代表性的草原景象。在茫茫草原中，最多、最常见的动物就是马牛羊。有元一代，来草原上度夏的文人，笔下少不了司空见惯的羊儿。"人家剩有升平象，满地牛羊草色青"④"禾黍被行路，牛羊散郊坰"⑤"野中何所有，深草卧羊马"⑥，苍天、黄云、平沙、细草，还有那散落在四处悠闲地吃着草儿的牛羊，构成了一幅优美静谧的草原风光图。一直生活在汉地的士人，置身于草原的异域中，自然少不了浓墨重彩地渲染一番草原独特的风光。草原，离不开羊，草原马背上的民族，更离不开羊。草原上羊的种类很多，元代文人最喜欢歌咏的是黄羊。

据《析津志》介绍："黄羊，朔方山野中广有之。毛黄红色，疏而长。小耳，两角亦尖小，成数群，常百数。上位驾回，围猎以奉上膳。其肉味精美，

---

① 《元史》卷七十四，中华书局，1976年第1版，1997年7月第6次印刷，第6册，第1845页。
② 《元史》卷二十八，中华书局，1976年第1版，1997年7月第6次印刷，第3册，第620页。
③ 《元史》卷二十二，中华书局，1976年第1版，1997年7月第6次印刷，第2册，第505页。
④ （元）刘敏中，《初赴上都赤城至望云道中》，《中庵先生刘文简公文集》卷十八，《北京图书馆古籍珍本丛刊》本，第92册，第435页。
⑤ （元）黄溍，《榆林》，《文献集》卷一，文渊阁《四库全书》本，第1209册，第231页。
⑥ （元）黄溍，《榆林》，《文献集》卷一，文渊阁《四库全书》本，第1209册，第231页。

人多不敢食。"①黄羊以野生山中为主，人们喜欢捕猎黄羊，因为黄羊的肉肥美，厚而不膻，味甚美，因而黄羊成为元人餐桌上的玉食，有诗为证："瓠盏泛酥皆墨浑，瘿盘分炙是黄羊。"②黄羊是草原上的珍品，杨允孚有诗曰：

嘉鱼贡自黑龙江，西域蒲萄酒更良，南土至奇夸凤髓，北陲异品是黄羊。③

诗后作者自注曰："黄羊，北方所产，御膳用。"东方的嘉鱼，西方的葡萄酒，南边的凤髓茶以及北边的黄羊，被元人认为是东西南北最有特色的名贵特产。其中，北方所产的黄羊，是北方草原的典型代表。元宫廷御膳分由大、小厨房烹调。其中小厨房主要烹调"八珍"，大厨房则主烹调羊肉、黄羊肉和黄鼠肉等。黄羊是元廷宴会的主食之一，当年，南宋太皇太后和小皇帝被押送到北方后，忽必烈曾先后举行十次宴会表示欢迎，实际上是庆祝胜利。陪同南宋皇室北上的宫廷琴师汪元量用诗歌记下了宴会的情况，其中有黄羊为御膳的记载。

后至元年间，许有壬在上京作《上京十咏》诗，记载歌咏了上京及周边地区的十种特产，其中详细地介绍了黄羊，诗如下：

黄羊

草美秋先腊，沙平夜不藏。解绦文豹健，啇炙宰夫忙。有肉须供世，无魂亦似麏。少年非好杀，假尔试穿杨。④

该诗末尾两句言，少年射杀黄羊是为了练习射箭技术，此话不无道理，因为黄羊是羊类中最善于驰跑的一种，"生而善驰，射不容羿"⑤，捕猎时，若技法一般，很难捕捉到。

一般来说，不习惯羊肉的汉族人士，都吃不习惯羊肉的膻味。但黄羊膻味不大，甚至黄羊汤都不膻。因而与别的类型的羊相比，黄羊更受到汉人的

---

① 《析津志辑佚》，北京古籍出版社，1983年第1版，2001年2月第2次印刷，第233页。
② （元）许有壬，《李陵台谒左大夫·马驰如蚁散平冈》，《至正集》卷二十四，《元人文集珍本丛刊》本，第7册，第137页。
③ 《滦京杂咏》，《丛书集成初编》本，第4页。
④ 《至正集》卷十三，《元人文集珍本丛刊》本，第7册，第84页。
⑤ （元）虞集，《黄羊尾毛笔赞》，《全元文》，第27册，第136页。

欢迎，这可能就是来上京的汉族士人喜欢享用并歌咏黄羊的一个原因吧。

黄羊一则用来食用，二则用来祭祀。用黄羊祭祀，并非从元代开始。《后汉书》卷三十二《阴识列传》载："宣帝时，阴子方者，至孝有仁恩，腊日晨炊而灶神形见。子方再拜受庆。家有黄羊，因以祀之。自是以后，暴至巨富，田有七百余顷，舆马仆隶，比于邦君。……故后常以腊日祀灶而荐黄羊焉。"① 这就是后来有名的黄羊祭灶的说法。相关记载很多，晋干宝《搜神记》卷四："汉宣帝时，南阳阴子方者，性至孝积，恩好施喜。祀灶腊日，晨炊而灶神形见，子方再拜受庆，家有黄羊，因以祀之。自是以后，暴至巨富，田七百余顷，舆马仆隶比于邦君。子方尝言：'我子孙必将强大至识。'三世而遂繁昌家，凡四侯牧守数十，故后子孙尝以腊日祀灶而荐黄羊焉。"② 自汉朝始，黄羊祭灶便流行起来了。在元代，不仅官方用黄羊祭祀，民间也喜欢用黄羊祭灶。元人戴表元《竹溪道院真武祠记》："阴子方腊日晨炊而灶神见，祀之黄羊，子孙因世腊祀黄羊。史册皆夸称之，以为隐逸之遇，慈孝之感。今竹溪之祠，尊于黄石而备于腊，祯祥福泽，又复相类。谓之气盛而鬼神辅，道胜而助之者多，岂非然耶？山川风物，古今人情，不相远。"③

黄羊还有一个很特殊的用途，就是它的尾毫可以用来制作毛笔，虞集《黄羊尾毛笔赞》：

> 西北之境有黄羊焉，玉食之珍品也。西夏之人，有取其尾之毫以为笔者，岁久亡其法。张掖刘公伯温，尝命笔工之精技，作而用之，果称佳妙。其修史着廷，盖尝用之。中朝文学之士，咸为之赋。④

文中刘伯温即沙剌班。沙剌班，张掖人，累官翰林学士承旨，拜中书平章政事。⑤ 可见，西夏创造的黄羊毛笔，经张掖人沙剌班的重新研发，在元代

---

① 《后汉书》卷三十二，中华书局，1965年第1版，1973年8月第2次印刷，第4册，第1133页。
② （晋）干宝，《搜神记》卷四，文渊阁《四库全书》本，第1042册，第388页。
③ （元）戴表元著，李军等校点，《戴表元集》卷四，吉林文史出版社，2008年版，第63页。
④ （元）虞集，《黄羊尾毛笔赞》序言，《全元文》，第27册，第135页。
⑤ （清）柯劭忞，《新元史》卷一百三十六，中国书店出版，1988年第1版，第582页。

更加"作而用之,果称佳妙"①。甚至朝廷在修史时,使用的都是这种笔。此笔好用耐用,即使日书万言,也不会损坏。更为奇特的是,用黄羊笔书写文章,容易发挥文思,所以黄羊笔成为宫廷里文人办公的高档文具,深受欢迎。元代文人对这种笔很感兴趣,纷纷作诗赋来赞颂。虞集是元代文化界的名人,位高名显,他为黄羊尾毛笔作赞曰:

古史操聿,图画文字。属毫就濡,转便分隶。爰历凡将,奇觚快意。名书之家,世姿精技。毛翰须鬣,随取铦利。观象兑泽,角趾其类。非麛非麇,黄以为异。饮雪于池,茹丰于氾。兽人效鲜,鼎食之贵。生而善驰,射不容舁。趋风不回,毋践后虆。冰霜劲强,末颖全锐。治择约束,工叹未试,筠管犀弨,绝妙当世。维时天禄,校书更岁。日书万言,其用不匮。圣明几暇,书法游艺。缲藉以进,发挥文思。云汉昭回,海岳衣被。吁嗟丰美,日荐厚味。俎几之余,近以微弃。刈是草野,谁录其细。纪功旗常,载事繁记。增光日星,摹写天地。一寸之弱,莫究其至。况乎俊髦,济济可致。立贤无方,君子之志。②

(5)黄鼠

白翎雀、海东青和天鹅都是飞禽,而黄羊和黄鼠都是走兽。北方所产的鼠类很多,仅《析津志·物产》"鼠狼之品"中就有银鼠、青鼠、青貂鼠、山鼠、赤鼠、花鼠等等,这些都是幽燕地区的珍贵鼠类。然而,在元代的诗文中,文人们歌咏最多的是黄鼠。黄鼠,一名土拨鼠,足短善走,极肥,穴居。据说这种鼠最大的一个特性就是每逢来到鼠洞外,都会迎着阳光,把两只前足交拱,好像人们作揖的样子。如果看到人来,就会迅速地窜入洞穴。刘绩《霏雪录》谓:"黄鼠穴处各有配匹。人掘其穴,见其中作小土窖,若床榻之状,则牝牡所居处也。秋时蓄黍菽及草木之实以御冬。天气晴和时,出坐穴口,见人则拱前腋,如揖状,即窜入穴。惟畏地猴,形小,纵入其穴,则喙曳而出之。味极肥美,元时曾为玉食之献。置官守其处,人不得擅取也。"③这是黄鼠生来具有的一种特异性。元人贡师泰的《归隐庵记》中一段相关的

---

① (元)虞集,《黄羊尾毛笔赞》,《全元文》,第 27 册,第 135 页。
② (元)虞集,《黄羊尾毛笔赞》,《全元文》,第 27 册,第 135—136 页。
③ 《山西通志》卷四十七《物产》,文渊阁《四库全书》本,第 543 册,第 536—537 页。

记载：

> 云间处士吴崇谦，世居支县之芦城，由芦城徙郡城之南，久，君怫然不乐者，更徙三泾之口，自号小村，且二十年矣。一日，由泾北二里许，顾瞻草树丛茂，旁多闲田，将复迁焉，道见黄鼠，人立而拱。明日出，如之，明日，又如之。处士曰："是若迎我者，岂偶然哉？吾其终隐于此矣！"屋后益树花果，阻以重溪。溪之外数十步，有沙阜穹窿，若曝龟。然大竹多至万竿，森立如绿玉。处士每过，辄尽日乃去，闲见雉雏竹间相向而驯。未几，双兔踊跃伏于前，因慨然曰："始定宅而鼠拱我，今雉兔复见，天其告我矣乎？夫雉死不变，士节之征也；兔穴而藏，菟裘之兆也。"遂筑屋四楹。扁曰"归隐"。①

这段记载很有趣，看来元人是很迷信黄鼠作揖的。

黄鼠是北方地区的一种珍贵鼠类，杨允孚《滦京杂咏》自注曰："黄鼠，滦京奇品。"并做两首和黄鼠有关之诗：

怪得家僮笑语回，门前惊见事奇哉。老翁携鼠街头卖，碧眼黄髯骑象来。②

霜寒塞月青山瘦，草实平坡黄鼠肥。欲问前朝开宴处，白头宫使往还稀。③

为"滦京奇品"的黄鼠，是市场上的一种稀有之物，骑象而来的"碧眼黄髯"，应该是滦京地区的西方人，看来黄鼠也深受国外人士的喜爱。在元人之诗中，许有壬的《上京十咏》有一首诗专门赋咏黄鼠，诗曰：

北产推珍味，南来怯陋容。瓠肥宜不武，人拱若为恭。发掘怜禽狝，招徕或水攻。君毋急盘馔，幸自不穿墉。④

此诗详细地介绍了黄鼠的产地、特性、捕获等等，是元代写黄鼠最详细最全面的一首诗。黄鼠的肉极肥美，在元代被作为玉食，是御供品。为了捕捉到黄鼠，时人颇费苦心。《御定渊鉴类函》卷四百三十二载："黄鼠，状类大鼠。黄色而足短，善走，极肥，穴居，有土窖，如床榻之状者，则牝牡所居之处。秋时畜豆粟草木之实以御冬。各为小窖，别而贮之，村民以水灌穴

---

① 《贡礼部玩斋集》拾遗，明天顺七年沈性刻嘉靖十四年徐万壁重修本。
② （元）杨允孚，《滦京杂咏》，《丛书集成初编》本，第9页。
③ （元）杨允孚，《滦京杂咏》，《丛书集成初编》本，第10页。
④ （元）许有壬，《黄鼠》，《至正集》卷十三，《元人文集珍本丛刊》本，第7册，第84页。

而捕之，味极肥美，如豚子而脆，皮可为裘领。辽金元时以羊乳饲之，以供上膳，以为珍馔，千里赠遗，最畏鼠狼，能入穴衔出也。……宣大间产黄鼠，土人珍之。凡捕之者，必畜松尾鼠数只，名夜猴儿，能嗅黄鼠穴，知其有无，有则入，啮其鼻而出。"① 除了用夜猴捕获黄鼠外，村民们有时还用水灌的方式捕之。

捕捉到的黄鼠，主要被食用。黄鼠肉适合烧烤，虽然很肥，但不油腻，味道极香极鲜。以下一些诗句，都描写了黄鼠适宜烧烤，味道肥美，"满斝白湩烧黄鼠，仰看青天射黑雕"②"黄鼠登盘脂似蜡，白鱼落刃鲙如丝"③"对朋角饮自相招，黄鼠生烧入地椒"④。

因为黄鼠是元代的珍馐玉食，其量又不是很多，所以元代曾派专人守候在黄鼠洞口，禁止私人擅自捕捉。黄鼠浑身是宝，它的肉可食，皮可以做皮帽、皮衣，是非常珍贵高档的贵族用品。此外，用黄鼠的毛毫，还可以制笔，也很名贵。由刘永之的《陈君心吾以黄鼠笔见贻此笔唯京师多用之江南罕得也赋此赠之》可知，黄鼠笔多在京师使用，江南很罕见，是稀有的珍品。另外，据明李时珍《本草纲目》卷四中载："黄鼠，解毒止痛，煎油入黄丹黄蜡熬膏。"⑤ 可知，黄鼠还可以药用。

第三节　上京纪行诗天马集咏

蒙古族是一个马背上的民族，马是他们与生俱来、不可须臾相离的伙伴。蒙古人喜欢马，重视马，也离不开马。而马之精品、极品为天马。据《史记》裴骃集解注引《汉书音义》云："大宛国有高山，其上有马，不可得，因取五

---

① 《御定渊鉴类函》卷四百三十二，文渊阁《四库全书》本，第 993 册，第 495 页。
② （元）刘仁本，《塞下曲·帐压寒云雪未消》，《羽庭集》卷四，文渊阁《四库全书》本，第 1216 册，第 70 页。
③ （元）陈镒，《陪黄晋卿提举杨震卿山长宴张贞居外史竹轩》，《午溪集》卷六，文渊阁《四库全书》本，第 1215 册，第 391 页。
④ （元）张昱，《辇下曲·对朋角饮自相招》，《张光弼诗集》卷三，《四部丛刊续编》本。
⑤ 《本草纲目》卷四，文渊阁《四库全书》本，第 772 册，第 512 页。

色母马置其下，与交，生驹汗血，因号曰天马子。"①可见，天马并非随处可见，据说只有在极其遥远的大宛之国，才有数量不多的天马。汉代时，武帝为了得到天马，曾派贰师将军李广利出兵大宛，李将军班师回朝时，取大宛"善马数十匹，中马以下牡牝三千余匹"②而归。这是一种极为罕见的汗血马，极为神骏、强壮。武帝遂把天马的美名给了大宛汗血马。

马本来是一种交通工具，是一种战略物资。但在元代，马却成为画家的绘画对象，文人的写作素材。尤其是天马，成为众多文学家集体歌咏的对象。元代前期之人，未曾目睹大宛之汗血马，所以对天马的吟咏均凭想象而为。但是，前代画师留有天马图，当朝画家也有大量的天马绘画。这些天马图，给没有亲眼见过天马的文人作者插上了想象的翅膀。他们可以欣赏这些天马图，可以根据想象为天马图题诗、作序跋。比较有代表性的如程钜夫所撰的《赵际可天马图》：

天马出西极，神龙不能追。目为紫电光，喷作风雷飞。天马不常有，昼中或见之。见之梦寐不可得，得之不用终何为。穆王无复瑶池宴，汉武秦皇不相见。何当真马生渥洼，来与天子驾鼓车。③

歌咏天马，一直是元代文坛的一种风气。延祐元年（1314），复行科举。湖广乡试的试题为《天马赋》。欧阳玄、陈泰、李朝瑞等均从此次考试中脱颖而出。他们撰写的《天马赋》均被收录到《青云梯》，成为后辈考生学习的范文。其中陈泰的《天马赋》堪称名篇，作者开头极力渲染天马的出身名贵、体健神异，然而就是这样一匹神马，在人间却受到许多不公正的待遇，最后，作者借伯乐之口，鸣了天马的不平，赞了天马的不凡。作者在文中以马喻人，表达了对人间伯乐的渴望。文中，天马的形象栩栩如生，真是"天门洞开，天马可以自见矣"（考试官批语）。关于这篇文章，考试官的批语是："气骨苍古，音节悠然，疑熟于楚辞者，然不免悲叹意，疑必山林淹滞之士。"评价比较中肯。这篇文章风格"清婉有致"（顾嗣立评语），读后令人荡气回肠，不

---

① （汉）司马迁，《史记·大宛列传》，中华书局，1959 年第 1 版，第 3177 页。
② （汉）司马迁，《史记·大宛列传》，中华书局，1959 年第 1 版，第 3177 页。
③ （元）程钜夫，《雪楼集》卷二十九，文渊阁《四库全书》本。

愧为元赋佳作。《天马赋》使陈泰一举成名，但他中进士后，仕途不是很顺。为此，刘诜撰《天马歌赠炎陵陈所安（所安名泰，甲寅以天马赋领荐下第，颇不遇，故以此叹之）》以赠：

房精夜堕荥波中，骅骝奋出如飞龙。昂头星官逐枉矢，振鬣云阙追天风。汉家将军三十六，分道出塞争奇功。当时一跃万马尽，蹴踏少海霓旌红。韩衰谢舆伯乐去，蹶块误落奚官庸。十年皂枥食不饱，虽有骏步难争雄。春随锦鞯北陵北，秋卧衰草东阡东。时从驽骀饮沙涧，未免泥滓沾风鬃。夜寒首菅山谷迴，长嘶落月天地空。时平文轨明荡荡，万里穷山无虎帐，交河不用踏层冰。裹足山城学驯象。吾闻天子之厩十二闲，骥䮪并收无弃放。金根云旰出都门，唤取雍容肃仙仗。①

陈泰的经历，也许正应了唐代文豪韩愈所说的那句话："千里马常有，而伯乐不常有。"不过，天马也并非常有。从元初开始，文人画师们就对天马情有独钟，或歌咏，或描画。但是，谁都没有亲眼见到过真正的天马。直到元顺帝时，真正的天马才出现在了时人的面前。其时，距离元代立国已经80余年了。真是"流传骏骨八十载，始见拂郎天马来"②。

据《元史·顺帝本纪》载："是月（按：至正二年七月），佛郎国贡异马，长一丈一尺三寸，高六尺四寸，身纯黑，后二蹄皆白。"③佛郎，又译为拂林、拂郎、苃林、苃郎等。佛郎国在哪里呢？元人诗中如是说："佛郎国在月窟西。"④（《应制天马歌》）可见佛郎国是西方一个极其遥远的地方，元人认为那是太阳落下去的地方。关于佛郎国向元顺帝进献天马，史书中记载不详，但是，元人在诗文中却做了非常翔实的描写，可以裨补史书记载。据元末官吏周伯琦言："至正二年（1342）岁壬午七月十有八日，西域佛郎国遣使献马一匹，高八尺三寸修，如其数而加半。色漆黑，后二蹄白，曲项昂首，神俊超越，视他西域马可称者，皆在髃下，金辔重勒驭者，其国人黄须碧眼，服二

---

① （元）刘诜，《桂隐诗集》卷二，文渊阁《四库全书》本。
② （元）王逢，《梧溪集.敬题汪氏天马图》卷三，文渊阁《四库全书》本。
③ （明）宋濂等，《元史》，中华书局，1976年第1版，第864页。
④ （元）许有壬，《至正集》，文渊阁《四库全书》本。

色窄衣，言语不可通，以意谕之，凡七渡海洋，始达中国。是日，天朗气清，相臣奏进，上御慈仁殿临观称叹，遂命育于天闲，饲以肉粟、酒潼，仍敕翰林学士承旨，臣巙巙命工画者图之，而直学士臣揭傒斯赞之，盖自有国以来，未尝见也，殆古所谓天马者邪。"①（《天马行应制作》序言）

这段序言非常详细地介绍了佛郎国天马的体貌、神态、进献时的情况。同时也介绍了献马使者的相貌、衣着、言语。佛郎进献天马是当时朝廷里的一件大事。其时元廷正在上京清暑。元顺帝特别喜欢此马，"临观称叹"，"遂命育于天闲，饲以肉粟、酒潼"。②（《天马行应制作》序言）同时命翰林学士承旨巙巙选画工为天马作画，命直学士揭傒斯为天马做赞。因为语言不同，王祎代写了《代佛郎国进天马表》，表曰：

乾龙在御，通观至治之期；天马来廷，谨效遐方之贡。敢惮舟车之重译，恭伸臣妾之微诚。中谢窃以荣水负图，曾见羲皇之世。渥洼毓秀，载闻汉帝之时。必有圣明，庶膺嘉贶。矧值重熙之运，宜昭上瑞之符。伏念臣化外穷邦，海滨僻壤。种分夷裔，遹居西域之西；心慕华风，引领北辰之北。岂登天之无路？每就日以瞻辉。幸此名驹，可充方物。虽匪望云之质，亦称绝地之姿。历无草之流，沙驱驰万里；备六飞之法驾，警跸九重。前銮旗而后属车，观玉台而游阊阖；傥沐至尊之宠驭，实增小节之荣光。辄遣陪臣，冒干典属；此盖伏遇恩加九有，道合三无。舞干羽于两阶，诞敷文德。执玉帛者，万国共为帝臣。异区并献于白狼，休应尝符于朱凤。周邦来贺，尽归覆帱之中；岐道有夷，孰在要荒之后。臣礼惭输贡，意切戴盆；大一统于舆图，永囿无为之化。协六律于乐府，伫闻太乙之歌。③

佛郎国进献的天马轰动了朝野。早在汉代，战马作为非常重要的战略物资，尤其是在与匈奴等草原民族作战时，骑兵的强弱成为战争胜负的决定性因素。所以，汉代在和草原民族作战时，非常重视马的优劣，并视天马为天降祥瑞、国泰民安的象征。而元代是草原民族蒙古族所建立的统一王朝，马

---

① （元）周伯琦，《近光集》卷二，文渊阁《四库全书》本。
② （元）周伯琦，《近光集》卷二，文渊阁《四库全书》本。
③ （元）王祎，《王忠文公文集》，《北京图书馆古籍珍本丛刊》本，第223页。

是蒙古族这个草原民族的魂。自然，西域所进贡来的神异之天马，就成为从朝廷到百姓所关注的对象。应元廷和国人的爱好，元代文人开始大量地为天马题诗作赋，一时间，天马轰动了文坛。

揭傒斯是元顺帝第一个御点为天马做赞的大臣。他在序中说："皇帝御极之十年七月十八日，拂郎国献天马，身长丈一尺三寸有奇，高六尺四寸有奇，昂高八尺有二寸。二十一日，敕臣周朗貌以为图。二十三日，诏臣揭傒斯为之赞。"他的赞曰：

惟乾秉灵，惟房降精。有产西极，神骏难名。彼不敢有，重译来庭。东逾月窟，梁雍是经。朝饮大河，河伯屏营。莫秣大华，神灵下迎。四践寒暑，爰至上京。皇帝临轩，使拜迎称。臣拂郎国，邈限西溟。蒙化效贡，愿归圣明。皇帝谦让，嘉尔远诚。摩于赤墀，顾瞻莫矜。既称其德，亦貌其形。高尺者六，修倍犹赢。色应玄武，足蹑长庚。回眸电激，顿辔风生。卓荦权奇，虎视龙腾。按图考式，曾未足并。周骋八骏，徐偃构兵。汉驾鼓车，炎刘中兴。维帝神圣，载籍有征。光武是师，穆满是惩。登崇俊良，共基太平。一进一退，为国重轻。先人后物，万国咸宁。①

欧阳玄也做《天马歌》曰：

天子仁圣万国归，天马来自西海西。玄云披身两玉蹄，高余五尺修倍之。七度海洋身若飞，海若左右雷霆随。天子晓御慈仁殿，天风忽来天马见。龙首凤臆目飞电，不用汉兵二十万。有德自归四海美，天马来时庶升平。天子仁圣万国清，臣愿作诗万国听。②

因为是毕生第一次见到天马，所以揭傒斯非常注意天马体貌的神异："高尺者六，修倍犹赢。色应玄武，足蹑长庚。回眸电激，顿辔风生。卓荦权奇，虎视龙腾。按图考式，曾未足并。周骋八骏，徐偃构兵。"欧阳玄也说："玄云披身两玉蹄，高余五尺修倍之。七度海洋身若飞，海若左右雷霆随。"佛郎国进呈的这匹天马，身长丈一尺三寸有奇，高六尺四寸有奇，昂高八尺有二寸。毛发纯黑，后面的两个马蹄为白色。高大威猛，曲项昂首，神俊超

---

① （元）揭傒斯，《文安集》卷十四，文渊阁《四库全书》本。
② （元）欧阳玄，《圭斋集》卷一，文渊阁《四库全书》本。

越。平生第一次目睹这么神异的天马，揭傒斯感概万千。"蒙化效贡，愿归圣明。皇帝谦让，嘉尔远诚。"欧阳玄认为佛郎国进献天马是因为"天子仁圣万国清"。佛郎国主动来献天马，这是大元皇帝仁圣远服万国的结果啊！所以他说："臣愿作诗万国听。"揭傒斯的《天马赞》和欧阳玄《天马歌》，绝不仅仅是歌功颂德，其实也是作者发自肺腑之言。有元一代的文人，虽然因为科举时断时续，失去了许多入仕的机会，而且在朝廷所制定的种族制度下，汉族文人，尤其是南人，备受压抑。但是，元代结束了中国历史上几百年的分裂和动乱，国泰民安，文人不再颠沛流离。更为难能可贵的是，元代没有文字狱，文化环境相对宽松，文人可以基本上做到"言为心声"。揭傒斯的赞和欧阳玄的歌，应该是"言为心声"。他们作为元代的文人，亲眼看到佛郎国使臣不远万里，带着珍贵的天马来进献。这说明，元作为当时世界上版图最辽阔的一个国家，它的实力正在被世界所认可。

继揭傒斯和欧阳玄之后，越来越多的馆阁文臣开始应制咏天马。几乎所有的馆阁文臣都有咏天马之作。在他们的作品中，由爱天马、崇天马直到将其神化，几乎都包含了和揭傒斯、欧阳玄同样的赞美大一统的情愫。许有壬在《应制天马歌》中说：

水德正色在朔方，物产雄伟马最良。川原饮龁几万万，不以数计以谷量。承平云布十二闲，华山百草春风香。又闻有骏在西极，权奇儵傥锺干刚。茂陵千金不能致，直以兵戈劳广利。当时纪述虽有歌，侈心一启何繇制。吾皇慎德迈前古，不宝远物自至。

佛郎国在月窟西，八尺真龙入维絷。七逾大海四阅年，滦京今日才朝天。不烦鬛拂光夺目，正色呈瑞符吾玄。凤鬐龙臆渴乌首，四蹄玉后磬其前。九重喜见远人格，一时便敕良工传。玉鞍锦鞯黄金勒，瞬息殊恩备华饰。天成异质难自藏，志在君知不在物。方今天下有道时，绝尘讵敢称其力。臣才罢驽亦自知，共服安舆无覆轶。①

周伯琦在《天马行应制作》中也说：

---

① （元）许有壬，《至正集》卷十，文渊阁《四库全书》本。

飞龙在天今十祀，重译来庭无远迩。川珍岳贡皆贞符，神驹跃出西洼水。佛郎蕞尔不敢留，使行四载数万里。乘舆清暑滦河宫，宰臣奏进阊阖里。昂昂八尺阜且伟，首扬渴乌竹批耳。双蹄县雪墨渍毛，疏鬣拥雾风生尾。朱缨翠组金盘陀，方瞳夹镜神光紫。耸身直欲凌云霄，盘礴刀犀却闲頠。黄须圉人服虺诡，靶控如萦相诺唯。群臣俯伏呼万岁，初秋晓霁风日美。九重洞启临轩观，衮衣晃耀天颜喜。画师写仿妙夺神，拜进御床深称旨。牵来相向宛转同，一入天闲谁敢齿。我朝幅员古无比，朔方铁骑纷如蚁。山无氛祲海无波，有国百年今见此。昆仑八骏游心侈，茂陵大宛黩兵纪。圣皇不却亦不求，垂拱无为靖边鄙。远人慕化致壤奠。地角已如天尺只，神州苜蓿西风肥。收敛骄雄听驱使，属车岁岁幸两京。八鸾承御壮瞻视，驺虞麟趾并乐歌。越雉旅獒尽风靡，乃知感召由真龙。房星孕秀非偶尔，黄金不用筑高台。髦俊闻风一时起，愿见斯世皞皞如。羲皇按图画卦复兹始。①

国家强大则国人自豪，元代的文人就是借天马来赞美自己国家的强大，借天马来抒发一种国人对国家强大、远服四方之众的欣慰。"岂须征讨费兵革，文怀远人尽臣服。"② 在这个问题上，元代文人喜欢和汉代比较。试想，当年汉武帝派使臣用珠宝去换天马，结果使臣被杀。为了得到天马，他只好派大将李广利用武力，才得来数匹宝马。这真可谓"茂陵千金不能致，直以兵戈劳广利。"③ 而在元代，"圣皇不却亦不求"④，没有动一兵一卒，佛郎国竟主动派人带着天马历经四年，行程万里来进献。真可谓"不宝远物物自至"。元廷不求不却，天马却自至，原因何在？欧阳玄在为天马颂序言中道出了根由："臣惟汉武帝发兵二十万，仅得大宛马数匹，今不烦一兵而天马至，皆皇上文治之化所及……"⑤ 文治之化，这就是他们的答案。武帝得天马靠的是武力，元廷得天马靠的则是大一统，是"慕化"。非武而得物，元人怎能不感叹

---

① （元）周伯琦，《近光集》卷二，文渊阁《四库全书》本。
② （元）顾瑛辑，今人杨镰等整理，《草堂雅集》，中华书局，2008 年第 1 版，第 1090 页。
③ （元）许有壬，《至正集》卷十，文渊阁《四库全书》本。
④ （元）周伯琦，《近光集》卷二，文渊阁《四库全书》本。
⑤ （元）欧阳玄，《圭斋集》卷一，文渊阁《四库全书》本。

说"吾皇慎德迈前古"①呢？

皇帝身边的馆阁重臣能够近距离欣赏天马，但对于大多数元人来说，只能是耳闻了。为了让大多数人能一睹为快，也为了让天马"永不消失"；元廷特派专人来为天马画像。这件事情交给了翰林学士承旨巎巎负责。据陈基《跋张彦辅画拂郎马图》中言："至正壬午，予客京师，而拂郎之马适至。其龙鬓凤臆，磊落而神骏。既入天厩，备法驾，而其绘以为图，传诸好事者，则永嘉周冰壶、道士张彦辅以待诏，上方名重一时。"②揭傒斯在《天马赞》序言中也说："皇帝御极之十年七月十八日，拂郎国献天马，……二十一日，敕臣周朗貌以为图。……"③看来巎巎请了永嘉周朗（号冰壶）和道士张彦辅来作画。其中道士张彦辅的《佛郎马图》后来由玉山草堂主人顾瑛收藏。天马有了图，那些没有亲眼见到天马的文人，便围绕天马图或诗、或文、或序、或跋、或歌、或赞。为天马图题诗题文成了至正文坛的一股潮流。郭翼撰《天马二首》：

其一

佛郎献马真龙种，六尺之高修倍之。图画当今属周朗，歌诗传昔敕奚斯。空闻市骨千金直，不羡穷荒八骏驰。有客新来闻此事，与君何惜滞明时。

其二

四年远涉流沙道，筋骨权奇旧肉鬃。晓秣龙堆寒龘雪，晚经月窟怒追风。汉文千里知曾却，曹霸丹青貌不同。拂拭金鞍被来好，幸陪天厩玉花骢。④

丁鹤年撰《题茀郎天马图》：

春明立仗气如山，顾盼俄空十二闲。一去瑶池消息断，西风吹影落人间。⑤

天马图使众多文人大饱眼福，实现了"目睹"天马的梦想。歌咏天马图的诗文也大量涌现。因为天马的到来，一时间，元代至正初年的文坛近乎要

---

① （元）许有壬，《至正集》卷十，文渊阁《四库全书》本。
② （元）陈基，《夷白斋稿》外集，文渊阁《四库全书》本。
③ （元）揭傒斯，《文安集》卷十四，文渊阁《四库全书》本。
④ （元）郭翼，《林外野言》卷上，文渊阁《四库全书》本。
⑤ （元）丁鹤年，《鹤年诗集》卷二，文渊阁《四库全书》本。

沸腾了。

西域佛郎国进献天马，成为元廷至正年间的大事。而元代文人集体歌咏天马，又成为至正年间文坛的一件大事。咏天马的文人很多，他们的诗、赋、文章数不胜数，这些作品极大地丰富了元末文坛。天马及其赋咏作品，为元末文坛注入了新的生气。

第四节　上京纪行诗诈马宴刍议

诈马宴亦称质孙宴，是元代最为隆重的皇家宴享盛会，是融宴饮、歌舞、游戏和竞技于一体的娱乐活动。据元末明初文人王祎在《上京大宴诗序》中说："至正九年夏五月，天子时巡上京。乃六月二十有八日，大宴失剌斡尔朵（即失剌斡耳朵），越三日而竣事，遵彝典也。"[①] 这说明，在上京举行的诈马宴，不是临时的，而是"彝典"，是国家的一种定制。

国家定制的宫廷大宴诈马宴是按照严格的程序进行的，其举办时间、地点、场所、服饰、过程等均有具体规定和一定程序。元代许多高级官吏都参加过诈马宴，他们目睹了宴会的盛大，于是用诗文的形式记载了这些历史的场面。通过他们的诗文，再佐以史书和笔记，元代诈马宴的过程就非常清晰地展现在了后人的眼前。

诈马宴并非从元代开始，但在元代达到了鼎盛，那么，元代为什么要举行诈马宴呢？王祎《上京大宴诗序》说："所以昭等威、均福庆，合君臣之欢，通上下之情者也。"又说："足以验今日太平极治之象，而人才之众，悉能鸣国家之盛，以协治世之音。祖宗作人之效，亦于斯见矣。"[②] 贡师泰在《上都诈马大燕》中言："清凉上国胜瑶池，四海梯航燕一时。岂谓朝廷夸盛大，要同民物乐雍熙。当筵受几存周礼，拔剑论功识汉仪。此日从官多献赋，何人为诵武公诗。"[③] 可见，皇室举行这样大规模的皇家宴会，主要是要"君

---

① （元）王祎，《王忠文公文集》，《北京图书馆古籍珍本丛刊》本，第 103 页。
② （元）王祎，《王忠文公文集》，《北京图书馆古籍珍本丛刊》本，第 103 页。
③ （元）贡师泰，《贡礼部玩斋集》卷四，北京图书馆藏明刻嘉靖十四年徐万壁重修本。

民同乐",从官们写诗献赋,主要是要通过诗文传达一种治世之音。

诈马宴举办的时间、地点绝大多数较为固定。时间主要集中在公历七月末八月初(阴历六月),正值漠南水草丰美、羊马肥壮、气候宜人的黄金季节。具体时间要选择一个良辰吉日,"国家之制,乘舆北幸上京,岁以六月吉日,命宿卫大臣及近侍,服所赐济逊、珠翠、金宝、衣冠、腰带,盛饰名马,清晨自城外,各持彩仗,列队驰入禁中。"①(《诈马行·序》)上都诈马宴多在失剌斡尔朵举行。失剌斡尔朵设在上都南坡或西郊,又有棕毛殿、水晶殿之称。这在元人的诗文中都有记载,如贡师泰有诗句为"棕闾别殿拥仙曹,宝盖沉沉御座高"②(《上都诈马大燕》),"平沙班诈马,别殿燕棕毛"③(《上京大宴和樊时中侍御》)。廼贤有诗句为"孔雀御屏金篹篹,棕榈别殿日熙熙"④(《失剌斡耳朵观诈马宴奉次贡泰甫授经先生韵》)。为了保证宴会期间天气风和日丽,元廷还要命僧人坐坛作法,宋褧有诗为证:"宝马珠衣乐事深,只宜晴景不宜阴。西僧解禁连朝雨,清晓传宣趣赐金。"⑤

诈马宴是盛装的宴会,对预宴者服饰有严格要求,参加宴会的除皇室成员外,百官必须是五品以上的高级官吏。入宴之前,他们要认真地装饰自己,还要装饰自己的马。"故凡预宴者必同冠服,异鞍马,穷极华丽,振耀仪采而后就列,世因称曰爹马宴,又曰只孙宴。爹马者,俗言其马饰之矜衔也。只孙者,译言其服色之齐一也。於戏,盛哉!"⑥元人郑泳在《诈马赋》中也说:"百官五品之上,赐只孙之衣,皆乘诈马入宴。富盛之极,为数万亿,林林戢戢,若山拥而云集。"⑦从元人的记载中可知,预宴的大臣必须穿皇帝所赐给的质孙衣。质孙,又写作"只孙""济逊"。《元史》中记:"质孙,汉言一色

---

① (元)周伯琦,《近光集》卷一,文渊阁《四库全书》本。
② (元)贡师泰,《贡礼部玩斋集》卷四,北京图书馆藏明刻嘉靖十四年徐万壁重修本。
③ (元)贡师泰,《贡礼部玩斋集》卷五,北京图书馆藏明刻嘉靖十四年徐万壁重修本。
④ (元)廼贤,《金台集》卷二,《诵芬室丛刊》本。
⑤ (元)宋褧,《燕石集》,《北京图书馆古籍珍本丛刊》本,第193页。
⑥ (元)王祎,《王忠文公文集》,《北京图书馆古籍珍本丛刊》本,第103页。
⑦ 李修生,《全元文》(第57册),凤凰出版社,2005年第1版,第869页。

服也，内庭大宴则服之。冬夏之服不同，然无定制。凡勋戚大臣近侍，赐则服之。下至于乐工卫士，皆有其服。精粗之制，上下之别，虽不同，总谓之质孙云。"①《经世大典序录·燕飨》也说："与燕之服，衣冠同制，谓之质孙，必上赐而后服焉。"皇帝、贵族、大臣的质孙服都有很多套，宴会期间，质孙服每日都要更换一种颜色。预宴者除了要盛装自己，还要盛装自己的马。参加宴会的马都是选出来的好马、名马，这些马被打扮得异常华丽漂亮，"矧诈马之聚此兮，易葱芊之绮丽。额镜贴而曜明兮，尾银铺而插雉；雉丛身而鹥袅兮，铃和鸾而合清徽。镫钴铁而金嵌兮，鞍砌玉而珠比……"②他们的额头贴着金光闪闪的东西，脖子上挂着叮咚作响的鸾铃，尾巴上插着野鸡的雉羽，犹如孔雀开屏般绚烂。此外，马镫被嵌上金片，马鞍也用珠玉装饰，而缰绳、革套也缀上宝物。这真是些从头武装到脚的漂亮的马。盛装的官员和马匹，有声且有色，在视觉和听觉上都给文人留下了极为深刻的印象。亲历过诈马宴的文人杨允孚在他的《滦京杂咏》中作诗曰：

千官万骑到山椒，个个金鞍雉尾高，下马一齐催入宴，玉阑干外换宫袍。③

他又用注补充解释说："每年六月三日，诈马筵席，所以喻其盛事也。千官以雉尾饰马入宴。"④迺贤在诗歌里也描绘到："珊瑚小带佩豪曹，压辔铃铛雉尾高。"⑤多次经历诈马宴的官吏袁桷描绘更为详细："彩丝络头百宝装，猩血入缨火齐光。钖铃交驱八风转，东西夹翼双龙冈。伏日翠裘不知重，珠帽齐肩颤金凤。（《装马曲》）"⑥另外周伯琦的诗歌也对入宴的官吏和马有细致的描写："华鞍缕玉连钱骢，彩晕簇罄朱英重。钩膺障颅辔镜丛，星铃彩校声珑珑。高官艳服皆王公，良辰盛会如云从。明珠络翠光茏葱，文缯缕金纡晴虹。

---

① （明）宋濂，《元史》（第7册），中华书局，1976年4月第1版，1997年7月第6次印刷，第1938页。
② 李修生，《全元文》（第57册），凤凰出版社，2005年第1版，第870页。
③ （元）杨允孚，《滦京杂咏》，《丛书集成初编》本，第4页。
④ （元）杨允孚，《滦京杂咏》，《丛书集成初编》本，第4页。
⑤ （元）迺贤，《金台集》，《诵芬室丛刊》本。
⑥ （元）袁桷，《清容居士集》，《四部丛刊初编》本。

犀毗万宝腰鞓红，扬镳迅策无留踪。"①（《诈马行》）这些官吏都是亲身经历过诈马之宴的，他们的描绘，为我们生动地展示了宴会之前官员盛装的场面。

盛装的赴宴队伍按照先后顺序依次入宫。据贡师泰《上都诈马大燕》说："行迎御辇争先避，立近天墀不敢嘶。十二街头人聚看，传言丞相过沙堤。"②此诗句说明：首先入宴的是皇帝的御辇，百官让道，然后是丞相一行。接下来才是其他官员，看来入宴的前后顺序是按照官级的高低。廼贤的《失剌斡耳朵观诈马宴奉次贡泰甫授经先生韵》第一首也云："诏下天门御墨题，龙冈开宴百官齐。路通禁籞联文石，幔隔香尘镇水犀。象辇时从黄道出，龙驹牵向赤墀嘶。绣衣珠帽佳公子，千骑扬镳过柳堤。"③

入宫时，必须按照规定的颜色穿上质孙服，把坐骑打扮得漂漂亮亮，张昱有诗为证：

只孙官样青红锦，裹肚圆文宝相珠。羽仗执金班控鹤，千人鱼贯振嵩呼。④（《辇下曲》）

入宫后，大家按规定就座。所有的人都按照各自的品级，坐在自己应该坐的制定席位上。宴会开始的第一项是宣读祖训。当一切就绪，有大臣传下皇帝旨意，开始宣读祖训，杨允孚在《滦京杂咏》中有诗言：

锦衣行处狻猊习，诈马筵开虎豹良，特敕云和罢弦管，君王有意听尧纲。⑤

他同时自注云："诈马筵开，盛陈奇兽，宴享既具，必一二大臣称青吉斯，皇帝礼撤，于是而后礼，有文饮，有节矣，云和署隶仪凤司，掌天下乐工。"⑥这里是说，大汗下达圣旨，鼓乐暂停，君臣聆听"尧纲"。"尧纲"即为大札撒，意为"大法令"，是成吉思汗时依照蒙古习惯法颁布的法律和成吉思汗的"训言"，后来被蒙古人奉为祖宗大法。凡是举行大宴，掌管金匮之书

---

① （元）周伯琦，《近光集》，文渊阁《四库全书》本。
② （元）贡师泰，《贡礼部玩斋集》卷四，北京图书馆藏明刻嘉靖十四年徐万璧重修本。
③ （元）廼贤，《金台集》卷二，《诵芬室丛刊》本。
④ （元）张昱，《可闲老人集》，文渊阁《四库全书》本。
⑤ （元）杨允孚，《滦京杂咏》，《丛书集成初编》本，第4页。
⑥ （元）杨允孚.《滦京杂咏》，《丛书集成初编》本，第4页。

的世臣就当众宣读成吉思汗法典，主要内容是：宗藩、勋贵要同心同德拥戴大汗，发扬列祖列宗的功德，永保祖宗基业；恪守君臣，尊卑、长幼之序；举止言谈，礼貌文雅，宴饮娱乐要适度有节，不可放纵沉溺。届时，"须臾玉卮黄帕覆，宝训传宣争俯首。（《装马曲》）"① 全场肃然起敬，争相俯首聆听训诲。大宴前朗诵大札撒，是要告诫人们不要忘了祖先创业的艰难，正如元人张昱所言：

至元典礼当朝会，宗戚前将祖训开。圣子神孙千万世，俾知大业此中来。②（《辇下曲》）

宣读完祖训，大宴正式开始。诈马宴上的食物颇具草原民族风味。羊肉是诈马宴上的主要食品，"大官用羊二千嗷（卷一《诈马行·序》）"③。一次宴会竟可用羊几千只。真可谓是"大宴三日酣群惊，万羊脔炙万瓮醴。"④（《诈马行》）宴会上要大吃，也要大喝，宴会上的主要饮料有马湩、法酒和葡萄酒三种。马湩，又称马奶，它是蒙古人传统的，也是诈马宴中需要量最大的饮料。另外，宴会上还有驼乳等其他辅助饮料。元人在集体歌咏诈马宴时，往往会给这些酒水一些"特写镜头"。"马湩浮犀碗，驼峰落宝刀。暖茵攒芍药，凉瓮酌葡萄。（卷五《上京大宴和樊时中侍御》）"⑤ "宫女侍筵歌芍药，内官当殿出蒲萄。（卷二《失剌斡耳朵观诈马宴奉次贡泰甫授经先生韵》）"⑥ 第二首"酮官庭前列千斛，万瓮蒲萄凝紫玉。驼峰熊掌翠釜珍，碧实冰盘行陆续。（《装马曲》）"⑦

诈马宴，是草原上欢乐的盛会。"每宴，教坊美女必花冠锦绣，以备供奉。"⑧ 为了给宴会助兴，要进行歌舞百戏表演。"急管催瑶席，繁弦压紫槽。

---

① （元）袁桷，《清容居士集》，《四部丛刊初编》本。
② （元）张昱，《可闲老人集》，文渊阁《四库全书》本。
③ （元）周伯琦，《近光集》，文渊阁《四库全书》本。
④ （元）周伯琦，《近光集》，文渊阁《四库全书》本。
⑤ （元）贡师泰，《贡礼部玩斋集》，北京图书馆藏明刻嘉靖十四年徐万壁重修本。
⑥ （元）廼贤，《金台集》，《诵芬室丛刊》本。
⑦ （元）袁桷，《清容居士集》，《四部丛刊初编》本。
⑧ （元）杨允孚，《滦京杂咏》，《丛书集成初编》本，第4页。

（《上京大宴和樊时中侍御》）①"歌舞表演要欢快，同时还要带有吉祥祝愿的含义，杨允孚在《滦京杂咏》诗中曰：

仪凤伶官乐既成，仙风吹送下蓬瀛。花冠簇簇停歌舞，独喜箫韶奏太平。②

宴会上的音乐舞蹈表演把整个宴会推向了高潮。"一曲霓裳才舞罢，天香浮动翠云袍。"③（《失剌斡耳朵观诈马宴奉次贡泰甫授经先生韵》第二首）"九州水陆千官供，曼延角抵呈巧雄。紫衣妙舞腰细蜂，钧天合奏春融融。狮狞虎啸跳豹熊，山呼鳌抃万姓同。曲阑红药翻帘栊，柳枝飞荡摇苍松。"④（《诈马行》）整个皇宫变成了沸腾的海洋，热闹而快乐。

俗话说："天下没有不散的筵席"。袁桷在《装马曲》中言："龙媒嘶风日将暮，宛转琵琶前起舞。鸣鞭静跸宫门闭，长跪齐声呼万岁。"⑤日暮时分，宴会接近尾声。众官要长跪齐声高呼万岁，欢送皇帝一行首先离席。"宴罢天阶呼秉烛，千官争送翠华归。（《失剌斡耳朵观诈马宴奉次贡泰甫授经先生韵》第四首）"⑥皇帝一行离开后，大家再依次退席，"马蹄哄散万花中"。⑦（《辇下曲》）诈马宴在一片狼藉中结束了，留下的是"向晚大安高阁上，红竿雉帚扫珍珠（《辇下曲》）"⑧。

---

① （元）贡师泰，《贡礼部玩斋集》卷五，北京图书馆藏明刻嘉靖十四年徐万壁重修本。
② （元）杨允孚，《滦京杂咏》，《丛书集成初编》本，第4页。
③ （元）迺贤，《金台集》卷二，《诵芬室丛刊》本。
④ （元）周伯琦，《近光集》，文渊阁《四库全书》本。
⑤ （元）袁桷，《清容居士集》，《四部丛刊初编》本。
⑥ （元）迺贤，《金台集》卷二，《诵芬室丛刊》本。
⑦ （元）张昱，《可闲老人集》，文渊阁《四库全书》本。
⑧ （元）张昱，《可闲老人集》，文渊阁《四库全书》本。

第五章 上京纪行诗的异质特征及文献价值

第一节 上京纪行诗的异质特征及其成因

在中国古代诗歌发展史上，上京纪行诗是元代特有的，具有很强的民族特色和时代意义，这方面突出地表现在它的异质特征上。

元代上京纪行诗的异质特征，集中地表现在它的内容方面。上京纪行诗主要包括两部分内容：一是描述上都城及其周围地区的山川景物和社会生活的作品；二是歌咏从大都到上都沿路途中的地理景观和风土人情的作品。可见，上京纪行诗是以居庸关之外的塞外为主要描写对象的。居庸关是一道门，在地理位置上，它是从中原通往大漠草原的最重要的大门。从石敬瑭割让幽云十六州，一直到元朝一统天下，居庸关及关外之地，在中原和江南人士的眼里和心里，一直是秘域绝境。居庸关外的山川、风物、居民及其生活，都与中原及江南地区有着很大的差异。这些在关内之人的心目中，都已经染上了神秘的异域色彩。元世祖一统天下之后，久居中原的文人终于可以走出居庸关，亲历塞外草原之地了。于是，塞外富有异质特征的一切，都成了他们在上京纪行诗中的关注重点和描写对象。

首先，塞外的山川河流、地理风光和寒冷气候都极具异质特征。

从大都前往上都，出昌平，过居庸关后，就进入了山区，大大小小山脉连绵不断。这里的山，和中原之山不一样，连绵起伏，山高峰峻，奇险怪异。山间之路也是九曲回肠。扈从上都的中原之人，总是被路途的山势所吸引，他们的上京纪行诗中，也喜欢描写北方大山的异域特征。如浙江人陈孚在《桑干岭》诗里写道："昔闻桑干名，今日登桑干。桑干是否不必问，但觉两耳天风寒。大峰小峰屹相向，空际嵚岑一千丈。"[1]同为浙江人的元代馆阁文

---

[1] 杨镰，《全元诗》第18册，中华书局，2013年第1版，第409页。

人袁桷，在《桑干岭》里言道："兹山西北来，旋转十二雷。昔人望乡处，生别何崔嵬。我来坐绝顶，云汉森昭回。出日腾金钲，积露流银台。长空不受暑，雪花散皑皑。毡车引绳过，屈曲肠九回。"① 南方道士马臻《题画龙门山桑干岭图》也说："昔我经龙门，晨发桑干岭。回盘郁青冥，驱车尽绝顶。"② 陈孚、袁桷和马臻都是南方人，从小生活在山清水秀、杏花春雨的江南。江南有山，但和塞北的山不同。江南的山秀，塞北的山壮，江南的山俊，塞外的山险。山川的不同风格引起了沿途文人们的兴趣，他们把自己看到的异域山川都写入了上京诗歌。

塞外山川的异质特征是上京纪行诗描写的重要内容，塞外独特的异域风光、气候环境也在元人上京诗里有绘声绘色的描绘。上都是一座草原城市，在上京诗里，有几乎三分之一是对上京及其周围地区风光的描写，极具民族风情。萨都剌《上京即事》："牛羊散漫落日下，野草生香奶酪甜。卷地朔风沙似雪，家家行帐下毡帘"，"紫塞风髙弓力强，王孙走马猎沙场。呼鹰腰箭归来晚，马上倒悬双白狼"③。涂颖《上京次贡待制韵》："海风吹雨度龙沙，满眼金莲紫菊花。日暮笙歌何处起，高低穹帐五侯家。"④ 伍良臣的《上京》："平沙远塞旷万里，毡车毳幕罗群星。时巡王会骋雄俊，控抚荒朔绥邦宁。锦鞍合沓千万骑，宝镫铿戛声锵鸣。驼峰马湩美奇绝，金兰紫菊香轻盈。"⑤ 这些诗歌所呈现的，不啻是一幅十四世纪漠南草原的风光画：黄云、白沙、铁马、秋风、金莲和紫菊，还有那一望无际的草原和草原上悠闲的牛羊，以及刚刚打猎归来的王孙贵族。塞外之地，更具特质的是气候环境。寒冷，风大，暴雨无常，是这里最常见的气候特点，元人下面的诗句所展现的，就是这样的异域特征，范玉壶《上都诗》："上都五月雪花飞，顷刻银装十万家。说

---

① 杨镰，《全元诗》第 21 册，中华书局，2013 年第 1 版，第 322 页。
② 杨镰，《全元诗》第 17 册，中华书局，2013 年第 1 版，第 106 页。
③ 杨镰，《全元诗》第 30 册，中华书局，2013 年第 1 版，第 149 页。
④ 杨镰，《全元诗》第 50 册，中华书局，2013 年第 1 版，第 85 页。
⑤ 杨镰，《全元诗》第 24 册，中华书局，2013 年第 1 版，第 270 页。

与江南人不信,只穿皮袄不穿纱"①;张养浩《上都道中》:"幽都风土异,六月亦冰霜。草地宽于海,土山低似墙。茹毛民简古,啮雪客荒凉。自愧成何事,孑然天一方"②;梵琦《上都》:"避暑宜来此,逢冬可住不。地高天一握,河杂水长流。赤日不知夏,清霜常似秋。向来冰雪窟,今作帝王州"③;梵琦《赠江南故人》:"地椒真小草,芭榄有奇花。塞月宵沉海,边风昼起沙"④;贡师泰《次赤城驿》:"老夫辞家今一月,马上行行过各节。山空野旷风栗烈,木皮三尺吹欲裂。貂帽狐裘冷如铁,痴云作雪还未雪"⑤;贡师泰《过柳河》:"野旷山寒露易霜,短榆疏柳路茫茫。雨来黄潦聚成海,风过白沙堆作冈"⑥;胡助《和仲实韵》:"六月忽风雨,凄凉如早冬。"⑦风大,寒冷,雨急,让诗人们刻骨铭心。

其次,上京纪行诗的异质特征还表现在它对塞外特有风物的描写上。

幽燕塞外,物产丰富,颇具地域特点。植物类主要有金莲、紫菊、芍药、地椒、野韭、长十八、蒲茸、苁蓉、荞麦、胡榛、蕨菜、野茴香、回回葱、沙葱、山葱、解葱、黄连芽、壮菜、戏马菜、苜蓿、蔓菁、莜麦、沙菌等。动物类主要有海东青、白翎雀、天鹅、白雀、黄羊、黄鼠、青鼠、貂鼠、高陀鼠、白银鼠、火鼠、白狼、青兕、麋鹿、白貉、獐子、野狐、獐麂、角端、角鸡、章鸡、石鸡、野鸡、安达海、白鱼……这些动植物,绝大多数都是只有居庸关以北才有的珍贵物品,如金莲、紫菊、海东青、白翎雀,其中有不少动植物是非常罕见的,如银鼠。据《析津志》介绍:"和林朔北者为精,产山石罅中。初生赤毛青,经雪则白。愈经年深而雪者愈奇,辽东鬼骨多之。有野人于海上山薮中捕设以易中国之物,彼此俱不相见,此风俗也。此鼠大

---

① 杨镰,《全元诗》第 8 册,中华书局,2013 年第 1 版,第 171 页。
② 杨镰,《全元诗》第 25 册,中华书局,2013 年第 1 版,第 29 页。
③ 杨镰,《全元诗》第 38 册,中华书局,2013 年第 1 版,第 308 页。
④ 杨镰,《全元诗》第 40 册,中华书局,2013 年第 1 版,第 306 页。
⑤ 杨镰,《全元诗》第 29 册,中华书局,2013 年第 1 版,第 258 页。
⑥ 杨镰,《全元诗》第 10 册,中华书局,2013 年第 1 版,第 285 页。
⑦ 杨镰,《全元诗》第 18 册,中华书局,2013 年第 1 版,第 54 页。

小长短不等,腹下微黄。贡赋者,以供御帷幄、帐幔、衣、被之。每岁程工于南城貂鼠局,诸鼠惟银鼠为上,尾后尖上黑。"① 而有些动植物又特别奇特,如安达海,"即野骆驼也。似驴而差小也。项下垂璎毛,朔北野马川甚广。其性深喜妇便溺,见则忘躯而吸饮之,盖其地艰于水故也。因其喜饮水,故以诱其来而陷窜填获焉。即自禁中有之"。② 还有些物产,天生就是居人好的食物,如回回葱,"荨麻林最多,其状如扁蒜,层叠若水精葱,甚雅,味如葱等。淹藏生食俱佳"③。蕨菜,"甘则味愈佳"④。

上京及沿途丰富而奇特的物产,为诗人的上京纪行诗提供了绝好的素材。扈从元廷两都巡幸的文人,从族群等级来看,除了汉人之外,还有相当数量的蒙古、色目和南人,涉及四个等级的人群。从地域来看,有北人,也有南人,如虞集、袁桷、胡助、柳贯及贡师泰等都是很有成就的"南人"。从宗教信仰来看,有佛教人士,也有道教人士,如刘秉忠、马臻、薛玄曦和张雨等,甚至还有基督教(也里可温)和伊斯兰教(答失蛮)人士,如马祖常和萨都剌,上京诗诗人的成分多样。但不管是北人,还是南人;不管是佛教人士,还是道教人士,甚或基督教和伊斯兰教信徒,只有在元代,他们的足迹才能踏上这片神秘的异域。⑤

诗人集体性描写上京及沿途特有的风物,是元代上京纪行诗的一个重要特点,也体现了上京纪行诗特有的异质特征。

再次,上京纪行诗中对塞外居民及其生活劳动状况与风俗习惯等的描写,也颇具异质特征。

出现在上京纪行诗中的塞外居民,有男人,有女人;有儿童,有老人;有皇帝,有大臣,有农夫,有宫妃,有农家女,也有舞女。这些人物往往作为主人公出现在诗歌所描绘的风景画面中。这些由人作为主角的一个个画面,

---

① (元) 熊梦祥,《析津志辑佚》,北京古籍出版社,1983 年第 1 版,第 233 页。
② (元) 熊梦祥,《析津志辑佚》,北京古籍出版社,1983 年第 1 版,第 232—233 页。
③ (元) 熊梦祥,《析津志辑佚》,北京古籍出版社,1983 年第 1 版,第 226 页。
④ (元) 熊梦祥,《析津志辑佚》,北京古籍出版社,1983 年第 1 版,第 226 页。
⑤ (元) 危素,《说学斋稿》,文渊阁《四库全书》本。

共同组成了一卷独具塞外风情的元代世俗风情画。而在这众多的各色人中，最吸引人眼球的、最鲜亮的是女人。塞外的妇女，都要走出户外，参加生产劳动。如杨允孚在《滦京杂咏》中所展现出来的画面：

翎赤王侯部落多，香风簇簇锦盘陀。燕姬翠袖颜如玉，自按辕条驾骆驼。①
元夕华灯带雪看，佳人翠袖自禁寒。生平不作蚕桑计，只解青骢鞯绣鞍。②
汲井佳人意若何，辘轳浑似挽天河。我来濯足分余滴，不及新丰酒较多。③
紫菊花开香满衣，地椒生处乳羊肥。毡房纳石茶添火，有女褰裳拾粪归。④

这些妇女像男人一样，除了做女工活之外，还要按辕驾车，汲井打水，拾粪烧茶，甚至还要做生意来维持生计。"狼山山下晓风酸，掩面佳人半怯寒。倚户殷勤唤尝粥，正宜倦客宿征鞍。"作者自注："俗卖豆粥。"⑤"卖酒人家隔巷深，红桥正在绿杨阴。佳人停绣凭阑立，公子簪花倚马吟。"⑥勤劳朴实、爽快泼辣的塞北妇女，是上京诗中的主角。这在元代文学史上，也是非常独特的，把塞外劳动妇女作为主角来歌颂，上京纪行诗是独家独版。

大漠草原民族，有自己独特的风俗习惯。许多元人的上京纪行诗，对此都有描述。比较典型的是元末诗人杨允孚的上京纪行诗集《滦京杂咏》。该诗集通篇用诗加小注的方式，介绍了塞外滦京的典章风俗以及元廷避暑行幸的典故史实。该诗集，留存了元代时期滦京及其周围地区的山川风物与典故风俗的大量史料。在北方地区，民间有数九寒天的说法，即从冬至开始数九，每九有九天，等过了九九八十一天，冬天也就基本结束了。滦京地区，冬至后，女孩子们总要在窗户上贴上一枝梅花。每当早晨梳妆，她们就用胭脂在梅花上图一圈，直到图够八十一圈，正好度过了数九寒天，梅花变作了杏花，一年当中最冷的季节也就过去了。关于此风俗，《滦京杂咏》有诗记载："试

---

① 杨镰，《全元诗》第 60 册，中华书局，2013 年第 1 版，第 402 页。
② 杨镰，《全元诗》第 60 册，中华书局，2013 年第 1 版，第 407 页。
③ 杨镰，《全元诗》第 60 册，中华书局，2013 年第 1 版，第 403 页。
④ 杨镰，《全元诗》第 60 册，中华书局，2013 年第 1 版，第 408 页。
⑤ 杨镰，《全元诗》第 60 册，中华书局，2013 年第 1 版，第 402 页。
⑥ 杨镰，《全元诗》第 60 册，中华书局，2013 年第 1 版，第 409 页。

数窗间九九图，余寒消尽暖回初。梅花点遍无余白，看到今朝是杏株。"①诗后作者用小注解释："冬至后，贴梅花一枝于窗间，佳人晓妆，时以臙脂日图一圈，八十一圈既足，变作杏花，即暖回矣。"②滦京地区的女孩子们用这种独特的方式记时，恐怕和这里的气候寒冷不无关系。"上都五月雪花飞，顷刻银装十万家。说与江南人不信，只穿皮袄不穿纱。"③试想，在炎热的夏季，上京地区都如秋冬天般寒冷，那么，在寒冷的冬季，上京地区更是苦寒难耐。而对于爱美、喜欢户外活动的女孩子们来说，裹在身上厚厚的皮衣，多少影响了行动的自由。数九寒天，她们一天一天在计算着，一天一天在盼望着寒冷的日子赶快结束。等到春暖花开，她们就可以脱去厚厚的冬衣，打扮得花枝招展，到田野中，到大自然中去尽情展示自己的美丽。杨允孚在诗中记载的正是北方这一民间的习俗点梅花。点过梅花，终于望见了春天的影子，于是女人们便迫不及待地开始了"脱圈"的习俗："脱圈窈窕意如何，罗绮香风漾绿波。信是唐宫行乐处，水边三月丽人多。"④杨允孚在注中说："上巳日，滦京士女竞作绣圈，临水弃之，即修禊之义也。"⑤"修禊"就是要抛弃严寒，就是要修饰自己，让自己更美丽，更动人。

因为气候寒冷，在日常生活中，塞外的百姓们也发现了许多对付寒冷的绝招，比如梨子冻了，他们会用井水浸之解冻，杨允孚的诗曰"买得香梨铁不如，玻璨椀里冻潜苏。书生半醉思南土，一曲镫前唱鹧鸪。"注为："梨子受冻，其坚如铁，以井水浸之，则味回可食。"⑥此外，耳朵、鼻子冻了，塞外的民间秘方就是用雪来回揉搓，慢慢地复暖，如果不这样，而是马上用火来取暖，以后就会得上"冻鼻子""冻耳朵"的毛病，严重的还会脱皮。关于这一民间偏方，杨允孚作诗说："出塞书生瘦马骑，野云片片故相随。冻生耳

---

① 杨镰，《全元诗》第 60 册，中华书局，2013 年第 1 版，第 407 页。
② 杨镰，《全元诗》第 60 册，中华书局，2013 年第 1 版，第 407 页。
③ 杨镰，《全元诗》第 8 册，中华书局，2013 年第 1 版，第 171 页。
④ 杨镰，《全元诗》第 60 册，中华书局，2013 年第 1 版，第 407 页。
⑤ 杨镰，《全元诗》第 60 册，中华书局，2013 年第 1 版，第 407—408 页。
⑥ 杨镰，《全元诗》第 60 册，中华书局，2013 年第 1 版，第 410 页。

鼻雪堪理，冷入肝肠酒强支。"注为："凡冻耳鼻，即以雪揉之方回，近火则脱。"① 还有一些小典故，更是《滦京杂咏》的"独家报道"，比如每年皇室从上京起驾返京，奇怪的是，当晚都会降霜。作者作诗曰："鸾舆八月政高翔，玉勒雕鞍万骑忙。天上龙归才带雨，城头夜午又经霜。"②

杨允孚在《滦京杂咏》中，记载了大量的塞北独特的风俗习惯，这些风俗习惯，都是我国古代北方少数民族特有的风俗，极具民族特色和异域情调。

形成上京纪行诗异质特征的原因很多，最主要的原因是政治、历史、地域和民族。元代是蒙古族建立的一个大一统王朝，蒙古族贵族执政给这个王朝带来了许多特有的民族特点。最富于民族特色和时代意义的就是每年一次的两都巡幸。在两都巡幸时，来自祖国各地的文职官员们终于可以借着这项重大的宫廷活动，名正言顺地走出居庸关，亲历塞外草原了。塞外的山川风光、民居建筑、风俗习惯、气候和物产等都与中原和江南之地迥然不同。这都是他们平素眼所未见、耳所未闻的。他们好奇，他们惊喜，眼前为之一亮，眼界为之打开。于是，他们便把这异域的一切用诗歌的形式记录下来，上京纪行诗也就应运而生了。可见，上京纪行诗从产生开始，就必然会具备浓重的草原异域特质。当然，这种草原异质特征的产生离不开元代民族间的团结友好。元代以前的统一王朝，一直是以汉人为政治核心。元世祖忽必烈一统天下后，蒙古族贵族在政治上占据了最高的核心地位。蒙古族执政，虽然也有些民族歧视的做法，如把人分为四等，但是，总的看来，元代的民族关系是很融洽的，以蒙古族为核心，各民族彼此认同、接受，形成了前所未有的民族融合、民族团结的局面。这才使得其他各个民族（主要是汉族）的诗人们愿意不辞劳顿、风餐露宿地扈跸巡幸，进而写出大量讴歌塞外、赞美国朝的诗篇。如柳贯《后滦水秋风词》"东赆西琛通朔漠，九州四海会同初"③；马祖常《龙虎台应制》"两京巡省非行幸，要使苍生乐至和"④；王上熙《竹枝词》"要使竹枝传上国，正是皇

---

① 杨镰，《全元诗》第 60 册，中华书局，2013 年第 1 版，第 410 页。
② 杨镰，《全元诗》第 60 册，中华书局，2013 年第 1 版，第 407 页。
③ 杨镰，《全元诗》第 8 册，中华书局，2013 年第 1 版，第 207 页。
④ 杨镰，《全元诗》第 29 册，中华书局，2013 年第 1 版，第 340 页。

家四海同"[①]；许有壬《至顺辛未六月见文宗皇帝于大安阁后廊甲戌夏重来有感而作》"大圣继天春万汇，感恩无奈泪沾巾"[②]。在这些上京诗句中，诗人的赞美之情溢于言表。民族的认同和融合，使得以汉族为代表的非蒙古民族诗人愿意歌咏草原的异域风情。而在这群诗人群体当中，民族、宗教信仰的多样，也使得上京纪行诗富有明显的异质特征。

第二节 上京纪行诗的研究状况及意义

蒙古统治者建立的元朝定都大都。中统四年五月九日（1263年6月16日），忽必烈下令将他的藩府开平府升为都城，定名为上都（地点在今内蒙古自治区正蓝旗旗政府所在地黄旗大营子东北约20公里处），成为元朝的陪都、夏都。定立两都之后，忽必烈开始正式实行两都巡幸制。

两都巡幸是元代政治生活中的大事，给当时的文坛尤其是对诗文领域也带来了重大的影响。两都巡幸中，皇帝在上都待半年左右时间，路途单程所用时间在20—25天之间，也就是说，皇帝的整个巡幸时间一般都在七八个月左右，时间相当长。而巡幸的随同人员，除了后妃、太子和蒙古诸王外，"则宰执大臣下至百司庶府，各以其职分官扈从"[③]。在各级官吏，尤其是文职官吏中，相当一部分都是诗文家，他们扈从皇帝北行，在亲身经历巡幸的整个过程中，他们目睹了巡幸规模之宏大，仪式之隆重，上都及沿途的山川风物之奇特迥异，所见所闻的一切，使敏感的诗人们情思涌发，他们挥翰染墨，倾注自己独特的感受，而这成为上京纪行诗写作的一个重要动因。

参加两都巡幸、写作上京纪行诗是元代诗人政治和文化生活的重要内容。《元诗选》《元诗选癸集》《元诗选补遗》中共收上京纪行诗497首，涉及50位诗人。但无论是诗人还是诗作，都有很大的增补余地。通过对部分诗人别集的梳理，以下诗人的诗作还有较大的增补余地。《元诗选》只选了袁桷的

[①] 杨镰，《全元诗》第21册，中华书局，2013年第1版，第18页。
[②] 杨镰，《全元诗》第34册，中华书局，2013年第1版，第335页。
[③] （元）黄溍，《文献集》卷七，《四部丛刊》本。

73 首上京纪行诗，但《清容居士集》中"开平四集"收上京纪行诗共 227 首（第一集 26 首；第二集 41 首；第三集 62 首；第四集 98 首[①]）；柳贯有"上京纪行诗"集，共收诗 32 首[②]，《元诗选》只选了 12 首；胡助《元诗选》收 11 首[③]，他的别集《纯白斋类稿》收 45 首（卷二 7 首，卷五 5 首，卷六 1 首，卷七 4 首，卷八 8 首，卷十四 20 首）[④]；迺贤《元诗选》收 27 首，别集《金台集》卷二收 32 首；周伯琦《元诗选》收 47 首，别集《近光集》收 81 首（卷一 60 首，卷二 21 首），另外他的《扈从集》中还收 34 首上京纪行诗，共计 115 首；杨允孚《元诗选》选了 100 首，《滦京杂咏》共有 108 首诗；张昱《元诗选》共选 46 首，《辇下曲一百二首》（录四十首）102 首[⑤]；《塞上谣八首》（录六）8 首，共计 110 首。

还有些诗人也有上京纪行诗，但《元诗选》未收录，主要有黄溍［《文献集》卷一收 18 首（上京道中杂诗 12 首，另散落的 6 首）］；白珽（《湛渊集》收 10 首，名为《续演雅十诗》）；陈旅［《安雅堂集》收 7 首（卷一 1 首，卷二 5 首，卷三 1 首）］；刘敏中（《中庵先生刘文简公文集》收 16 首）；王沂（《伊滨集》收 19 首，其中有 10 首组诗，名为《上京》）；郑潜（《樗庵类稿》收 7 首，其中 6 首为组诗，名为《上京行幸词》）；欧阳玄（《圭斋文集》收 10 首）；吴当（《学言稿》收 36 首）。

以上数字相加，上京纪行诗共 973 首，近千首，涉及诗人 58 位，当然，无论是诗人，还是诗作，仍然还有增补的空间。

写作上京纪行诗，是元代文人的"时髦"。他们写作上京纪行诗的本意，主要有两个方面。一是立意要保存一代文献史料，元代的两都巡幸，历时之长，规模之大，是其他朝代所无法比拟的，跟随着两都巡幸，亲眼所看，亲

---

① 据第四集袁桷自叙，第四集应该有 100 首上京纪行诗，但目前在他的文集中只发现了 98 首。
② 不包括 10 首《同杨仲礼和袁集贤上都诗》。
③《滦阳十咏》10 首，《龙门行》1 首。
④ 据胡助《上京纪行诗序》称，他曾有"上京纪行诗"一卷，共 50 首诗，但目前在他的文集中只发现了 45 首。
⑤ 当中有一小部分诗是写大都生活的。

耳所闻，亲身所经历的一切的一切，诗人都想把他们保存下来，"鄙近虽不足以上继风雅，然一代之典礼存焉。"①（《辇下曲》序）"若睹夫巨丽，虽不能形容其万一，而羁旅之思，鞍马之劳，山川之胜，风土之异，亦略见焉。"②（卷二十"上京纪行诗序"）二是除了"以诗存史"的意图之外，元人还试图通过上京纪行诗来抒写自己的情致，"诗言志"，上京纪行诗同样也有它"言志"的功能，来自四面八方的文人都加入了写作上京纪行诗的行列，他们抒发着自己不同的感受，发表着自己独特的看法，"窃为诗一二，以赋物写景，然抒吾怀之耿耿，而闵吾生之孑孑，情在其中矣"③（卷十八"题北还诸诗卷后"），"其关途览历之雄，宫簜物仪之盛，凡接之于前者，皆足以使人心动神竦，而吾情之所触，或亦肆口成咏，第而录之，总三十二首，噫，置婆家之子于通都，万货之区珍怪溢目，收揽一二而遗其千百，虽欲多取。悉致力何可得哉。（卷十六"上京纪行诗序"）"④

元代文人也注意到了上京纪行诗的价值，他们也从"存史"和"言志"这两个方面对上京纪行诗进行评价，对杨允孚的《滦京百咏》，元代郭钰曾有"茫茫天壤名长在，赖有滦京百咏诗。（卷三"哀杨和吉"）"⑤充分肯定了它的文献史料价值。揭傒斯对许有壬的《上京十咏》，曾这样认为："扈从上京，凡志有所不得施，言有所不得行，忧愁感愤，一寓之于酬倡。"⑥"旦夕南还，堕影万山，回视朝绅，浮沉异势，宁不重为耿耿。"⑦（附录永嘉薛汉的跋）

明清时期，学者们虽然不大看好上京纪行诗，认为它艺术价值不高，陶翰、陶玉禾说："袁伯长《开平三集》，杨允孚《滦京百咏》，及周伯温《扈从诗》，如欲征风景、考土物，记载颇详。然论诗法，则工拙互见。"⑧但却众口

---

① （元）张昱，《张光弼诗集》，《四部丛刊续编》本。
② （元）胡助，《纯白斋类稿》，《金华丛书》本。
③ （元）柳贯，《待制集》，文渊阁《四库全书》本。
④ （元）柳贯，《待制集》，文渊阁《四库全书》本。
⑤ （元）郭钰，《静思集》，文渊阁《四库全书》本。
⑥ （清）顾嗣立，《元诗选》，中华书局，1987年第1版，第790页。
⑦ （元）柳贯，《上京纪行诗》，民国十九年（1930年）北平故宫博物院图书馆影印本。

一词地肯定了它的史料价值。"其江山人物之形状，殊产异俗之瑰怪，朝廷礼乐之伟丽，与凡奇节诡行之可警世厉俗者，尤喜以咏歌记之，使人诵之，虽不出井里，恍然不自知其道，齐鲁历燕赵以出于阴山之阴，蹛林之北，身履而目击，真予所谓能言者乎。"又言："滦京杂咏百首，元杨允孚所赋，读之当时事宛然如见，亦可谓善赋者矣。（卷末：元明之际罗大已《滦京杂咏诗卷跋》）"①"凡山川道路之险，夷风云气候之变化，銮舆早晚之次舍，车服仪卫之严整，甲兵旗旄之雄壮，军旅号令之宣布，禡师振武之仪容，破敌纳降之威烈，随其所见，辄记而录之，且又时时作为歌诗，以述其所怀，虽音韵鄙陋，不足以拟诸古作，然因其言以即其事，亦足以见当时儒臣遭遇之盛者矣。""海内分裂而滦京不守，遂为煨烬，数十年来，元之故老殆尽，无有能道其事者，独予幸得亲至滦河之上，窃从畸人迁客谘访当日之遗事，犹获闻其一二，登高怀古，览故宫之消歇，睇河山之悠邈，以追忆一代之兴废，因以着之篇什，固有不胜其感叹者矣，因观先生所著而征以予之所见，敢略述其概以冠诸篇端然，则后之君子欲求有元两京之故实，与夫一代兴亡盛衰之故，尚于先生之言有征乎。"②（卷七"滦京百咏集序"）

明朝杨士奇《东里续集》卷十九"杨和吉诗集附萧德舆故宫遗录"里提到杨允孚的《滦京百咏》，也说："皆胜国遗事，可以资览阅备鉴戒。"《四库全书》在为陈孚的《陈刚中诗集》作提要时，提到他的上京纪行诗，也要读者注意它的史料价值："其上都纪行之作，与前二稿工力相敌，盖摹绘土风，最所留意矣。"同样，在为《可闲老人集》做提要时，说："辇下曲、宫中词诸作，不独咏古之工，且足备史乘所未载。"指出上京纪行诗可以裨补史书记载的不足。吴师道《礼部集》卷七甚至把上京纪行诗的这种"纪实性"和《史记》相提并论，"居庸北上一千里，供奉南归十二诗，纪实全依太史法，怀亲仍写使臣悲。"③

20世纪80年代以前，元诗研究不受重视，在中国诗歌史上，人们认为

---

① （元）杨允孚，《滦京杂咏》，《知不足斋丛书》本。
② （清）金幼孜，《金文靖集》，文渊阁《四库全书》本。
③ （元）吴师道，《礼部集》卷七，文渊阁《四库全书》本。

元诗不仅无法与唐诗相比较，甚至不如宋诗和明清诗，而在元代文学中，元曲的光环也淹没了元诗。在这种心理背景下，元诗研究一直很"萧条"，基本上没有元诗研究的专门著作。直到 20 世纪 70 年代末，在台湾才出现了包根弟的《元诗研究》。在这部元诗研究的专门著作中，第二章为"元诗之特色"，其中第四个特色为"多塞外景色及风物之描写"。书中写道："每当元帝北巡上都之时，大批文人学士皆扈从而往，是以沿途的塞外风光，上都的风土人情，遂尽入吟咏。如袁桷《清容居士集》中开平一至四集之诗、黄溍《金华黄先生集》'上京道中杂诗'、柳贯《柳待制文集》'上京纪行诗'、胡助《纯白斋类稿》'上京纪行'、周伯琦《扈从诗》、杨允孚《滦京杂咏》皆属于此类诗篇。此外，如柯九思、马祖常、虞集、迺贤、张养浩、张昱、杨瑀、陈刚中等人皆有上京纪行之作。诸诗描写塞外风土景物，或自然真切，或气势雄伟，不但在诗坛上特立一格，更兼有文献史料上的价值。"①

20 世纪末到 21 世纪初，元诗研究逐渐引起学者们的关注，越来越多的学人开始改变对元诗的看法。在这样的大环境下，上京纪行诗作为元诗中一个重要的部分，也开始受到前所未有的关注。叶新民的《元上都研究》"元人咏上都诗概述"认为："在元诗中，咏上都诗占有一定的比例。近年来，研究上都历史的论著大量引用咏上都诗作，它的史料价值越来越受到重视。但如何全面评价元人咏上都诗作，这些诗作的概貌，它的史料价值和艺术价值等问题，还没有专文进行讨论。笔者认为，咏上都诗独具特色，它不仅是研究上都历史的珍贵资料，同时对研究我国古代北方民族的历史、地理、政治、经济、文化、宗教、风俗等，也有重要的参考价值。"②这部书还分前后两期，对重要的上京纪行诗人及其纪行诗进行了简单的介绍。21 世纪初，杨镰出版了两部和元诗研究有关的专著，一部是《元诗史》，一部是《元代文学编年史》。在《元诗史》中，他把上京纪行诗作为元诗"同题集咏"的一个部分，认为它之所以在元代备受关注，是因为"它的不同于唐宋等朝的异族文化因素。"并进而指出："在元代，前往上京观礼、巡游，是'北方士人'也

---

① 包根弟，《元诗研究》，（台湾）幼狮文化事业公司，1987 年 1 月版。
② 杨镰，《元诗史》，人民文学出版社，2003 年第 1 版，第 233 页。

是全国人士的一大兴奋点,因为可以前往上京时,南北诗人对于大都以北的蒙古草原感到神秘陌生已经有三四个世纪之久。从五代时期契丹兴起,那就是中原人士的秘境绝域。元代开国,前往上京的古道就往返着一批又一批的官员,一帮又一帮的商队,一群又一群的游客,人们兴奋、疲倦、好奇,他们一次次、一轮轮,将感受写在诗册上。根据元诗文献,当年到上都观礼,也是江南士人的心向往之的一件大事。"①《元代文学编年史》则介绍、论述了一些有上京纪行诗集子的重要诗人及其上京纪行诗的集子,包括柳贯和它的《上京纪行》,胡助和他的《上京纪行诗》,黄溍和它的《上京道中杂诗》十二首,廼贤和他的《上京纪行》,杨允孚和他的《滦京百咏》及许有壬的《上京十咏》等。作者从整个元诗发展的高度,对这些上京诗人及上京纪行诗作进行了评述,其中许多论点都属首次,例如"胡助《上京纪行诗》50 首与黄溍《上京道中杂诗》十二首是中期上京纪行的典范之作。当时名流为胡助上京纪行之作题跋尽卷,使'上京纪行诗'这一题目,重新成为翰苑文人的关注点。《纯白斋类稿》(卷二十)有《上京纪行诗序》。这是上京纪行之作成熟定型并对社会产生比较广泛影响的标志。"② 21 世纪初,出现了专门论述上京纪行诗的单篇论文,《民族文学研究》2005 年第 2 期发表了李军的《论元代的上京纪行诗》,该文从上京纪行诗的产生、上京纪行诗的内容及文献价值、上京纪行诗的审美特征三个方面展开论述,充分肯定了上京纪行诗的独特价值,"这些作品不仅因其可裨补史实而具有重要的文献价值,而且在艺术上风格鲜明,气象雄浑,充分显示出元诗特有的异质因素,是元诗研究中一个尚待开发的领域"。③

研究上京纪行诗的意义主要有:

(一)具有重要的文献学价值

元代上京纪行诗描写内容非常丰富,首先涉及两都巡幸的各个方面,如行期、路程、随行人员、巡幸仪式等等,这些内容可以丰富、弥补史书中关

---

① 杨镰,《元诗史》,人民文学出版社,2003 年第 1 版,第 645 页。
② 杨镰,《元代文学编年史》,山西教育出版社,2005 年第 1 版,第 359 页。
③ 李军,《论元代的上京纪行诗》,《民族文学研究》,2005 年第 2 期,第 97 页。

于两都巡幸的记载，真正起到以诗证史的作用。

其次，上京纪行诗中有大量诗篇描写上都及沿途山川风物、习俗人情，本书前面介绍的两都巡幸四条道路中的各个驿站和纳钵，在上京纪行诗中基本上都有描写，这些对研究我国古代北方民族的历史、地理、政治、经济、文化、宗教、风俗等，也具有重要的参考价值。

上京纪行诗还可以裨补我国的动植物学史，对上京及沿途动物、植物的描写，是上京纪行诗的又一重要内容，如杨允孚的《滦京杂咏》，用诗加注的方式，介绍大量的北方物产，"紫菊花开香满衣，地椒生处乳羊肥，毡房纳实茶添火，有女褰裳拾粪归。（按，下面为注）紫菊花，惟滦京有之，名公多见题品，地椒草，牛羊食之，其肉香肥，纳实蒙古茶"，"海红不似花红好，杏子何如巴榄良，更说高丽生菜美，总输山后蘑菇香。（按，下面为注）海红、花红、巴榄，皆果名，高丽人以生菜裹饭食之，尖山产蘑菇。"其中许多动植物，只生长在北方草原地带，极为珍贵。"开平昔在绝塞之外，其动植物，如金莲、紫菊、地椒、白翎鸟、阿兰之属，皆居庸关以南所未有。（卷三：《赠潘子华序》）"① "金兰花叶绿如黛，紫菊花大如盂，色深叶娇润可爱，俱产上都。"② 还有一些动物，也是草原所特产的珍贵品种，例如黄羊、白翎雀等，"北陲异品是黄羊"（注：黄羊，北方所产，御膳用）③，黄羊肉味精美，特产于朔方山野中；陶宗仪《南村辍耕录》卷二十说："白翎雀生于乌桓朔漠之地，雌雄相和，自得其乐，世皇因命伶人硕德闾制曲以名之。"④

此外，芍药虽然产自南方，但移植到上都成活后，也因为特殊的气候和地理位置，变得有了药用价值，杨允孚在《滦京杂咏》里说上京草地上初生的芍药又甜又脆，吃了可以消食解酒，所以居住在上京的人都采着吃。"时雨

---

① （元）危素，《说学斋稿》，文渊阁《四库全书》本。
② （元）伍良臣，《上京》诗注，《永乐大典》卷七七零二。
③ （元）杨允孚，《滦京杂咏》，《知不足斋丛书》本。
④ （元）陶宗仪，《南村辍耕录》，中华书局，1959 年 2 月第 1 版，2004 年 4 月第 4 次印刷，第 248 页。

初肥芍药苗，脆甘味压酒肠消。注：草地芍药，初生软美，居人多采食之。"①另据黄溍《文献集》卷二记载："滦阳邢君隐于药市，制芍药芽代茗饮，号曰琼芽，先朝尝以进御云。"②可见移植到塞北的芍药，其芽被制成茶供朝廷御用，以至黄溍在诗中感慨地说"千载茶经有遗恨，吴侬元不过滦河。"③

上京纪行诗中关于古代北方草原地带所特有的动植物的记载，可以充实、弥补动植物学的记载，在动植物学领域同样具有重要的参考价值。

（二）元代诗歌的重要组成部分

在我国古代诗歌发展史上，上京纪行诗是元诗特有的，也是元诗研究的重要内容。元代的两都制在我国历史上并非特有，我国还有不少皇朝都实行过两都制或多都制，但元代的两都巡幸时间在我国历史上却是最长的，规模是最大的，所涉及的人数也是最多的，在文坛上，突出特点是大量的诗文作家参与巡幸，流传下来的这些诗人们的人量的上京纪行诗，成为元诗中特有的"景观"。笔者对《元诗选》《元诗选癸集》《元诗选补遗》进行了文献普查，共发现有上京纪行诗的诗人50人，诗作497首，其中《元诗选》初集上共7人116首诗；《元诗选》初集中8人78首诗；《元诗选》初集下5人198首诗；《元诗选》二集上4人38首诗；《元诗选》二集下3人4首；《元诗选》三集7人20首；《元诗选癸集》共12人19首；《元诗选补遗》4人24首。当然，《元诗选》只是元诗的一个选本，并不是元诗的全部，也就是说，我们从当作普查出来的上京纪行诗，并非全部上京纪行诗，还有相当部分上京纪行诗存在，比如杨允孚《滦京杂咏》共有108首诗，而《元诗选》选了100首；袁桷"开平四集"共有诗227首，但《元诗选》只选了73首；柳贯上京纪行诗32首，《元诗选》选12首，等等等等，但《元诗选》却给出了一个上京纪行诗的底线数字，即元代上京纪行诗流传下来的至少有近500首。诗人也有很大的扩充余地，除了《元诗选》统计的50位诗人，以下这些诗人也写过上京纪行诗：刘敏中、白珽、黄溍、陈旅、王沂、郑潜、伍

---

① （元）杨允孚，《滦京杂咏》，《知不足斋丛书》本。
② （元）黄溍，《文献集》卷二，《四部丛刊》本。
③ （元）黄溍，《文献集》卷二，《四部丛刊》本。

良臣、李孝光、李存等。写作群体和作品数量的众多，使上京纪行诗成为元诗坛显赫的一部分。

除了数目之多外，元代上京纪行诗人的面也非常广。在元朝写作上京纪行诗的，除了汉人之外，还有相当数量的蒙古、色目和南人，涉及四个等级的人群。廼贤、萨都剌、马祖常、耶律铸等知名少数民族作家的加盟，使上京纪行诗显得丰富而多彩，另外还有许多作家世代居住在南方，他们的足迹第一次踏上山高峰峻的北方，北方山川之胜，风土之异，使他们心中充满了新奇和诧异，在他们的笔下，上都纪行之作多了几分神秘和诡异。从宗教来看，写过上京纪行诗的，有佛教人士，也有道教人士，如刘秉忠、马臻、薛玄曦等。更为独特的是，一些外国人士，当时因各种原因参加了两都巡幸，他们也用自己的笔记录下了这一历史镜头，以及自己作为一个外国人独特的观感，比如安南（今越南）国王陈益稷，安南国王的侄儿陈秀峻，都写过上都纪行诗。写作群体的广泛是元代上京纪行诗的特点，也使上京纪行诗别具风味。

（三）具有较强的人文应用前景

上都纪行诗主要描写了上都及沿途的山川风物、人情风俗等，涉及现在的北京市（主要是昌平和延庆）、河北的张家口和内蒙古的锡林郭勒盟地区，而这些地区现在都在大力宣传自己，宣传自己的特色产品，同时也在积极发展旅游业，元代的上都纪行诗无疑是好的宣传品。

总之，上京纪行诗在整个中国诗歌史上具有重要的地位，在元代诗歌中也具有独一无二的特色。关注并研究元代的上京纪行诗，具有重要的理论和实践意义。

第三节　上京纪行诗的文献价值

在中国古代诗歌发展史上，上京纪行诗是元代诗歌特有的现象，具有很强的民族特色和时代意义。从文献学角度来看，这些诗歌具有重要的史料价值；可以裨补我国的动植物学史；在宗教研究史上，它也具有不可替代的重要参考价值。

一、具有重要的史料价值

补史之阙，以诗证史，这是上京纪行诗最重要的文献价值。在元代上京纪行诗中，保存了大量的史料，这些史料往往不见于史书，或者虽见于史书但记载较简略。在这方面最突出的就是关于两都巡幸的史料。元代的两都巡幸是中国历史上最富有时代和民族特征的重大社会活动。其历时之长，规模之大，涉及的人数之多，社会影响之广，可谓空前绝后。这样重大的社会活动，史书中有记载，但普遍记载不详。如元文宗至顺二年（1331年）的两都巡幸，《元史》中这样记载："（五月）丙申，大驾幸上都。"① 记载非常简略，无更多的记录。而黄溍的上京纪行诗，记载要翔实得多。至顺二年，黄溍扈从大驾至上都。此间创作了一组组诗，命名为《上京道中杂诗》。该组诗用十二首诗歌记录了他沿途路过刘蕡祠堂、居庸关、榆林、枪杆岭、李老谷、赤城、龙门、独石、担子洼和李陵台的情形。纪实性很强，完全可以丰富和裨补《元史》中记载的不足。

元顺帝至正十二年（1352年）的两都巡幸，《元史》中载："是月（四月），大驾时巡上都。"② 而上京纪行诗，却对两都巡幸的各个方面，都做了详细的描写，涉及两都巡幸的行期、路程、巡幸仪式、随行人员等。比较典型的是江西鄱阳人周伯琦的《扈从诗》，用诗歌的形式把此次巡幸的整个过程完完整整、详详细细地描写了出来。

《扈从诗》一卷全部是上京纪行诗，共存诗34首，其中从大都前往上都途中24首，从上都回来途中10首。集中有作者所作的前后诗序。

至正十二年壬辰，周伯琦由翰林直学士兵部侍郎拜监察御史。这是一次非同寻常的升职。元代把人分为四等，地位低下的南人一直没有机会充任监察御史之职。而作为南人的周伯琦，今年终于破例被提拔为监察御史，并随从皇帝清暑滦阳。在清暑上都时，绝大部分文职官员只能走驿路。① 而升职为监察御史，根据规定，就可以跟随皇室成员走黑谷辇路了。这是一条禁路，

---

① （明）宋濂，《元史》（第15册），中华书局，1976年第1版，第785页。
② （明）宋濂，《元史》（第15册），中华书局，1976年第1版，第899页。

每年只供皇室和部分近臣行走。

升职为监察御史的周伯琦,兴奋而好奇,他把这次行程通过诗歌的形式完完整整地记载了下来。为了尽可能多地保存史料,他"所至赋诗,以纪风物。"①(前序)目的就是通过考记风土,"一以赞规摹之大,一以彰声教之隆"②(贾祥麟跋),"不惟使观者得以扩闻见,抑以志吾生之多幸也欤!"③(后序)

在《扈从诗》的前序,周伯琦详细介绍了扈从的时间,所经过的地方,该地的地况地貌,气候环境,特殊物产,居民群落,风俗习惯等等。更难能可贵的是,关于两都之间的道路,无论是正史还是野史笔记,都没有很详细的记载。而周伯琦在诗序中,却非常详细地介绍了两京间道路的情况。"大抵两都相望,不满千里,往来者有四道焉:曰驿路,曰中路,二曰西路,东路二者,一由黑谷,一由古北口,古北口路,东道御史按行处也。予往年职馆阁,虽屡分署上京,但由驿路而已,黑谷辇路未之前行也。因忝法曹,肃清毂下,遂得乘驿,行所未行,见所未见。每岁扈从,皆国族、大臣,及环卫有执事者。若文臣,仕至白首,或终身不能至其地也,实为旷遇。"④(前序)四条道路的分工,记载颇为清楚。因为此行走的是黑谷辇路,所以对该路段的记载更为翔实,何日到何地,所用时间,都有明确纪录。"历巴纳,凡十有八,为里七百五十有奇,为日二十四(前序)"⑤,此行共经过十八个巴纳⑥,行走里程为七百五十有余,历时二十四天。这是在目前所发现的元人文献当中,关于两京间道路,尤其是皇帝亲自行经的黑谷辇路最翔实、最完整的记载。这是最珍贵的原始史料,对于研究两京间的道路具有极其重要的文献史料价值。

与诗序相互佐证的是诗歌。《扈从诗》前24首详细地叙述了前往上都的

---

① (元)周伯琦,《扈从诗》,文渊阁《四库全书》本。
② (元)周伯琦,《扈从诗》,文渊阁《四库全书》本。
③ (元)周伯琦,《扈从诗》,文渊阁《四库全书》本。
④ (元)周伯琦,《扈从诗》,文渊阁《四库全书》本。
⑤ (元)周伯琦,《扈从诗》,文渊阁《四库全书》本。
⑥ 巴纳:即皇帝出行时的宿顿之地。

行程。首诗明确说明，此组诗为写扈从巡幸滦京之作，而且出发点是"随步窥形胜，周咨记里程。"①（《上京纪行》）接下来，组诗分别描写了行经昌平、居庸关、缙云山、十八盘岭、龙门、沙岭、牛群头、察罕诺尔、明安驿、李陵台、桓州、南坡等地的情况。

元廷北巡上都，东出西还。秋天来临之际，皇室一行即从西道返回大都。《扈从诗》的后诗序即详细地记载了周伯琦陪同皇室从上都出发，返回大都所经过西道的情况，西道一千零九十五里，途经二十四个巴纳。何日出发，行程多长时间到何地，都记载得清清楚楚。

与后序相互补充的是十首组诗，描写的地点主要有辉图诺尔、鸳鸯泺、兴和郡、野狐岭、顺宁府、坳儿岭、浑河上源、鸡鸣山、雷家驿、怀来县、榆林驿、居庸关、龙虎台、大口……这些都是西路上途经的主要之地。

周伯琦的上京纪行诗，在很大程度上丰富、裨补了史书记载的不足，做到了以诗存史，诗史互证。正像《四库全书总目提要》所评论的那样："《近光集》中述朝廷典制，为多可以备掌故；《扈从诗》中记边塞闻见为详，可以考风土。而伯琦文章渊雅，亦足以摹写而叙述之，溯元季之遗闻者，此二集与杨允孚《滦京百咏》，亦略具其梗概矣。"又"《扈从诗》则至正十二年壬辰，由翰林直学士兵部侍郎拜监察御史，扈从上京之作也。读其诗者，想见一时遇合之盛，而朝廷掌故、边塞风土记载详明，尤足以资考证焉。"②

上京纪行诗的史料价值，与元代诗人创作上京纪行诗的动机关系密切。在元世祖一统天下之前，南方和北方已经隔绝了很长时间，白沟以北即天涯，大都以北的蒙古草原，对于中原和江南人士已经神秘陌生了三四个世纪。元代统一后，借着两都巡幸，中原人士终于可以走出居庸关，走进蒙古草原的腹心地带了。初次踏上这塞外之地，北方山川之胜，风土之异，他们心中充满了新奇和诧异。情思涌动的文人怎么能不染翰挥墨呢？他们创作上京诗的立意就是要保存一代文献史料，就是要把以前根本无法看到的塞外山川风物记录下来给大家看，"若睹夫巨丽，虽不能形容其万一，而羁旅之思，鞍马之

---

① （元）周伯琦，《扈从诗》，文渊阁《四库全书》本。
② 文渊阁《四库全书》卷前提要。

劳，山川之胜，风土之异，亦略见焉。"①（卷二十"上京纪行诗序"）

诗人在创作上京纪行诗时，以诗存史的创作目的，纪实的创作手法，使元代上京纪行诗的史料价值倍增。它的文献史料价值一方面体现在它为史书的相关记载提供佐证，即以诗证史，另一方面也体现在它对史料的充实和细化方面。关于两都巡幸的记载，史书上都是提纲挈领地客观叙述，而文人的上京诗，却多从生动的细节出发，给人的印象更具体、更感性、更深刻。正因为这样，元史学家在论述有关上京的问题时，总喜欢大量地引用上京纪行诗。

二、可以裨补我国的动植物学史

对上京及沿途动物、植物的描写，是上京纪行诗的又一重要内容。如杨允孚的《滦京杂咏》，这首诗中所描写的许多动植物，只生长在北方草原地带，极为珍贵。上京纪行诗中所描写的一些动物，也是草原所特产的珍贵品种，例如黄羊、白翎雀等，"北陲异品是黄羊，"（注：黄羊，北方所产，御膳用。）② 黄羊肉味精美，特产于朔方山野中。元人上京诗中很喜欢歌咏白翎雀，如廼贤《塞上曲·乌桓城下雨初晴》："最爱多情白翎雀，一双飞近马边鸣。"王士熙《上京次李学士韵四首》："双双紫燕自寻垒，小小白翎能念诗。"

塞北的老百姓，家家户户采芍药芽晒着代茶饮用，"山后天寒不识花，家家高晒芍药芽。"③（次韵继学途中竹枝词六）南方之士不知芍药芽的这一功用，所有才会有"南客初来未谙俗，下马入门犹索茶。"④（次韵继学途中竹枝词六）

三、在宗教研究史上，元代的上京纪行诗也具有不可替代的重要参考价值

元朝统治者对各种宗教兼容并蓄，原则上都采取保护的态度。但对佛教和道教，扶持力度则更为大一些。尤其是对佛教，更为偏爱一些。这在元代

---

① （元）胡助，《纯白斋类稿》，《金华丛书》本。
② （元）杨允孚，《滦京杂咏》，《知不足斋丛书》本。
③ （元）袁桷，《清容居士集》，《四部丛刊》本。
④ （元）袁桷，《清容居士集》，《四部丛刊》本。

诗人的上京诗歌里有记载。萨都剌诗曰："院院翻经有咒僧，垂帘白昼点酥灯。（卷六《上京杂咏》）"[①]道出了当时上都佛事活动的兴盛，是上都僧侣生活的真实写照。

华严寺是上都地区最重要的佛教寺院，也是政客和文人活动的场所。在文人的诗篇中，华严寺的雄伟壮观是一个描写重点。多次扈从皇帝到上都的元代著名文人袁桷在《华严寺》诗中写道：

宝构荧煌接帝青，行营列峙火晶荧。运斤巧斗攒千柱，相柞歌长筑万钉。云拥殿心团宝盖，风翻檐角响金铃。隃知帝力超前古，侧布端能动地灵。

华严寺中宫殿林立，巍峨高耸；殿中灯火通明，金碧辉煌。微风吹来，屋檐上的金铃发出悦耳的响声，与殿中念经诵佛的声音相鸣相和，声声敲进了香客的心田。在该诗的"相柞歌长筑万钉"一句下，作者注曰："殿基水泉涌沸，以木钉万枚筑之，其费巨万。"[②]可见，华严寺的建造花费巨大，并由此可知因皇城东北部地势低洼，建寺时泉水涌沸，所以在地基之上打入成排的木桩，才使其基础稳固。上都华严寺，元末在红巾军的一把大火中化为瓦砾之地，但通过上京纪行诗，华严寺的寺院布置，宫殿建构，又复原到了后人的脑海中。

元代统治者对道教也很重视，在大都和上都均设有崇真宫作为道士活动的场所。上都崇真宫是上都地区最重要的一座道观，这里有长年常住的道士。扈从到上都的文人，经常来崇真观居住或访友，因而这里的道士们与文人学士过从甚密。这在元代文人的上京纪行诗里有大量的记载。

崇真观道士中，玄教第二代掌教吴全节及其弟子薛玄曦都以善文知名。他们喜欢与当时文人学士交游，尤其是吴全节，和元代许多文人都有密切的来往，培养了深厚的感情。

吴全节是江西人，在元代，他是一个活跃的道教领袖，能诗善文。他主事崇真宫时，是崇真宫里文学活动最繁盛的时期。其时，扈从朝廷到上都的上层馆阁文人们，非常喜欢到上都崇真宫参加那里的文学活动。吴全节和虞

---

① （元）萨都剌著，殷孟伦、朱广祈点校，《雁门集》，上海古籍出版社，1982年第1版。
② （元）袁桷，《清容居士集》，《四部丛刊》本。

集、袁桷为挚友，酬唱的诗作也最多，最引人注目。虞集是大都文坛的泰斗级人物，自大德年间出任大都路儒学教授之后，他基本上每年都要扈从朝廷到上都。而每次来上都，他都忘不了来崇真宫。他和吴全节是江西老乡，又是挚友，二人情投意合，感情甚好。出于对吴宗师深厚的情谊，虞集常常为吴宗师作诗，致使今天道园集中保存了大量与崇真宫有关的上京诗。

除了虞集，吴宗师与袁桷的关系也非常密切。袁桷也是元代文坛的大腕级人物，他的《开平四集》记载了延祐、至治年间他扈跸朝廷到上都的经历，当中有大量的诗歌记载了上都崇真观，以及他和吴全节宗师酬唱赠诗的情况。袁桷有《端午谢吴闲闲惠酒》诗：

客里端阳景物殊，待晨分酿出偏壶。松间尚积千年雪，涧底难寻九节蒲。霏玉论陈医国艾，研朱手写辟兵符。侍臣陛觉蓬莱近，簇簇宫花遍蕊珠。

袁桷等朝廷官员扈从上都，端午节刚刚安顿住下，他的好友闲闲真人吴全节就送来了好酒给他接风洗尘，这使远离家乡的袁桷感觉非常温暖，于是作了上面的诗歌以示谢意。除了虞集和袁桷，元代文坛的许多知名人物都和吴宗师有诗文唱和。他们把崇真观作为活动的场所，雅相友善，诗文唱和，使文人和道士的双向互动形成了潮流。

在上都，崇真观是文人和道士诗文活动的重要文化场所。有了道士的崇真宫，有了文人雅集的崇真观，充满了生机。但据袁桷说："至治二年三月甲戌，……舍于崇真宫，有旨，道士免扈从，宫中阒无人声，车驾五月中旬始至，书诏简绝，仅为祝文十三道（已入内制），悲愉感发一寓于诗，而同院亦寡倡和，率意为题，得一百篇。"[①] 可见，英宗时期，曾经免除道士扈从，崇真宫没有了喜文的道士，冷清而孤寂。文人作诗也失去了以前的热情，诗作中透着冷寂，如袁桷的《崇真宫阒无一人经宗师丹房惟蒲苗杨柳感旧有作》：

双斛青蒲苗，中庭绿杨枝。门锁碧窗寂，徘徊心不怡。辛勤四十载，逢辰构崇基。寒日淡无华，朔风助之悲。想此鸾鹤侣，长啸悟成亏。往昔玉局翁，言罢白云随。怀贤感凤昔，悼念成涕洟。夜梦忽邂逅，掀髯歌紫芝。

---

① （元）袁桷，《清容居士集》，《四部丛刊》本。

青蒲苗，绿杨枝，依然一年一度地发芽生长，但道观主人出入、迎客的门却上了锁，门锁蛛丝，四周一片寂静。自己独自徘徊在这孤寂的院子里，想到曾经住在这里的道士朋友们，"悼念成涕洟"。愁思欲绝，昔日的朋友，只有在梦中邂逅了。关于英宗免除道士扈从的原因，虞集的一篇文章可以提供一点线索。虞集在《河图仙坛之碑》中言："道家醮设之事，是其职掌，故于科教之方，无所遗阙。香火之费，无所简吝，然而朝廷耗费过重，则每曰事天以实不以文，弭灾在于修德，而祷祈特其一事尔。"① 可能每年的道观斋醮活动，耗费很大，以致朝廷难以承受。为了减轻此项负担，曾一度免除道士扈从。当然，作为道士活动场所，文人荟萃，热闹快乐的上都崇真宫，也就失去了生气。

通过元人描写崇真观的上京纪行诗，可以清楚地看到崇真观从鼎盛到破败的轨迹，也能了解到元代上都道观当中的文化活动，这为研究上都地区的道教发展提供了重要的资料，因而具有重要的参考价值。

上京纪行诗作为元诗中一类独特的诗歌，它的文献价值最主要的是以上所论的四种。除此之外，它对于研究我国古代北方民族的地理、政治、经济、文化等等，也具有不可替代的重要价值。

---

① 李修生，《全元文》（第 27 册），凤凰出版社，2005 年第 1 版，第 201 页。

第六章　上京纪行诗与冀西北文化产业化

上京纪行诗主要描写了上都沿途的山川风物、人情风俗等，有大量内容涉及现在河北省西北部的张家口地区，通过对元代两都巡幸和上京纪行诗的研究，可以宣传张家口的特色产品和历史文化，为张家口的文化产业提供理论支撑和实践指导。通过元代的两都巡幸和上京纪行诗的研究，可以弘扬河北西北部地区历史和文化，为该地区制定文化政策提供理论参考。

第一节　加大宣传的针对性

元代的两都巡幸在中国历史中可谓"唯我独有"，冀西北地区在这个历史环节中发挥的作用也可谓"唯我独有"。当今，元代的两都巡幸及该过程所诞生的独有的上京纪行诗，是冀西北文化产业链条上的重要一环。近年来，张家口市虽然加大了对传统历史文化的挖掘，对文化产业的开发也取得了一系列的成就。但是，目前对张家口历史文化产业的开发，很少涉及元代。而张家口地区在元代，又恰恰是一个辉煌的时期。本书前半部分对元代两都巡幸，已经做了非常翔实的介绍。那么，当前应该如何开发这一时期独特的文化资源呢？建议如下：

张家口在元代的重要位置不仅指地理位置，还指历史位置和文化位置以及时人的心理位置。在元代，张家口地区不仅是"京畿之地"，而且是全国最重要的皇家官道，沟通着大都和上都这两座首都。当时，张家口地区建有大量的驿站，承担着繁重的运载任务。张家口地区和首都一样，是当时民众心向往之的圣地。对于这段"光荣"的历史，好多张家口人自己并不知晓，张家口地区之外的人更是不甚了解。所以，要弘扬张家口独特的历史文化，首先就要大力宣传这段时期的历史和文化，揭开元代张家口地区的面纱，从而增强张家口人民的学习热情和热爱家乡的使命感、责任感，更多地了解自己城市的悠久历史文化，进而让全国人民都了解这段历史。

在宣传张家口地区元代的历史和文化时，要本着"横向拓宽"和"综向联合"的原则。所谓"横向拓宽"，就是要从政治、历史、文化、文学、地理、风俗、宗教等各个方面进行挖掘和宣传。从政治角度看，两都巡幸制是元代的重要国策，作为两都巡幸过程中的一个重要环节，张家口地区的地位自不用说，一直受到官方的高度重视。从历史文化和地理位置来看，元代是中国历史上第一个由少数民族贵族所建立的全国性统一政权。少数民族执政给这个朝代带来了许多异质特征。其中最突出的就是各民族的大同居、大融合，在冀西北，蒙古、回族、汉族等各民族互帮互助、求同存异、共同发展。更为独特的是，张家口地区因为是草原地带和农耕地带的过渡区，在民族融合的过程中，草原文明和农耕文明在这里大交流、大融汇。有学者把人类文明概括为农耕文化、草原文化和海洋文化，认为中国的历史其实就是一部三种文明的融汇史，就是由草原向中原，由中原向江南，由江南向沿海，由沿海向海外的迁徙史。张家口地区地处两个文明带的过渡段，是由草原向中原迁徙史上的一个重要链条，是两种文明融合的一个窗口。了解张家口的元代历史和文化，就是了解草原文明和农耕文明的衔接和融合的过程，它为文化史和文明史的研究提供了鲜活的标本。从文学角度来看，因为张家口地区在元代特殊的地理位置，所以因各种原因途经、观光张家口地区的人士，写下了大量的描写、歌颂张家口的诗文。这些文章，从各个角度，对张家口做了真实而全面地记载，通过这些文章，可以以诗证史、以文证史，真实地再现历史。从风俗和宗教等角度来看，张家口地区也是一个各种风俗和各种宗教碰撞和融合的地带。元代的各个少数民族都非常活跃，尤其是北方和西北地区的各个少数民族。根据各个民族归附蒙古族的时间的先后，元代把人分为蒙古、色目、汉人和南人四种人，四种人在张家口都有居民。除了儒家外，元代的四大宗教为佛教、道教、伊斯兰教（元代叫作答失蛮）和基督教（元代叫作也里可温）。而四大宗教在张家口地区都非常地活跃。比如道教，尽管在元代有两次佛道辩论，均因道家的败北而告终。但是，张家口地区却是道家的圣地。比如赤城的金阁山（当地人又称为观山），就是著名道教宗师丘处机的四传弟子祁志诚的修炼之所。当时，好多过往行人在途经张家口时，都会到金阁山拜谒，所以元代的金阁山香火应该是特别旺盛的，其特殊的道教文化在此地应该是非常发达的。

地域的特殊性、人员的流动性，使得张家口地区成为各个民族、各种宗教的杂居地。这些独具特色的方面，都应该作为重点内容深入地挖掘和大力地宣传。只有对家乡的历史文化有所了解和认同，才有可能对家乡付出更多努力和热情。广播、电视、网络、报刊等是普及性最广的大众化宣传媒体，在使用这些媒体时，应该做到雅俗共赏，尤其是要考虑到大多数受众的兴趣爱好，可以制作成类似《百家讲谈》式的节目，也可以通过讲故事或故事片的形式来宣传，以史料、史事为基础，以年代和具体人物为主线，采用小说化的笔法，让大众在娱乐中接受历史。

第二节　复原失传的元代驿道

自古以来，驿道即商道，商道即兵道。从大都到上都的驿道，共有四条，其中除了一条从北古口出发经过现在的承德之外（这条道只有军队和监察官员在遇到紧急情况时才能通过，平常任何人不得由这条路通过，所以是一条禁道），其他三条驿道在元人的文献中被称为东路、驿路、西路，这三条常用的驿道均经过张家口地区。经过张家口地区的这三条驿道，是两都之间最重要的驿道。

元代的普通人来往两都之间，一般走的是驿路，此道全长大约 800 多里，经过张家口的主要地区有土木（统幕）、桑干岭（枪杆岭）、龙门、雕鹗（雕窝）、赤城、云州、独石口等。

元代皇帝所带领的官方人员两都巡幸时，大多"东出西还"，即由东道赴上都，然后从西道返回大都。东道总长 750 余里，为皇帝赴上都专用道路。因为是皇帝专用，所以驿站被尊称为纳钵，在张家口设立的纳钵主要有赤城东万口（程子头）、颉家营、沽源的沙岭等。元朝皇帝从上都返回大都走的是西道，西道全长 1095 里，在张家口地区设置的纳钵主要有张北（兴和路）、野狐岭、得胜口（洗马林旁）、沙岭子、宣化（宣德府）、鸡鸣山、统幕店（土木）、怀来县、妫河等。

为了便于来往的官员和行人，每个驿站都是集吃住行于一体，为客人提供各种方便。除了饮食起居，驿站都备有规定数量的马、车、驴、牛等等。当时好多达官贵人，利用官府所提供的这些资源，吃喝玩乐，尽情享受。比如赤城站驿，附近有温泉，据说此温泉水可以美容祛病，所以很多公主驸马、宗师亲王都故意在赤城站久留，享用温泉的泉水。王公大臣也多仿效。这样无形中增加了驿站的压力。所以后来政府多次下令，不允许在站驿超时居住。在复原驿路时，可以根据当时的情形提供行人各种便利，可以相应地利用驿站周边的资源，形成一个集驿站、山、寺、宗教、田园、养生、民俗等多元文化于一体、历史文化积淀丰厚的旅游景区，使游客在接受历史文化熏陶的同时，体味旅游的快乐。

当然，在复原驿站时，也要考虑驿站的系统性和完整性。在两都巡幸的各条道路中，有部分驿站属于张家口地区，还有一部分属于北京和内蒙古。所以需要和这些地区进行合作，共同开发历史资源和旅游资源，恢复元代驿站的生动面貌，吸引大量的游客光顾张家口地区，提升旅游文化品位，从而弘扬张家口的历史文化，提升张家口的知名度，带动张家口的经济发展。

第三节 组织重走元代皇家国道

河北省的西北部为张家口市，毗邻内蒙古草原，有着极其深厚的文化根基。早在元代时期，这里就已经是全国人民心向往之的秘域绝境。

从大都到上都巡幸，共有四条道路：古北口东路、辇路、驿路和西道。其中古北口东路因为是专供军队和专使的军事通道，所以元人文献中记载很少。而其他三条道路，在元人的上京纪行诗中，都有大量的记载，而这三条道路，都必须经过现在的张家口地区，为此，元代特意在张家口地区设置了大量的驿站。主要有怀来驿、雕鹗驿、赤城驿、云州驿、独石口驿，此外，还在野狐岭、沙岭子、宣德（今宣化）、鸡鸣山等地设置了纳钵（即专供皇帝住宿的地方）。两都巡幸，主要波及张家口的怀来县、赤城县、沽源县、张北县、宣化区、万全区等。

巡幸队伍少的时候几千人，多的时候几万人。在扈跸的队伍中，有相当一部分是文职官员。这些人在来往两都时期，一路走，一路写诗，创作了大量的上京纪行诗。在元人的上京纪行诗中，有相当多的诗篇是写张家口地区的，包括张家口的山川风貌、气候环境、民间习俗、居民活动以及张家口地区独特的动物和植物。其中许多动植物，只见于北方草原地带，极为珍贵。

历史无法还原、无法复制，但历史可以保鲜，可以通过寻找和探索而焕发出勃勃生机，爆发出鲜活的生命力。元代的皇家国道，可以在重走和探索中复兴，在重走者和媒体的了解和品味中，形成独特的文化景观。

在重走过程中，可以借复原几个"点"来拉动张家口经济的发展。张家口市政府正在规划建造葡萄（酒）品游大区，重点推进怀来容辰葡萄酒文化产业园、盛唐葡萄庄园等20多个项目。2020年，科技部批准在怀来县建设河北张家口国家农业科技园区的核心区和示范区，该区以葡萄产业为主导，园区辐射带动市6区10县和周边的保定、承德、秦皇岛以及北京延庆等地。园区自建设以来，充分发挥科技创新和体制机制创新双轮驱动的作用，全力推动葡萄产业高质量发展。目前，核心区建成长城、桑干等39家葡萄酒加工企业，葡萄酒年生产能力达15万吨，葡萄酒年产销量达5万吨，先后打造了"长城""桑干"等27个品牌，500多款葡萄酒产品。

张家口市政府要推进怀来的葡萄酒产业园区，应该首先让消费者了解和认识怀来的葡萄酒，尤其是认识怀来的葡萄酒的独特性。特色即优势，如果消费者都知道怀来的葡萄酒不仅葡萄好，而且是用在元代就被皇家首肯的甘泉酿造出来的，那么做大做强葡萄酒产业园区是必然的结果。所以，政府可以利用重走皇家国道，加大对怀来葡萄酒独特品质的推介。国内外知名的葡萄酒及其产业园区不少，张家口的葡萄酒如何能发挥独特的吸引力呢？其实，张家口的葡萄酒独特的优势，就在于怀来的水质好，最适合酿造葡萄酒。关于怀来水质，元人的文献里有不少记载。王恽的《秋涧先生大全集》卷八十记载："是夜宿怀来县，南距北口五十三里，县东南里许有酿泉，井水作淡鹅黄色，其曰玉液，即此出也，官为置务岁供御醪焉。"①又《畿辅通志》卷五十四载："团焦亭，在怀来县狼山井上。元巡游驻跸，以地高难汲。至正初，出官帑，穿井二百尺，得泉甘冽。覆以团焦亭，为费巨万。元范文记。今井湮亭废。"②确实，怀来的水质很好，井水和泉水呈淡鹅黄色，喝起来又甜又清冽，被时人誉为"玉液"。用这种泉水酿出来的酒，口感好，而且祛病养身，因而成为宫廷专供。途经怀来的客人，也必定到这里的酒馆品尝当地的特产玉液酒，这刺激了怀来酒业的发达，大大小小的酒馆应运而生。

每年盛夏，张家口的青山绿水及凉爽的气候都会吸引全国各地的游客。在张家口众多的旅游景点中，赤城是一个极具旅游吸引力的地方。赤城的温泉、红色根据地大海陀、云州水库都是游客喜欢的地方。从县城往北十里之处，是金阁山（当地人习惯叫观山）。近几年，金阁山也逐渐引起了人们的关注，2010年底，国内贺岁片《金阁山传奇》使得金阁山名声大噪。但目前对金阁山的关注，焦点多是在它的地理环境魅力，而对它的历史文化魅力关注度不够，使得这座浑身充满着历史文化魅力的景观没有得到应有的重视。金阁山是自然和人文景观有机结合在一起的一个地方，元代道教大师洞明真人祁志诚当年选择这个地方作为修炼之地，就是看中了它的"峰峦秀峙，清泉茂树"。自洞明真人定居在金阁山后，金阁山的香火日渐兴盛。元代的达官贵族、文人墨客非常喜欢来金阁山，或焚香拜祭，或谈文论道，使得这里形成了独特的文化景观。目前，要发挥金阁山的旅游魅力，可以在重走皇家国道的过程中，对金阁山的历史文化进行宣讲，让受众了解、热爱金阁山的文化，以文化的传承带动旅游的兴盛。

在重走皇家国道时，赤城独石口镇的"独石"也是一个关注点。元代人经过独石口时，都要专程探看这块独一无二的石头。关于独石，他们挥翰染墨，诗文唱和，使得这块不平凡的石头增加了很多文化气息。这块石头的来

---

① （元）王恽，《秋涧先生大全集》卷八十，《元人文集珍本丛刊》，第2册，第368页。
② 《畿辅通志》卷五十四，文渊阁《四库全书》本，第505册，第263页。

源，元人做过很多遐想，认为是女娲补石遗漏。从科学的角度考虑，这块石头极有可能是天上的陨石，极有可能具有很高的科考和研究价值。重走活动可以专门安排一次"独石"的观摩和研讨活动，以引起科学家的关注和研究。

幽燕塞外，有很多独有的奇花异草、珍禽异兽，金莲、紫菊、地椒、野韭、沙葱、白翎雀、海东青、天鹅、黄羊、黄鼠都是冀西北地区所独有的动植物。可以借着重走元代皇家国道，结合这些动植物在元代所引起的高度关注，进行宣传，增强其独具特色的旅游吸引力。

张家口地区古时虽属于苦寒地区，但物华天宝，人杰地灵，历史底蕴深厚。通过对元代两都巡幸的研究可充分证明这一结论。自改革开放以来，张家口市政府一直比较关注张家口的文化产业发展，尤其是近几年，在市委、市政府的正确领导下，在各级各部门的高度重视下，张家口的文化产业发展迅猛，成果卓著。在发展文化产业的同时，对张家口历史文化的挖掘也加大了力度，但相比来说，对张家口在元代的辉煌重视不够，没有充分挖掘出该时期的历史文化资源。本书研究成果可以弥补这一不足，使张家口的文化产业更加系统化，富有连续性。

附　　录

附录一　元代上京纪行编年表

皇帝	年号	巡幸时间	随行诗人	备注
	中统二年辛酉（1261）		王恽	
	中统三年壬戌（1262）			
	中统四年癸亥（1263）	二月甲子（十三日）—八月壬申（二十五日）		
	至元元年甲子（1264）	二月癸酉（二十八日）—九月辛巳（十日）		
	至元二年乙丑（1265）	二月丁巳（十七日）—八月戊子（二十三日）		
	至元三年丙寅（1266）	二月癸未（十九日）—九月戊午（二十九日）		
	至元四年丁卯（1267）	二月丁亥（二十九日）—九月癸丑（二十九日）		
	至元五年戊辰（1268）	？—九月乙丑（十七日）		
	至元六年己巳（1269）	？—九月辛未（二十八日）		
	至元七年庚午（1270）	三月甲寅（十五日）—十月己丑（二十二日）		
	至元八年辛未（1271）	三月甲申（二十一日）—八月壬子（二十一日）		
	至元九年壬申（1272）	二月戊申（十九日）—八月乙巳（二十一日）		
	至元十年癸酉（1273）	三月癸酉（二十日）—九月丙午（二十七日）		

(续表)

皇帝	年号	巡幸时间	随行诗人	备注
	至元十一年甲戌（1274）	二月壬申（二十五日）—九月癸巳（二十日）		
	至元十二年乙亥（1275）	二月庚午（二十九日）—八月辛酉（二十三日）		
	至元十三年—德祐二年丙子（1276）	二月辛酉（二十五日）—八月庚辰（十八日）	程钜夫、刘敏中、姚枢、王磐、徒单公履	
	至元十四年丁丑（1277）	二月甲戌（十五日）—？		
	至元十五年戊寅（1278）	？—十月庚申（十日）		
	至元十六年己卯（1279）	二月甲辰（二十七日）—八月丁丑（二日）		
	至元十七年庚辰（1280）	三月甲辰（三日）—九月壬子（十三日）	刘敏中、陈义高	陈义高《庚辰春再随驾北行二首》
	至元十八年辛巳（1281）	三月丙午（十一日）—闰八月丙午（十四日）	刘敏中	
	至元十九年壬午（1282）	二月甲寅（二十四日）—八月甲寅（二十八日）	汪元量	
	至元二十年癸未（1283）	三月丙寅（十二日）—十月壬辰（十二日）		
	至元二十一年甲申（1284）	三月丙寅（十七日）—八月庚午（二十五日）		
	至元二十二年乙酉（1285）	二月戊辰（二十五日）—八月丙辰（十六日）		
	至元二十三年丙戌（1286）	三月丙子（十日）—十月己亥（六日）		
	至元二十四年丁亥（1287）	闰二月庚寅（二十九日）—？		
	至元二十五年戊子（1288）	三月庚寅（六日）—九月壬辰（十日）		
	至元二十六年乙丑（1289）	二月丁卯（十七日）—闰十月戊寅（二日）		
	至元二十七年庚寅（1290）	四月癸酉（一日）—？		
	至元二十八年辛卯（1291）	二月癸未（十五日）—？		

（续表）

皇帝	年号	巡幸时间	随行诗人	备注
	至元二十九年壬辰（1292）	三月庚戌（十八日）—八月甲辰（十六日）		
	至元三十年癸巳（1293）	二月丁未（二十日）—九月癸丑（一日）		
	至元三十一年甲午（1294）			十月戊寅（二日），成宗至大都。正月癸酉（二十二日），忽必烈病死于大都。四月壬午（二日），忽必烈孙铁穆耳由漠北率军抵上都。甲午（十四日），即帝位，为元成宗。受文武百官朝贺于大安阁
元成宗铁穆耳（1294—1307）	元贞元年乙未（1295）	二月丁酉（二十三日）—九月甲戌（三日）		
	元贞二年丙申（1296）	三月丙子（八日）—十月壬子（十七日）		
	大德元年丁酉（1297）	三月丙子（十四日）—九月壬午（二十二日）		
	大德二年戊戌（1298）	二月乙酉（二十八日）—九月丙申（十二日）		
	大德三年己亥（1299）	二月庚辰（二十八日）—九月己亥（二十一日）		
	大德四年庚子（1300）	二月乙亥（二十九日）—闰八月庚子（二十八日）	刘敏中、郑潜庵	五月十六日，马臻赴上都观礼
	大德五年辛丑（1301）	二月丁酉（二十七日）—十月壬午（十七日）	马臻	
	大德六年壬寅（1302）	四月庚辰（十六日）—十月丙子（十六日）	尚野、冯子振	
	大德七年癸卯（1303）	三月甲寅（二十六日）—九月戊午（四日）		

(续表)

皇帝	年号	巡幸时间	随行诗人	备注
	大德八年甲辰（1304）	二月丙午（二十四日）—九月癸丑（四日）		
	大德九年乙巳（1305）	三月丁未（一日）—九月庚申（十七日）		
	大德十年丙午（1306）	二月戊辰（二十八日）—十一月己巳（二日）		
	大德十一年丁未（1307）		程钜夫、刘敏中	九月甲子（三日），武宗至大都。正月癸酉（八日），成宗病死于大都。五月甲申（二十一日），海山即帝位，为武宗，受百官朝贺于大安阁
元武宗海山（1307—1311）	至大元年戊申（1308）	三月戊寅（十九日）—九月乙亥（二十日）		
	至大二年乙酉（1309）	三月庚寅（七日）—九月丙戌（七日）	程钜夫	
	至大三年庚戌（1310）	三月壬辰（十四日）—九月丙戌（十二日）		
	至大四年辛亥（1311）			闰七月，仁宗自上都启程返大都。正月庚辰（八日），武宗病死于大都。三月庚寅（十八日），爱育黎拔力八达在大都即位（元仁宗）
元仁宗爱育黎拔力八达（1311—1320）	皇庆元年壬子（1312）	四月癸酉（八日）—八月庚辰（十七日）		
	皇庆二年癸丑（1313）	四月乙亥（十六日）—八月丁卯（十日）		
	延祐元年甲寅（1314）	三月戊申（二十四日）—八月戊子（七日）	袁桷、董士珍	

（续表）

皇帝	年号	巡幸时间	随行诗人	备注
	延祐二年乙卯（1315）	四月乙巳（二十八日）—八月己丑（十三日）		
	延祐三年丙辰（1316）	三月癸亥（二十一日）—八月己卯（九日）		
	延祐四年丁巳（1317）	三月辛卯（二十五日）—八月丙申（三日）		
	延祐五年戊午（1318）	四月戊午（二十八日）—七月戊子（三十日）		
	延祐六年己未（1319）	四月庚子（十六日）—八月庚子（十九日）		
	延祐七年庚申（1320）	四月戊辰（十九日）—十月戊午（十三日）	马祖常，柳贯	柳贯《上京纪行诗》组诗
元英宗硕德八剌（1320—1323）	至治元年辛酉（1321）	二月辛巳（八日）—九月丁酉（二十七日）	袁桷，王继学，陈景仁，马祖常，潘景梁，开元恩	
	至治二年壬戌（1322）	四月戊戌（一日）—八月	袁桷，虞集	
	至治三年癸亥（1323）	三月壬辰（一日）—八月癸亥（四日）	马祖常，袁桷，虞集，曹子贞，邓文原	1.八月癸亥，英宗南还大都，至南坡过夜，被铁失等谋杀。九月癸巳（四日），也孙铁木儿即皇帝位（泰定帝）。2.袁桷《秋闱倡和丙寅江浙》）
泰定帝也孙铁木儿（1323—1328）	泰定元年甲子（1324）	四月甲子（八日）—八月丁丑（二十四日）	虞集，王结，张珪，李家奴，燕赤，薛元曦，薛汉	薛汉选授国子助教，随车驾北赴上都。八月从上都回到大都
	泰定二年乙丑（1325）	三月乙丑（十五日）—九月癸丑（六日）	程端学（将仕郎国子助教），王琰（学录），张汝遴（伴读），裴士（伴读）、完颜恰（伴读），杨钜（伴读），虞集，燕赤	

(续表)

皇帝	年号	巡幸时间	随行诗人	备注
	泰定三年丙寅（1326）	二月甲辰（二十九日）—九月庚申（十九日）	许有壬，虞集，燕赤	
	泰定四年丁卯（1327）	三月壬戌（二十三日）—闰九月己巳（四日）	马祖常，虞集，燕赤，赵世延，吴澄，邓文原，张起岩，曹元用，王结	
元文宗图帖睦尔	天历元年戊辰（1328）	三月戊子（二十五日）	赵世延，赵简，阿鲁威，曹元用，吴秉道，虞集，段辅，马祖常，燕赤，李术鲁翀	1. 七月庚午（十日），泰定帝病死于上都。九月壬申（十三日），武宗次子图帖睦尔在大都即位（元文宗）。2. 致和元年二月戊申，改元致和。戊子车驾幸上都
	天历二年己巳（1329）		陈旅，虞集	九月丁卯（十三日），文宗至大都
	至顺元年庚午（1330）	五月戊辰（十八日）—八月己未（十一日）	胡助，马祖常，吕仲实（检阅官，和胡助偕行），张秦山（翰林经历），孟道源（应奉），虞集	胡助为翰林，扈从上都。本年马祖常随驾赴上都，《纯白斋类稿》附录中为其作题跋，应制赋侍
	至顺二年辛未（1331）	五月丙申（二十二日）—九月庚寅（十八日）	黄溍，许有壬，苏天爵，虞集	秋，黄溍扈从至开平。有《上京道中杂诗十二首》
	至顺三年壬申（1332）	五月庚寅（二十二日）。	虞集	八月己酉（十二日），文宗病死于上都
元顺帝妥欢贴睦尔（1333—1368）	元统元年癸酉（1333）		萨都剌，陈颢	六月己巳（八日），明宗长子妥欢帖睦尔在上都即位（元顺帝）
	元统二年甲戌（1334）	四月—九月辛卯（六日）	许有壬，吴宗师（全节）	

（续表）

皇帝	年号	巡幸时间	随行诗人	备注
	后至元元年乙亥（1335）	五月戊子（七日）—九月丙戌（七日）	黄溍，许有壬，苏天爵	
	后至元二年丙子（1336）	四月戊戌（二十二日）—九月戊辰（二十六日）	王沂	
	后至元三年丁丑（1337）	四月己卯（九日）—八月	许有壬	许有壬（夏，许有壬分省上都，有《上京十咏》（其中《马酒》作于元统二年））；宋褧（后至元三年，拜监察御史）
	后至元四年戊寅（1338）	四月己卯（十四日）—八月		
	后至元五年己卯（1339）	四月二十五日—八月丁亥（一日）	宋褧，不答实理（承旨），完者帖木尔（学士），完者不花（直学士），塔海帖木尔（经历兼经筵参赞官），则凌懋翁（待制修撰），张士坚（应奉文字），偰百寮逊（编修官）	
	后至元六年庚辰（1340）	五月丙子（二十四日）—八月	周伯琦，国子助教罗君叔	
	至正元年辛巳（1341）	四月—八月	井公制授诸路道教都提点，洞阳显道忠贞真人，周伯琦	
	至正二年壬午（1342）	四月—九月辛未（三日）	周伯琦 巎巎，揭傒斯	
	至正三年癸未（1343）	四月—八月	周伯琦	
	至正四年甲申（1344）	四月—八月		

(续表)

皇帝	年号	巡幸时间	随行诗人	备注
	至正五年乙酉（1345）	四月—八月（四月二十五日到上都）	欧阳玄，宋褧，不答实理（承旨），完者帖木尔（学士），完者不花（直学士），塔海帖木尔（经历兼经筵参赞官），凌懋翁（修撰），张士坚（应奉文字），偰百寮逊（编修官），任希说，耶鲁不花（译史），脱脱辉知（通事），剌马班，尚都不花（蒙古书写），写史晔（接手），傅良臣（典书），周伯琦（承直郎），达礼麻实理（授经郎儒林郎），王时可（奉议大夫），郑旻（检讨），冯本，安童（议史），完者帖木儿，达理麻失理，王可道（书写），宋谊，王也先（蒙古书写），宣使扎八、吴镛、牛嘉	
	至正六年丙戌（1346）	四月丁卯（十九日）—八月	潘子华，危素，赵性端，斡玉伦徒（知班）、孙和，哈剌章	
	至正七年丁亥（1347）	四月（至正七年四月十九日发京师，五月十二日驻跸上京，—九月戊申九日（八月十三日回銮）	黄溍	
	至正八年戊子（1348）	四月—八月	黄溍	
	至正九年己丑（1349）	四月—八月	廼贤，王袆，贡师泰	夏，廼贤赴上都观礼，有《上京纪行》31首

（续表）

皇帝	年号	巡幸时间	随行诗人	备注
	至正十年庚寅（1350）	四月—八月壬寅（二十日）		
	至正十一年辛卯（1351）	四月—八月		
	十二年壬辰（1352）	四月（二十六日）—八月（闰七月二十二日—八月十三日，共22天）	周伯琦，贡师泰	
	至正十三年癸巳（1353）	四月—八月	吴当，危素，毛文，李文，张俨，苑致，陈信，贡师泰	
	至正十四年甲午（1354）	四月—八月		
	至正十五年乙未（1355）	四月—八月		
	至正十六年丙申（1356）	四月—八月		
	至正十七年丁酉（1357）	四月—八月		
	至正十八年戊戌（1358）	四月—八月		
	至正十九年己亥（1359）			因为上都宫阙被烧毁，不再巡幸上都

（以上资料来源于《元史》《全元诗》以及元代的诗文别集和总集）

附录二 元代上京纪行诗人及诗作表

诗人	上京纪行诗数目	文献来源	诗名①	备注
白珽	10	《湛渊集》		
贝琼	1	《全元诗》	《题徐雪州墨菊》	
曹文晦	10	《全元诗》	《四时宫词》8首，《题白翎雀手卷》2首	
曹志	1	《全元诗》	《送叶子泉应荐上京》	
曹元用	3	《皇元风雅》后集卷一，《御选元诗》卷六十一	《京都次马伯庸尚书》（2首），《上京次王继学韵》	
陈孚	27	《陈刚中诗集》卷三		
陈高	2	《不系舟渔集》卷三、卷九	《过俞岭》《赤城春晓图》	
陈旅	7	《安雅堂集》卷二，《元诗选》初集，第1327页，《全元诗》	《苏伯修往上京》《六月度居庸关喜雨》《贡院中次苏伯修韵上都》《院中闻大驾先还再韵和伯修》，《雪谷晓行图》《和虞先生云州道上闻也异香》《吴宗师赤城阻雨次甘泉韵》	
陈秀民	2	《御选元诗》卷二十二、卷五十五	《滦阳道中杂兴》《漷州望古北居庸诸山》	
陈秀峻	1	《全元诗》	《朝京还栾城遇雪》	安南人
陈义高	3	《秋岩诗集》	《李陵台》《庚辰春再随驾北行》（2首）	
陈益稷	2	《元诗选》初集，第2534页，《全元诗》	《送驾至上都过关口而回》，《上都回宿赤城站》	安南人
陈宜甫	5	《全元诗》	《李陵台》《庚辰春再随驾北行二首》《扈跸作》《送东崖刘大使重赴上都朝觐》	
陈祐	1	《全元诗》	《和林道中》	
陈肃	2	《全元诗》	《答张翰林扈驾还京》	

①列无别集或虽有别集但是诗歌数目较少的诗人的上京纪行诗诗名，包括赠别诗、题画诗、唱和诗等相关的诗篇。

(续表)

诗人	上京纪行诗数目	文献来源	诗名	备注
成廷珪	1	《全元诗》	《登狼山醉题僧壁》	
程钜夫	1	《全元诗》	《赵际可天马图》	
程文	15	《全元诗》		
达不花	1	《全元诗》	《墨河万里金沙漠》	
大䜣	1	《全元诗》	《画马》	
丁鹤年	4	《全元诗》	《闻雁》《寄龙门禅师二首》《题佛朗天马图》	
丁继道	1	《全元诗》	《都门》	
段福	1	《御选元诗》卷六十	《翠华台扈从诗》	
董彝	1	《全元诗》	《驾幸上都》	
范玉壶	1	《元诗纪事》卷十一，第243页	《上都诗》	
冯了振	3	《御选元诗》卷六十九，《元诗选》三集，第134页	《桑干河》《缙山道中》《金莲川》	
傅若金	9	《傅与砺诗文集》卷五、《全元诗》	《咏怀》《送苏伯修侍郎分部扈跸》《六月二十八日至京》《至京》《驾发》《送贺尚书致仕赴召上都》《送蒙古潘学正》《和孔学文从奏延春阁》《秋日巡山和王君实》	
方回	5	《全元诗》	《立夏五首》	
梵琦	88	《全元诗》		
贡奎	19	《云林集》卷一、卷三、卷四、卷六		
贡师泰	29	《贡礼部玩斋集》卷一至卷五，《全元诗》		
贡性之	6	《南湖集》卷下	《较猎图》，《墨菊》4首，《松鼠葡萄画》	
郭翼	1	《元诗选》二集，第1017页	《拟杜陵秋兴八首》（之一）	
郭钰	2	《全元诗》	《题墨菊》《题杨和吉滦京诗集》	
郭君彦	6	《全元诗》	《海东青》《入京五首》	

（续表）

诗人	上京纪行诗数目	文献来源	诗名	备注
高鸣	1	《全元诗》	《独石》	
甘立	1	《全元诗》	《送阁学士赴上都》	
顾瑛	1	《全元诗》	《塞上曲》	
郝经	6	《陵川集》卷十、卷十四		
胡宽	1	《全元诗》	《送族弟孝立往上京》	
胡奎	26	《斗南老人集》卷二、卷三、卷五		
胡祗遹	9	《紫山大全集》卷五、卷七，《全元诗》		
胡谦	1	《全元诗》	《题张子信雍冀纪行诗集后》	
胡深	1	《全元诗》	《题廼贤上京纪行诗》	
胡布	3	《全元诗》	《墨菊》《天鹅》	
胡助	67	《纯白斋类稿》卷二、卷五至卷七、卷十三、卷十四，《全元诗》		
黄溍	23	《文献集》卷一、卷二，《全元诗》		
黄镇成	1	《全元诗》	《题墨菊》	
黄复圭	1	《全元诗》	《送人入上京》	
何麟瑞	2	《全元诗》	《天马歌》《后天马歌》	
何中	1	《全元诗》	《题墨菊》	
华幼武	1	《全元诗》	《送人上京》	
揭傒斯	3	《文安集》卷二、卷三、卷五	《题邢先辈西壁山水图》《题上都崇真宫陈宫人屋壁李学士所画墨竹走笔作》《题李安中白翎雀》	
揭祐民	1	《全元诗》	《送人上京》	
金元素	1	《全元诗》	《王仲祥都事北行》	
柯九思	30	《元诗选》三集第183—186页，《全元诗》	《宫词》（25首），《题光孝寺讷无言长老所藏宇南画龙》	
李齐贤	1	《全元诗》	《在上都奉呈柳政丞吴赞成》	高丽人

(续表)

诗人	上京纪行诗数目	文献来源	诗名	备注
李存	5	《全元诗》	《次吴宗师见寄韵》《和宗师滦京诗二首》《寄吴宗师》	
李孝光	1	《全元诗》	《白翎雀》	
李裕中	1	《元诗选》三集，第251页	《云州行》	
李裕	10	《全元诗》		
李延兴	2	《全元诗》	《度居庸》《滦河》	
梁初	1	《全元诗》	《题赵孟頫泺菊图》	
梁宜	1	《皇元风雅》后集卷一	《龙门》	
梁寅	5	《全元诗》	《雁门胡人歌》《题贡士徐国器爱日轩》《李辰州黑首白身名马歌》《题蒙谷子图》《题天马图》	
陆仁	1	《全元诗》	《天马歌》	
灵徹	1	《全元诗》	《九日和于使君上京》	
刘秉忠	33	《藏春集》卷二、卷三、卷四，《全元诗》		
刘鹗	6	《惟实集》卷四、卷五		
刘君贤	1	《全元诗》	《龙门夜雨》	
刘仁本	4	《全元诗》	《题马易之韩与玉涂叔良上京纪行诗卷》2首，《塞下曲》2首	
刘炜	1	《全元诗》	《九月四日观驾》	
刘敏中	41	《中庵先生刘文简公文集》卷十七至卷二十、卷二十二、卷二十三		另有5首词
刘御史	1	《全元诗》	《九日按上都过陆丘》	
刘因	1	《全元诗》	《芍药》	
刘有庆	1	《御选元诗》卷五十一	《龙虎台即事》	
廉惇	1	《全元诗》	《上都登楼》	
柳贯	53	《上京纪行诗》，《柳待制文集》卷二、卷五、卷六，《全元诗》		包括10首《同杨仲礼和袁集贤上都诗》

（续表）

诗人	上京纪行诗数目	文献来源	诗名	备注
马臻	15	《霞外诗集》卷三、卷四、卷七、卷八		
马祖常	70	《石田先生文集》卷一至卷五，《全元诗》		《开平事》和《驾发》不载《石田集》，见《元风雅》卷十三，《元音》卷二
廼贤	43	《金台集》卷二，《全元诗》		
欧阳玄	6	《圭斋文集》卷三		另有4首词
潘迪	1	《居易录》卷三十一	《题赵松雪墨菊》	辑自清人王士禛的《居易录》
萨都剌	15	《雁门集》卷一、卷三、卷四，《全元诗》		
宋本	18	《永乐大典》《元诗选》二集	《上京杂诗》（17首），《滦河吟》	其中17首辑自《永乐大典》册四卷7702，第3578—3579页，1首辑自《元诗选》二集，第500页
宋褧	12	《燕石集》卷五、卷六、卷七、卷九，《全元诗》		
宋讷	1	《西隐集》卷三	《秋闱再和叶叔则照磨中秋诗韵》	
宋无	1	《翠寒集》	《李陵台》	
沈梦麟	3	《花溪集》卷三	《滦河记梦》《鸡鸣山晓》《墨菊》	
舒頔	1	《全元诗》	《题墨菊》	
释行海	5	《全元诗》	《寄赤城新珩讲师》《赤城》《出塞》《入塞》《和林逢吉》	
释宗泐	1	《全元诗》	《西极天马图》	
释宗衍	1	《全元诗》	《西极马》	
孙蕡	1	《全元诗》	《上京行》	

（续表）

诗人	上京纪行诗数目	文献来源	诗名	备注
唐元	6	《筠轩集》卷六，《全元诗》	《过昌平》《洪赞道中》《察罕诺尔》《李陵台怀古》《玉堂夜直》《佛郎国献天马》	
涂颖	7	《草堂雅集》卷七	《牛群头怀乡》，《上京次贡待制韵》（4首），《钦察海子上》，《郑节妇诗》	
屠性	1	《全元诗》	《送王季野侍父入京》	
泰不华	3	《全元诗》	《绝句二首》《题祁真人异香卷》	
王逢	23	《梧溪集》卷二至卷四		另有一首上京纪行词
王鍊师	2	《全元诗》	《上都》	
王懋德	1	《御选元诗》卷七十二	《上都寄许参政》	
王思成	1	《全元诗》	《题上京纪行》	
王清惠	3	《宋诗纪事》卷八十四	《李陵台和汪水云韵》《捣衣诗呈水云》《秋夜寄水月水云二昆玉》	
王士熙	26	《御选元诗》卷五，《元诗选》二集，第546、549、554、555页	《上京次伯庸学士韵二首》（2首），《竹枝词》（10首），《上都柳枝词》（7首），《上京次李学士韵四首》（4首），《省中书事》	
王士点	3	《全元诗》	《题上京纪行》《次韵奉答古愚先生留别之作》《送王继学参政赴上都奏选》	
王沂	36	《伊滨集》卷二、卷五、卷八至卷十二，《全元诗》		
王恽	22	《秋涧先生大全集》卷十五、卷二十四、卷二十七、卷三十、卷三十二		另有1首词
王翊	1	《全元诗》	《喜危明教授上京回诗以奉柬》	

（续表）

诗人	上京纪行诗数目	文献来源	诗名	备注
王清惠	3	《全元诗》	《李陵台和汪水云韵》《捣衣诗呈水云》《秋夜寄水月水云二昆玉》	
汪元量	9	《增订湖山类稿》卷三		
魏初	3	《青崖集》卷二	《独石》《送刘祥卿之上都》《宣德》	
危素	2	《全元诗》	《挽达兼善》《题廼贤上京纪行诗》	
吴当	37	《学言稿》卷三、卷五、卷六，《全元诗》		
吴景奎	1	《药房樵唱》卷一	《风雨赤城旅夜书怀》	
吴师道	17	《礼部集》卷三、卷六、卷八，《全元诗》		
吴潜	1	《全元诗》	《京师送人之上都》	
伍良臣	1	《永乐大典》	《上京》	辑自《永乐大典》四册卷7702，第3579页
许有壬	163	《至正集》卷三、卷四、卷十一至卷十九、卷二十一、卷二十三至卷二十七，《圭塘小稿》别集卷下，《全元诗》		
薛汉	2	《全元诗》	《送曹学士草诏毕还大都》《和虞先生上京夏凉韵》	
薛玄曦	2	《御选元诗》卷五十九，《元诗选》二集，第1358页	《大驾度居庸关》《次韵王侍郎上都见寄》	
杨允孚	108	《滦京杂咏》		
杨载	6	《全元诗》	《次韵伯长待制》《送吴真人二首》《塞上曲》《送伯长扈驾》二首	

(续表)

诗人	上京纪行诗数目	文献来源	诗名	备注
杨敬悳	1	《全元诗》	《和虞伯生待制榆林待月》	
杨维桢	15	《全元诗》		
雅虎	1	《全元诗》	《送王继学参政赴上都奏选》	
姚琏	1	《全元诗》	《天马歌》	
耶律楚材	2	《全元诗》	《乙丑过鸡鸣山》《德兴府》	
耶律铸	11	《双溪醉隐集》卷二、卷三、卷五		
叶衡	10	《元诗选补遗》第38页	《卜京杂咏》（10首）	
叶颙	1	《全元诗》	《墨菊》	
叶懋	1	《全元诗》	《天马歌》	
叶兰	1	《全元诗》	《过居庸关》	
元正	1	《全元诗》	《题赵孟頫滦菊团》	
于仲元	1	《皇元风雅》后集卷三	《度居庸关思亲》	
虞集	45	《道园学古录》卷一至卷四、卷三十，《道园遗稿》卷一至卷五		其中《京行纪录过昔宝赤站寒甚》辑自《永乐大典·驿站二》卷一九四二六，第7295页
余阙	5	《全元诗》	《拟古》，《大口迎驾和观应奉韵》二首，《安南王留宴》，《送危应奉分院上京》	
袁桷	228	《清容居士集》卷十五、卷十六		
袁士元	2	《全元诗》	《送郑道士蒙泉之燕》《蒙泉高钱月夜见访索诗遂即席以赋》	
张弘范	1	《淮阳集》	《宿龙门》	
张天英	1	《全元诗》	《侍从开平韵歌》	
张鸣善	1	《皇元风雅》后集卷五	《李陵台晚眺》	
张嗣德	8	《皇元风雅》后集卷三	《滦京八景》	

(续表)

诗人	上京纪行诗数目	文献来源	诗名	备注
张养浩	9	《张文忠公文集》卷四、卷六、卷七、卷十		
张昱	110	《可闲老人集》卷一、卷二		其中《辇下曲》有100首，但当中有一小部分写大都的活动
张雨	1	《句曲外史集》卷中	《上京赐宴王眉叟有诗次韵》	
张翥	15	《蜕庵集》卷二至卷五		
张宪	1	《全元诗》	《白翎雀》	
张择	1	《全元诗》	《李陵台晚眺次吴真人韵》	
张鸣善	1	《全元诗》	《李陵台晚眺》	
张弘范	2	《全元诗》	《宿龙门》《送驾至上都》	
张以宁	3	《全元诗》	《昔日画梅如画马》《滦阳道中次韵李伯贞中丞李孟豳参政二首》	
张雨	2	《全元诗》	《上京赐宴王眉叟有诗次韵》《金人出猎图》	
张仲深	2	《全元诗》	《上京纪行诗一卷》《野狐墩》	
郑潜	22	《樗庵类稿》卷一、卷二，《全元诗》		
郑洪	2	《全元诗》	《龙门避暑》二首	
郑守仁	5	《草堂雅集》卷八，《全元诗》	《上京怀张外史》，《和贡泰父待制上京即事》（2首），《登桑乾岭迎达礼部》	
郑元祐	2	《全元诗》	《龙门》《题冯海粟居庸关赋》	
周伯琦	170	《近光集》卷一至卷三，《扈从集》，《全元诗》		
周应极	1	《国朝文类》卷七	《宿李陵台》	
合计 159	1995			

附录三　元代诗人上京纪行组诗表

诗人	组诗名称	存诗数目	文献来源
白珽	《续演雅十诗》	10	《湛渊集》
曹文晦	《四时宫词》	8	《全元诗》
	《题白翎雀手卷》	2	《全元诗》
陈孚	《明安驿道中》	4	《陈刚中诗集》卷三、《全元诗》
	《开平即事》	2	
陈义高	《庚辰春再随驾北行》	2	《秋岩诗集》卷上、卷下
丁鹤年	《寄龙门禅师二首》	2	《全元诗》
方回	《立夏五首》	5	《全元诗》
梵琦	《八月四日宫车晏驾二首》《上都避暑呈虞伯生待制一首》《呈诸国师二首》《上都》《开平书事》《漠北怀古》《黑谷》《避暑二绝》	83	《全元诗》
贡师泰	《上都诈马大燕》	5	《贡礼部玩斋集》卷四
	《和胡士恭滦阳纳钵即事韵》	5	《贡礼部玩斋集》卷五
	《上京大宴和樊时中侍御》	8	《全元诗》
贡奎	《李陵台次韵赐学士》	3	《全元诗》
	《送胡务本秀才往上京》	3	《全元诗》
贡性之	《墨菊》	2	《全元诗》
郭君彦	《入京五首》	5	《全元诗》
胡奎	《次韵王继学滦河竹枝词》	10	《斗南老人集》卷二
	《寄何尹》	10	《全元诗》
胡助	《滦阳杂咏十首》	10	《纯白斋类稿》卷十四
黄溍	《上京道中杂诗》	12	《文献集》卷一
柯九思	《宫词十五首》	15	《全元诗》
	《宫词十首》	10	《全元诗》
	《应制赋郊祀大礼庆成二首》	2	《全元诗》
李存	《和宗师滦京诗二首》	2	《全元诗》
刘仁本	《题马易之韩与玉涂叔良上京纪行诗卷》	2	《全元诗》
	《塞下曲》	2	《全元诗》
刘敏中	《上都凉甚喜书四绝》	4	《中庵先生刘文简公文集》卷十七
	《上都长春观和安御使于都事陈秋岩唱和之什》	10	《中庵先生刘文简公文集》卷二十
	《次韵郑潜庵应奉鳌峰石往还十首》	10	《中庵先生刘文简公文集》卷二十三
柳贯	《同杨仲礼和袁集贤上都诗》	10	《柳待制文集》卷四
	《滦水秋风词》	4	《柳待制文集》卷六
	《后滦水秋风词》	4	
	《次伯长待制韵送王继学修撰马伯庸应奉扈从上京二首》	2	《全元诗》

(续表)

诗人	组诗名称	存诗数目	文献来源
马祖常	《丁卯上京》	4	《石田先生文集》卷四
	《和王左司竹枝词》	10	《石田先生文集》卷五
	《和王左司柳枝词》	10	
	《上京翰苑抒怀》	3	《全元诗》
	《次韵王参议寄上京胡安常诸公》	4	《全元诗》
	《李陵台》	2	《全元诗》
	《上都翰林院两壁图》	2	《全元诗》
	《闲题两首》	2	《全元诗》
	《送王参政上京奏选二首》	2	《全元诗》
马臻	《滦都旅夜》	2	《全元诗》
廼贤	《失剌斡耳朵观诈马宴奉次贡泰甫授经先生韵》	5	《金台集》卷二
	《塞上曲》	5	《全元诗》
	《宫词八首次偰公远正字韵》	8	《全元诗》
欧阳玄	《试院偶题赠巽斋》	6	《圭斋文集》卷三
萨都剌	《上京即事》	10	《雁门集》卷三
宋本	《上京杂诗》	17	《永乐大典》册四，卷7702，第3578—3579页
涂颖	《上京次贡待制韵》	4	《全元诗》
泰不华	《绝句二首》	2	《全元诗》
王錬师	《上都》	2	《全元诗》
王逢	《塞上曲五首》	5	《梧溪集》卷二
	《宫中行乐词六首》	6	《梧溪集》卷二
	《无题》《后无题》	10	《梧溪集》卷四
王士熙	《竹枝词》	10	《御选元诗》卷五
	《上都柳枝词》	7	
	《寄上都分省僚友二首》	2	《全元诗》
	《上京次伯庸学士韵二首》	2	《全元诗》
	《上京次李学士韵四首》	4	《全元诗》
王沂	《上京》	10	《伊滨集》卷十二
王恽	《夏日玉堂即事》	5	《秋涧先生大全集》卷二十七
	《观光》	3	《全元诗》
	《游龙门杂诗一十首》	10	《全元诗》
	《龙虎堂》	2	《全元诗》
	《观光》	3	《全元诗》
	《观光》	4	《全元诗》
王逢	《塞上曲》	5	《全元诗》
	《无题》	5	《全元诗》
	《后无题》	5	《全元诗》
	《宫中行乐词》	6	《全元诗》

(续表)

诗人	组诗名称	存诗数目	文献来源
吴当	《竹枝词和歌韵自崑跸上都自沙岭至滦京所作》	9	《学言稿》卷六
	《王继学赋柳枝词十首书于省壁至正十有三年崑跸滦阳左司诸公同追次其韵》	10	
吴师道	《留昌平四诗》	4	《吴礼部文集》卷三
	《次韵张仲举助教上京即事》	10	《全元诗》《永乐大典》
许有壬	《上京十咏》	10	《至正集》卷十三
	《雕窝驿次伯庸壁间韵四首》	4	《至正集》卷二十三
	《竹枝十首和继学韵》	10	《至正集》卷二十七
	《柳枝十首》	10	
	《和继学寄分省诸公韵》	2	《全元诗》
	《和神保钦之御史监试上京韵二首》	2	《全元诗》
	《台府独坐》	2	《全元诗》
	《琳宫词次安南王韵十首》	10	《全元诗》
杨载	《送吴真人》	2	《全元诗》
	《送伯长崑驾》	2	《全元诗》
杨允孚	《滦京杂咏》	108	《滦京杂咏》
叶衡	《上京杂咏》	10	《元诗选补遗》第 38 页
虞集	《戏作试问堂前石五首，代石答五首》	10	《道园学古录》卷二
余阙	《大口迎驾和观应奉韵》	2	《全元诗》
袁桷	《上京杂咏》	10	《清容居士集》卷十五
	《次韵继学途中竹枝词》	10	
	《客舍书事八首》	8	《清容居士集》卷十六
张以宁	《滦阳道中次韵李伯贞中丞李孟幽参政二首》	2	《全元诗》
郑洪	《龙门避暑》	2	《全元诗》
郑守仁	《和贡泰父待制上京即事》	2	《全元诗》
郑潜	《上京行幸词》	6	《樗庵类稿》卷二
周伯琦	《纪行诗》	34	《崑从集》
合计 47		763	

附录四 已发表的相关文章和专著摘要

1.《元代上京纪行诗的研究状况及意义》[发表于《河北北方学院学报》（社会科学版）2008年第4期]

　　元朝建立以后，实行两都制度。定立两都之后，忽必烈开始正式实行两都巡幸制。两都巡幸是元代政治生活中的大事，给当时的文坛带来了重大的影响，尤其是对诗文领域的影响。写作上京纪行诗，是元代文人的"时髦"，他们写作上京纪行诗的本意，一是立意要保存一代文献史料，二是试图通过上京纪行诗来抒写自己巡幸中独特的情致，发表自己独特的看法。这些上京纪行诗具有重要的文献学价值，也是元诗研究的重要内容，具有较强的人文应用前景。

2.《元代上都崇真宫的文学活动考论》（发表于《中国道教》2009年第2期）

　　崇真宫即崇真万寿宫，元世祖在上都和大都这两个都城分别建立崇真宫作为道士活动的场所。上都崇真宫是上都地区最重要的一座道观，这里有长年常住的道士。这里不仅是道士斋醮活动的场所，而且是文人雅集的文学活动场所。元代实行两都巡幸制，每年大量的文人要扈跸皇室到上都。每年的巡幸时期，崇真宫都会迎来朝廷大量的馆阁文人。扈从到上都的文人，经常来崇真观居住或访友，因而这里的道士们与文人学士过从甚密。元代最高一级文人的代表，如赵世延、王士熙、姚燧、卢挚、刘敏中、高克恭、程钜夫、赵孟頫、元明善、袁桷、张养浩等等，都曾到崇真观和道士们"雅相友善"，诗文酬答，这成为元代文坛的一道独特景观。在上都，崇真观是文人和道士诗文活动的重要文化场所。有了道士的崇真宫，有了文人雅集的崇真观，充满了生机。

3.《元代诗人廼贤上京纪行诗中的寻根情结》[发表于《河北北方学院学报》（社会科学版）2010年第1期]

　　廼贤是元代后期著名的少数民族诗人，他曾于至顺年间从家乡江南来到大都，并前往上都进行观礼巡游，期间作了31首上京纪行诗。廼贤的上京纪行诗，或粗犷奔放，或清新隽永，透过这些诗歌，可以感受到他作为一个华化的少数民族作家，虽生长于中原，却深深地怀念着塞外、怀念着北方民族的情结。这是一种独特的寻根情结。

4.《从元代上京纪行诗探寻张垣地域的历史文化——上京纪行诗吟咏张家口地区驿站诗篇探析》[发表于《河北北方学院学报》（社会科学版）2010年第5期]

元代两都巡幸期间产生了大量的上京纪行诗。往返上京途中诗人们吟咏出许多优美诗篇，浓郁的自然风光与地方风土人情结合在一起，成为地域文化的重要组成部分。这些诗本色地表现出一些地域文化特征。通过对描写张家口地区上京纪行诗的分析，可追溯张家口龙门、赤城、独石等地域名称的历史文化渊源，见证张垣地理山川奇特的风貌，探寻历史悠久的赤城温泉与道教圣地金阁山的古风遗韵和神秘内涵，从而史深入领略其特有的历史文化内涵。

5.《元代诗文中的天马集咏》[发表于《河北北方学院学报》（社会科学版）2014年第1期]

元代是草原民族蒙古族所建立的统一王朝，马是蒙古这个草原民族的魂。在元代，文人喜欢赋咏天马。至正二年七月，元廷正在上都清暑时，西域佛郎国不远万里来进献天马。佛郎国进献的天马轰动了朝野，应元廷和国人的爱好，元代文人开始大量地为天马题诗问作赋，一时间，天马轰动了文坛。元人集体赋咏天马的作品极大地丰富了元末文坛，也为元末文坛注入了无限的生气。

6.《元代诗文中的诈马宴刍议》[发表于《兰台世界》2014年6月，总第440期]

诈马宴是元代最为隆重的皇家宴享盛会，是融宴饮、歌舞、游戏和竞技于一体的娱乐活动。元代许多高级官吏都参加过诈马宴，他们亲眼目睹了宴会的盛大，于是用诗文的形式记载了这些历史的场面。通过他们的诗文，再佐以史书和笔记，元代诈马宴的过程就非常清晰地展现在了后人的眼前。

7.《元代上京纪行诗的异质特征及其成因》[发表于《河北北方学院学报》（社会科学版）2015 年第 5 期]

上京纪行诗是元代诗歌特有的现象，具有很强的民族特色和时代意义，突出表现在它的异质特征上。具体表现为：塞外的山川、风光和气候都极具异质特征，诗中对塞外特有风物的描写，对塞外居民及其生活劳动状况、风俗习惯等的描写，也颇具异质特征。

8.《丘处机师徒西行途中在张家口地区文化活动考论》[发表于《河北北方学院学报》（社会科学版）2020 年第 6 期]

公元 1220 年，丘处机应成吉思汗之召，带领着十八个徒弟，从山东栖霞，不远万里来到西域大雪山讲道。在来回途中，均住在张家口地区的宣化朝元观和涿鹿龙阳观，期间有一年左右的时间，进行诗歌创作和唱和等，这些文学活动，不仅增进了丘真人师徒和当地官员、百姓、道友的感情，而且弘扬了教义，扩大了道教在当地的传播和影响，使该地区兴起了崇道扶教的热潮。丘处机师徒的纪行诗，从文献学角度看，具有"以诗补史、史诗互证"的史料价值，从宗教发展史来看，也具有不可替代的重要意义。

9.《元代上京纪行诗研究》（专著，中国经济出版社，2016 年 3 月第 1 版）

该书是第一部全面系统研究元代上京纪行诗的专著，其主体部分包括四个章节：元代上京纪行诗形成论、元代上京纪行诗发展论、元代上京纪行诗题材论、元代上京纪行诗规模论。上京纪行诗的主要文献来源是清人顾嗣立的《元诗选》（初集、二集、三集）、席世臣的《元诗选·癸集》（上下）和钱熙彦《元诗选补遗》，以及元代文人的别集等。该书在较为丰富的文献基础上，对元代上京纪行诗的形成、发展、分期、脉络、题材、规模以及富有地域风情的名物和活动等进行了研究。尤其可圈可点的是对上京纪行组诗进行了较为深入的研究，主要是袁桷及其纪行诗集《开平四集》考论、柳贯和胡助及其《上京纪行诗》考论、周伯琦及其纪行诗集《近光集》和《扈从集》考论、杨允孚《滦京杂咏》考论等等。

参 考 文 献

说明：

1. 本书参考文献分为原始文献、研究著作、工具书及史料、研究论文四个部分。

2. 原始文献按经、史、子、集的顺序排列，每部当中大致按编著者所处的朝代先后排序，集部先列别集，后列总集，再列诗文评。

3. 研究著作、工具书及史料、研究论文按出版或发表的时间先后顺序排列。

4. 研究论文分为期刊论文和论文集论文两类，先列期刊论文，后列论文集论文。

一、原始文献

史部

[1] 脱脱等．金史．北京：中华书局，1975.

[2] 苏天爵撰，姚景安校点．元朝名臣事略．北京：中华书局，1996.

[3] 熊梦祥纂，北京图书馆善本组辑．析津志辑佚．北京：北京古籍出版社，1983.

[4] 孛兰肹等撰，赵万里校辑．元一统志．北京：中华书局，1966.

[5] 佚名撰，王颋校点．庙学典礼．杭州：浙江古籍出版社，1992.

[6] 佚名撰．大元圣政国朝典章．北京：中国广播电视出版社，1998.

[7] 佚名撰，方龄贵校注．通制条格校注．北京：中华书局，2001.

[8] 宋濂等撰．元史．北京：中华书局，1976.

[9] 杨士奇撰.文渊阁书目.《丛书集成初编》本,1985.

[10] 黄淮,杨士奇编.历代名臣奏议.上海:上海古籍出版社,1989.

[11] 徐象梅撰.两浙名贤录.《北京图书馆古籍珍本丛刊》本,1987.

[12] 钱谦益撰.列朝诗集小传.上海:古典文学出版社,1957.

[13] 于敏中等编纂.钦定日下旧闻考.北京:北京古籍出版社,1981.

[14] 永瑢等撰.四库全书总目.北京:中华书局,1965.

子部

[1] 杨瑀.山居新语.北京:中华书局,2006①.

[2] 陶宗仪.南村辍耕录.北京:中华书局,1959.

[3] 孔齐著,庄敏、顾新校点.至正直记.上海:上海古籍出版社,1987.

[4] 叶子奇.草木子.北京:中华书局,1959.

[5] 郎瑛.七修类稿.北京:中华书局,1959.

[6] 赵琦美撰.赵氏铁网珊瑚.影印文渊阁《四库全书》本.

[7] 汪砢玉编撰.珊瑚网.影印文渊阁《四库全书》本.

集部

[1] 耶律楚材著,谢方校点.湛然居士文集.北京:中华书局,1986.

[2] 刘秉忠.藏春集.文渊阁《四库全书》本.

[3] 刘秉忠.藏春集.《北京图书馆古籍珍本丛刊》影印明刻本.

[4] 刘秉忠.刘太傅藏春集.《元人文集珍本丛刊》本.

[5] 耶律铸.双溪醉隐集.文渊阁《四库全书》本.

[6] 郝经.陵川集.文渊阁《四库全书》本.

[7] 郝经.郝文忠公陵川文集.《北京图书馆古籍珍本丛刊》本.

[8] 王恽.秋涧先生大全集.《四部丛刊初编》本.

[9] 王恽.秋涧先生大全集.《元人文集珍本丛刊》本.

---

① 元明史料笔记丛刊之一,与《玉堂嘉话》合刊。

[10] 胡祗遹. 紫山大全集. 文渊阁《四库全书》本.

[11] 姚燧. 姚文公牧庵集.《北京图书馆古籍珍本丛刊》本.

[12] 汪元量. 湖山类稿. 文渊阁《四库全书》本.

[13] 汪元量著, 孔凡礼辑校. 增订湖山类稿. 北京: 中华书局, 1984.

[14] 刘敏中. 中庵先生刘文简公文集.《北京图书馆古籍珍本丛刊》本.

[15] 戴表元. 剡源戴先生文集.《四部丛刊初编》本.

[16] 戴表元著, 李军等校点. 戴表元集. 长春: 吉林文史出版社, 2008.

[17] 白珽. 湛渊集. 文渊阁《四库全书》本.

[18] 赵孟頫. 松雪斋文集.《四部丛刊初编》本.

[19] 马臻. 霞外诗集. 文渊阁《四库全书》本.

[20] 陈孚. 陈刚中诗集. 文渊阁《四库全书》本.

[21] 袁桷. 清容居士集.《四部丛刊初编》本.

[22] 张养浩. 张文忠公文集. 元至正十四年刻本.

[23] 张养浩. 归田类稿. 乾隆五十五年周氏刊本.

[24] 柳贯. 柳待制文集.《四部丛刊初编》本.

[25] 柳贯. 上京纪行诗. 民国十九年（1930 年）四月北平故宫博物院图书馆影印本.

[26] 杨载. 杨仲弘集. 文渊阁《四库全书》本.

[27] 杨载. 翰林杨仲弘诗.《四部丛刊初编》本.

[28] 虞集. 道园学古录.《四部丛刊初编》本.

[29] 虞集. 道园类稿.《元人文集珍本丛刊》本.

[30] 虞集. 道园遗稿.《北京图书馆古籍珍本丛刊》本.

[31] 揭傒斯. 文安集. 文渊阁《四库全书》本.

[32] 揭傒斯著, 李梦生标校. 揭傒斯全集. 上海: 上海古籍出版社, 1985.

[33] 胡助. 纯白斋类稿.《金华丛书》本.

[34] 胡助. 纯白斋类稿.《丛书集成初编》本.

[35] 黄溍. 文献集. 文渊阁《四库全书》本.

[36] 黄溍. 金华黄先生文集.《四部丛刊初编》本.

[37] 刘敏中. 中庵集. 文渊阁《四库全书》本.

[38] 程端学. 积斋集. 文渊阁《四库全书》本.

[39] 马祖常. 石田先生文集.《元人文集珍本丛刊》本.

[40] 许有壬. 至正集.《元人文集珍本丛刊》本.

[41] 许有壬. 至正集. 文渊阁《四库全书》本.

[42] 陈旅. 安雅堂集. 北京图书馆藏抄本.

[43] 张翥. 蜕庵集. 文渊阁《四库全书》本.

[44] 李存. 鄱阳仲公李先生文集.《北京图书馆古籍珍本丛刊》本.

[45] 欧阳玄. 圭斋文集.《四部丛刊初编》本.

[46] 张雨. 句曲外史集. 文渊阁《四库全书》本.

[47] 张雨. 句曲外史贞居先生诗集.《四部丛刊初编》本.

[48] 吴师道. 吴礼部文集.《续金华丛书》本.

[49] 吴师道. 礼部集. 文渊阁《四库全书》本.

[50] 苏天爵著，陈高华等校点. 滋溪文稿. 北京：中华书局，1997.

[51] 宋褧. 燕石集.《北京图书馆古籍珍本丛刊》本.

[52] 萨都剌. 萨天锡诗集.《四部丛刊初编》本.

[53] 萨都剌著，殷孟伦等校点. 雁门集. 上海：上海古籍出版社，1982.

[54] 吴当. 学言稿. 文渊阁《四库全书》本.

[55] 周伯琦. 近光集. 文渊阁《四库全书》本.

[56] 周伯琦. 扈从诗. 文渊阁《四库全书》本.

[57] 贡师泰. 贡礼部玩斋集. 明天顺七年沈性刻嘉靖十四年徐万璧重修本.

[58] 危素. 危太朴集.《元人文集珍本丛刊》本.

[59] 廼贤. 金台集.《诵芬室丛刊》本.

[60] 杨允孚. 滦京杂咏.《丛书集成初编》本.

[61] 张昱. 可闲老人集. 文渊阁《四库全书》本.

[62] 张昱. 张光弼诗集.《四部丛刊续编》本.

[63] 王沂. 伊滨集. 文渊阁《四库全书》本.

[64] 郑潜. 樗庵类稿. 文渊阁《四库全书》本.

[65] 苏天爵.国朝文类.《四部丛刊初编》本.

[66] 顾瑛辑,杨镰等整理.草堂雅集.北京:中华书局,2008.

[67] 傅习,孙存吾辑.皇元风雅.《四部丛刊初编》本.

[68] 蒋易编.元风雅.杭州:江苏古籍出版社,1988.

[69] 宋濂.宋文宪公全集.民国五年四明孙氏刻本.

[70] 王祎.王忠文公文集.《北京图书馆古籍珍本丛刊》本.

[71] 金幼孜.金文靖集.文渊阁《四库全书》本.

[72] 姚广孝,解缙等编.永乐大典(第4册,第8册).北京:中华书局,2008.

[73] 朱有燉撰,傅乐淑笺注.元宫词百章笺注.北京:书目文献出版社,1995.

[74] 佚名编.诗渊.北京:书目文献出版社,1984.

[75] 张豫章等编.御选元诗.文渊阁《四库全书》本.

[76] 顾嗣立.元诗选.北京:中华书局,1987.

[77] 顾嗣立,席世臣.元诗选癸集.北京:中华书局,2001.

[78] 钱熙彦.元诗选补遗.北京:中华书局,2002.

[79] 厉鹗辑撰.宋诗纪事.上海:上海古籍出版社,1983.

[80] 唐圭璋.全金元词.北京:中华书局,1994.

[81] 隋树森.全元散曲.北京:中华书局,1964.

[82] 陈衍辑撰,李梦生校点.元诗纪事.上海:上海古籍出版社,1987.

[83] 李修生主编.全元文(1-60册).南京:凤凰出版社,1997—2004.

二、研究著作

[1] 孙克宽.元代汉文化之活动.台北:中华书局,1962.

[2] 包根弟.元诗研究.台北:幼狮文化事业公司,1978.

[3] 孙楷第.元曲家考略.上海:上海古籍出版社,1981.

[4] 姜一涵.元代奎章阁及奎章人物.台北:台湾联经事业出版公司,1981.

[5] 朱东润.杜甫叙论.北京：人民文学出版社，1981.

[6] 陈垣.励耘书屋丛刻（上册）.北京：北京师范大学出版社，1982.

[7] 陈高华.元大都.北京：北京出版社，1982.

[8] 萧启庆.元代史新探.台北：新文丰出版社，1983.

[9] 韩儒林主编，陈得芝等著.元朝史（上下册）.北京：人民出版社，1986.

[10] 陈高华，史卫民.元上都.长春：吉林教育出版社，1988.

[11] 李治安等编著.元史学概说.天津：天津教育出版社，1989.

[12] 邓绍基主编.元代文学史.北京：人民文学出版社，1991.

[13] 周良霄、顾菊英.《元代史》.上海：上海人民出版社，1993.

[14] 萧启庆.蒙元史新研.台北：允晨文化实业股份有限公司，1994.

[15] 史卫民.大一统.北京：生活·读书·新知三联书店，1994.

[16] 史卫民.元代社会生活史.北京：中国社会科学出版社，1996.

[17] 白寿彝总主编，陈得芝主编.中国通史·中古时代·元时期.上海：上海人民出版社，1997.

[18] 杨镰.元西域诗人群体研究.乌鲁木齐：新疆人民出版社，1998.

[19] 叶新民.元上都研究.呼和浩特：内蒙古大学出版社，1998.

[20] 萧启庆.元朝史新论.台北：允晨文化实业股份有限公司，1999.

[21] 韩儒林.穹庐集.石家庄：河北教育出版社，2000.

[22] 李修生等主编.辽金元文学研究.北京：北京出版社，2001.[①]

[23] 周清澍.蒙元史札.呼和浩特：内蒙古大学出版社，2001.

[24] 任继愈.中国道教史.北京：中国社会科学出版社，2001.

[25] 查洪德，李军.元代文学文献学.北京：中国社会科学出版社，2002.

[26] 杨镰.元诗史.北京：人民文学出版社，2003.

[27] 李治安.元代政治制度研究.北京：人民出版社，2003.

[28] 贾敬颜.五代宋金元人边疆行记十三种疏证稿.北京：中华书局，2004.

[29] 黄仁生.日本现藏稀见元明文集考证与提要.长沙：岳麓书社，2004.

---

① 张燕瑾等主编的 20 世纪中国文学研究系列丛书之一。

[30] 杨镰.元代文学编年史.太原：山西教育出版社，2005.

[31] 任宜敏.中国佛教史（元代卷）.北京：人民出版社，2005.

[32] 史卫民.都市中的游牧民：元代都市生活长卷.长沙：湖南人民出版社，2006.

[33] 申万里.元代教育研究.武汉：武汉大学出版社，2007.

[34] 魏坚.元上都.北京：中国大百科全书出版社，2008.

[35] 李嘉瑜.元代上京纪行诗的空间书写.台北：里仁书局，2014.

[36] 刘宏英.元代上京纪行诗研究.北京：中国经济出版社，2016.

三、工具书及史料

[1] 宋濂.元史（15册）.北京：中华书局，1976.

[2] 陆峻岭编.元人文集篇目分类索引.北京：中华书局，1979.

[3] 谭其骧主编.中国历史地图集（元明时期）.北京：地图出版社，1982.

[4] 周清澍著.元人文集版本目录.南京：南京大学学报丛刊，1983.

[5] 韩儒林主编.中国大百科全书·中国历史·元史分册.北京：中国大百科全书出版社，1985.

[6] 王德毅，李荣村，潘柏澄.元人传记资料索引.北京：中华书局影印台北新文丰出版公司，1987.

[7] 刘卓英主编.诗渊索引.北京：书目文献出版社，1993.

[8] 栾贵明编.永乐大典索引.北京：作家出版社，1997.

[9] 中国古籍善本书目编辑委员会编.中国古籍善本书目（集部）.上海：上海古籍出版社，1998.

[11] 叶新民，齐木德道尔吉.元上都研究资料选编.北京：中央民族大学出版社，2003.

[12] 陈高华.元代画家史料汇编.杭州：杭州出版社，2004.

[13] 李修生.全元文（60册）.南京：凤凰出版社，2005.

[14] 邓绍基，杨镰主编.中国文学家大辞典（辽金元卷）.北京：中华书局，

2006.

[15] 陈高华，张帆，刘晓，党宝海点校. 元典章. 北京：中华书局，2011.

[16] 杨镰. 全元诗（68 册）. 北京：中华书局，2013.

四、研究论文

（一）期刊论文

[1] 韩儒林. 元代诈马宴新探. 历史研究，1981（1）.

[2] 叶新民. 元上都的官署. 内蒙古大学学报（哲学社会科学版），1983（1）.

[3] 叶新民. 从元人咏上都诗看滦阳风情. 内蒙古大学学报（哲学社会科学版），1984（1）.

[4] 杨树增. 字字丹心沥青血——水云诗词评. 齐鲁学刊，1984（6）.

[5] 叶新民. 元上都的宗教. 内蒙古大学学报（哲学社会科学版），1985（2）.

[6] 叶新民. 元上都宫殿楼阁考. 内蒙古大学学报（哲学社会科学版），1987（3）.

[7] 张帆. 元代翰林国史院与汉族儒士. 北京大学学报（哲学社会科学版），1988（5）.

[8] 纳古单夫. 蒙古诈马宴之新释. 内蒙古社会科学，1989（4）.

[9] 吴观文. 论元代监察制度与官僚政治. 西北民族学院学报 1990（3）.

[10] 池内功. 元代的蒙汉通婚及其背景. 民族译丛，1992（3）.

[11] 王一鹏. 翰林院演变初探. 内蒙古社会科学，1993（6）.

[12] 邢洁晨. 古代蒙古族诈马宴研究. 内蒙古师大学报，1994（1）.

[13] 叶新民. 元上都的凉亭. 内蒙古大学学报，1995（2）.

[14] 李云泉. 略论元代驿站的职能. 山西师大学报（社会科学版），1996（2）.

[15] 王灿炽. 北京地区现存最大的古驿站遗址：榆林驿初探. 北京社会科学，1998（1）.

[16] 史卫民. 元代都城制度的研究与中都地区的历史地位. 文物春秋，1998（3）.

[17] 李修生. 元代文学的再认识. 文史知识，1998（9）.

[18] 李修生. 元代文化刍议. 殷都学刊，1999（1）.

[19] 萨兆沩. 元翰林国史院述要. 北京行政学院学报，1999（1）.

[20] 特木尔.金代旧桓州城址考.内蒙古文物考古,1999(2).

[21] 内蒙古草原地带文物干部考古培训班.正蓝旗四郎城调查简报.内蒙古文物考古,1999(2).

[22] 方勇.走笔成诗聊纪实:简论南宋遗民汪元量诗歌的特征.天中学刊,1999(4).

[23] 陈高华.黑城元代站赤登记簿初探.中国社会科学院研究生院学报,2002(5).

[24] 杨镰,张颐青.元僧诗与僧诗文献研究.北京工业大学学报,2003(1).

[25] 默书民.大蒙古国驿传探源.内蒙古社会科学,2003(1).

[26] 杨镰.元代蒙古色目双语诗人新探.民族文学研究,2004(2).

[27] 佟洵.道教在北京地区的传播.中国道教,2004(5).

[28] 杨镰.元代文学的终结:最后的大都文坛.文学遗产,2004(6).

[29] 李军.论元代的上京纪行诗.民族文学研究,2005(2).

[30] 李军."诈马"考.历史研究,2005(5).

[31] 陈高华.元朝宫廷乐舞简论.学术探索,2005(6).

[32] 杨亮.袁桷生平、学术渊源及心路.殷都学刊,2006(2).

[33] 杨镰.元诗文献新证.山西大学学报(社会科学版),2007(3).

[34] 杨镰.寻找马祖常与雍古人进出历史的遗迹.文史知识,2007(11).

[35] 宋晓云.论葛逻禄诗人迺贤的丝绸之路诗歌.新疆师范大学学报(哲学社会科学版),2008(2).

[36] 杜改俊.论元初金莲川文人集团的文学创作.文学遗产,2008(4).

[37] 叶爱欣.葛逻禄人迺贤与其寻根之旅.文史知识,2008(12).

[38] 刘宏英.元代上都崇真宫的文学活动考论.中国道教,2009(2).

[39] 刘宏英.元代翰林国史院中的诗文考论,.河北北方学院学报(社会科学版),2009(5).

[40] 陈得芝.从元代江南文化看民族融合与中华文明的多样性.北方民族大学学报(社会科学版),2010(5).

[41] 刘宏英.元代诗人迺贤上京纪行诗中的寻根情结.河北北方学院学报(社

会科学版），2010（1）．

[42] 刘宏英．元代诗文中的天马集咏．河北北方学院学报（社会科学版），2014（1）．

[43] 刘宏英．元代诗文中的诈马宴刍议．兰台世界，2014（6）．

[44] 刘宏英．元代上京纪行诗的异质特征及其成因．河北北方学院学报（社会科学版），2015（5）．

[45] 刘宏英，范亮春，朱虹．丘处机师徒西行途中在张家口地区文学活动考论．河北北方学院学报（社会科学版），2020（6）．

（二）论文集论文

[1] 袁冀．元史研究论集．台北：台湾商务印书馆，1974．

[2] 南京大学历史系元史研究室编．元史论集．北京：人民文学出版社，1984．

[3] 叶新民，齐木德道尔吉．元上都研究文集．北京：中央民族大学出版社，2003．

[4] 陈高华．陈高华文集．上海：上海辞书出版社，2005．

后　　记

本书为作者 2020 年承担的河北省社会科学基金项目成果，课题名称为"冀西北地区民族文化融合视野下的元代上京纪行诗研究"，项目编号：HB20ZW015。

我对元代文学和文献的热爱始于硕士期间。2000 年，我考入了北京师范大学古籍所攻读全日制硕士学位，师从罗超先生。那时，北师大古籍所正在老所长李修生先生的主持下编撰《全元文》，这是一项浩大的工程，古籍所的师生几乎人人都有参与。在这样的大学术环境下，我开始对元代文学和文献有了较为充分的了解。

2006 年，我在北京师范大学古籍所攻读博士学位，师从杨镰先生。杨先生是中国社会科学院的专家，受聘于北师大。我是北师大古籍所中国古典文献学（元代文学与文献）第一个博士研究生，所以杨先生对我要求非常严格，他希望我能在学业上有所突破。那时候，杨先生正在编撰《全元诗》，我时常帮助整理一些文献，先生便经常给我讲元代文学和文献的相关知识以及研究思路和方法。杨先生是土生土长的北京人，一口京腔，声音洪亮有力。元代的一个个文献知识点，通过他的讲解，便被注入了无限的魅力。我对元代文学，尤其是元代的诗歌，不但有了深入的了解，而且研究兴趣也不断增加。在选定博士论文的题目时，先生给了我两个建议，一是以元代文学与文献为论题，最好是元代的诗歌。二是结合我的家乡张家口的历史文化来研究。根据老师的要求，我确定博士论文的题目为"元代上京纪行诗研究"。元代实行两都巡幸制度，即每年春天的时候，皇帝带领皇室成员及文武大臣从大都到上都清夏避暑，秋天再从上都返回大都驻冬。从元世祖中统年间开始，到元顺帝至正年间上都城被烧毁止，每年如此，从未中断。巡幸路线有四条，除了一条军事和监察专用路线外，其他三条路线均途经冀西北的张家口地区。在来往两都的过程中，大量朝臣、文士及僧道随从，描写着、歌咏着张家口地区的山川名物、风俗人情，包括怀来、桑乾岭、宣化、龙关、赤城、云州、独石口等等城驿。文献普查中，我以清人顾嗣立的《元诗选》初集、二集、三集和席世臣的《元诗选癸集》以及钱熙彦的《元诗选补遗》为底本，结合《四库全书》相关记载，以及众多的元人别集和总集，一首诗一首诗地梳理和辑录元代的上京纪行诗。

文献普查是科研的一个基本工作，但对我而言，却是一个迸发热情、激情的过程，我开始对张家口地区在元朝的状况有了深入的了解，并深情地爱上了这一片历史厚重的热土。每一首上京纪行诗，都是激荡在我心中的一个爱的音符！2013年，导师杨镰先生倾半生心血编著的《全元诗》（68册，中华书局）出版。为了更全面地掌握上京纪行诗的总体情况，我把68册的《全元诗》一册一册、一首诗一首诗地研读了一遍，用了整整三年的时间。之所以用这么长时间，一是科研工作基本上都是利用晚上、周末和寒暑假的业余时间，二是对于相关诗篇，我不仅筛选、录入、整理、校对、校勘和研究，还要品味和欣赏。有多少个周末，我昏天黑地钻在办公室里，抱着厚厚精装的《全元诗》，嗅着淡淡的书香，陶醉、融化在这些诗篇里，我感觉自己就是隐入元代历史和文学尘埃中的一粒沙石！

多年来，我还经常对元代的各个驿站开展实地考察，如赤城、龙门、雕鹗、云州、独石等等。在考察中，我与元代诸位诗人同频共振，我发现自己已经进入了元人的心田，和他们一起笑，一起哭，一起乐，一起怒。有一次在云州考察，突遇暴雨，前面的一条小河，突然河水暴涨，我们的车熄火搁置在泥水里，整个团队被迫下车，用矿泉水瓶子往车外舀水。这让我感觉和元人共处在一个时空。元代好多诗人都记录了冀西北地区暴雨给行程带来的尴尬，比如廼贤，他在《龙门》诗中记载：元统年间，知枢密院事都哩特穆尔带着一家老小过龙门峡谷，突然看到山头上有两只羊在斗，一家人兴致勃勃停车观看，顷刻，来了一场大雨，水溢辎重，车轴折断，妻妾掉入泥淖中，一家人的好心情顿时烟消云散。类似的遇雨经历，让我更深刻地了解了元人的内心和元诗的内涵。

长期的钻研和积淀，终于有了一点成果，出版的学术专著《元代上京纪行诗研究》荣获第十六届河北省社会科学优秀成果三等奖，《元代上都崇真宫的文学活动考论》荣获张家口市第七届社会科学优秀成果（论文）一等奖，《元代上京纪行诗与冀西北文化产业研究》荣获张家口市第十届社会科学优秀成果（论文类）一等奖。

在文献资料不断丰富和充实的基础上，我的研究成果的深度和厚度也在不断拓展。我主持了两项河北省社科基金课题"元代两都巡幸与冀西北文化产业研究"和"冀西北地区民族文化融合视野下的元代上京纪行诗研究"，前一项已经结项，本书即为后一项的结项成果。本书在冀西北地区民族文化融合的视野下，从多角度多方面来关注元代的上京纪行诗，包括上京纪行诗中所反映的民族文化融合的状况及其形成原因、上京纪行诗中的各种文学活动（如诈马宴、天马集咏、崇真宫的文学集体活动等等）、上京纪行诗的题材风格、别具时代价值和地域特色的异质特征、文献价值，以及如何把该类诗歌转化为冀西北的文化产业等。该成果既具有文学史和文献学价值，又具有一定的实践应用价值，对于推动京津冀一体化中的文化协同发展以及冀西北地区的文化挖掘和转化具有深远的意义。

受学术水平限制，书中难免有不尽如人意的地方，敬请方家不吝赐教！

刘宏英

2024 年 1 月 5 日